Das Buch

Für Clara wird ein Alptraum wahr, als Ehemann Werner sich in eine junge Brasilianerin verliebt und nach dreißig Jahren die Scheidung verlangt. Na gut, die Ehe war eine Katastrophe und Clara konnte das Leben an Werners Seite nur mit viel Alkohol ertragen, aber was soll jetzt aus ihr werden? Ohne die Luxusvilla an der portugiesischen Algarve, ohne richtigen Beruf, ohne Mann? Verzweifelt nimmt sie Zuflucht in einem Häuschen irgendwo im einsamen Alentejo, bunkert Rotwein, Zigaretten und Hundefutter für den treuen Tom und gibt sich ihrem Kummer hin. Die Zukunft scheint öde und leer wie die Landschaft um sie herum. Da kommt Hilfe von unerwarteter Seite – ein alter Mann auf einem Motorrad, eine quirlige Französin und ein attraktiver junger Schweizer reißen Clara aus ihrer Lethargie. Plötzlich entdeckt sie, was das Leben ohne Werner alles zu bieten hat!

Die Autorin

Bettina Haskamp, Jahrgang 1960, war Redakteurin beim NDR, als sie sich entschied, mit ihrem damaligen Mann ein Boot zu bauen und in die Welt zu segeln. Die Reise dauerte drei Jahre – am Ende entstand ihr erstes Buch *Untergehen werden wir nicht*. Danach blieb sie einige Jahre in Deutschland und arbeitete für den NDR und Radio Bremen, ehe sie mit ihrem neuen Lebenspartner nach Portugal zog. Dort schrieb sie mit *Alles wegen Werner* ihren ersten Roman.

Bettina Haskamp

Alles wegen Werner

Roman

Ullstein

Besuchen Sie uns im Internet:
www.ullstein-taschenbuch.de

Mix
Produktgruppe aus vorbildlich bewirtschafteten
Wäldern und anderen kontrollierten Herkünften
www.fsc.org Zert.-Nr. GFA-COC-001278
© 1996 Forest Stewardship Council

Dieses Taschenbuch wurde auf FSC-zertifiziertem Papier gedruckt.
FSC (Forest Stewardship Council) ist eine nichtstaatliche, gemeinnützige
Organisation, die sich für eine ökologische und sozialverantwortliche
Nutzung der Wälder unserer Erde einsetzt.

Ungekürzte Ausgabe im Ullstein Taschenbuch
1. Auflage April 2010
6. Auflage 2010
© Ullstein Buchverlage GmbH, Berlin 2009/
Marion von Schröder Verlag
Umschlaggestaltung: HildenDesign, München
(nach einer Vorlage von Zero Werbeagentur, München)
Titelabbildung: Gerhard Glück
Satz: hanseatenSatz-bremen, Bremen
Gesetzt aus der Goudy Oldstyle
Papier: Pamo Super von Arctic Paper Mochenwangen GmbH
Druck und Bindearbeiten: CPI – Ebner & Spiegel, Ulm
Printed in Germany
ISBN 978-3-548-28184-1

Dieses Buch widme ich meiner Mutter,
die es sicher gern gelesen hätte.

1

Dieses verdammte Blau! Diese verfluchte Sonne! Und die Orangenblüten dufteten heute einfach ekelhaft süß. Dabei hatte ich immer gedacht, nichts könnte schlimmer sein als Maiglöckchenparfüm. Gott, war mir schlecht. Am besten wäre vermutlich, wenn ich wieder ins Bett ginge, bevor das gegrillte Hühnchen von gestern Abend den Weg zurück ins Freie fand. Es war erst sieben Uhr früh und schon warm. Ich stand in meinem liebsten Nachthemd – das aprikotfarbene aus ganz zarter Baumwolle – auf den Terrakottafliesen der Terrasse und blickte über die Dächer von Portimão auf den Atlantik, der am Horizont schimmerte wie eine graublaue Verheißung. Aber heute war nicht der Tag für Verheißungen. Ich verwünschte die Sonne und den Atlantik, verwünschte Jack Daniels und, weil ich schon mal dabei war, das ganze Leben. Es wäre schlauer gewesen, Werner zu verwünschen, aber dazu fehlte mir der Weitblick.

Normalerweise liebte ich die Sonne und den Atlantik und unser Haus auf dem Hügel. Gelegentlich auch das Leben. Mit Jack Daniels dagegen verband mich sonst nichts, der war nur ein Notnagel gewesen, weil mir der Wein ausgegangen war. Meine Zunge fühlte sich pelzig an, und der Geschmack in meinem Mund hatte etwas von verfaultem Fleisch. Ah, ein ganz schlechter Gedanke, schon wieder meldete sich das Hühnchen. Das Denken klappte sowieso noch nicht so richtig, mein Kopf war wie in Watte gepackt und tat trotzdem weh.

Ein leises Geräusch in meinem Rücken beendete meine unerfreuliche Bestandsaufnahme. Werner hatte die Terrassentür aufgeschoben. Werner war der mir seit knapp dreißig Jahren angetraute Ehemann. »Guten Morgen, meine Schöne«, tönte sein weicher voller Bass. Werner hat eine sehr schöne Stimme, wenn er entspannt ist. Werner sieht auch gut aus. Ich drehte mich kurz um. Er stand in der Tür, angetan mit einer beigen Golfhose, zu der er ein schokoladenbraunes Polohemd und frisch gewaschene, noch feuchte braune Haare mit grauen Schläfen trug. Er hielt seine ein Meter sechsundachtzig kerzengerade, strahlte vor Gesundheit und Energie und lächelte sein Meister-Propper-Lächeln. Das Gebiss hatte der deutsche Zahnarzt in Albufeira wirklich gut hingekriegt. In meiner Phantasie erschien eine Sekunde lang ein Werbefoto: Werner in der Apothekenzeitschrift, ein Glas frisch gepressten Orangensaft in der Hand: Bleiben Sie fit mit 60 plus! Die Golftasche neben ihm würde als Accessoire sicher auch durchgehen.

Ein Duft von Boss wehte mir in die Nase, vermischt mit dem von Birkenhaarwasser. Mir wurde schon wieder schlecht. Was auch daran liegen konnte, dass ich ziemlich genau wusste, was jetzt kommen würde. Ich drehte ihm wieder den Rücken zu. »Clara, willst du dich nicht anziehen? Du bist spät dran. Übrigens war der Hund schon wieder im Wohnzimmer; du weißt, dass ich das nicht schätze!« Das war richtig, nach dreißig Jahren mit ihm wusste ich genau, was Werner alles nicht schätzte.

An diesem Tag waren wir beide für ein Golfturnier gemeldet. Aber kein Mensch kann Golf spielen, wenn er sich fühlt wie ein weich gekochtes Ei. »Ich fühl mich nicht gut. Sag bitte Jil, dass ich heute nicht kommen kann.«

Ich blickte weiter auf den Atlantik. Die Aussicht aufs Meer war mit Sicherheit um Klassen besser als die in Werners Gesicht. Ich hatte eine sehr klare Vorstellung davon, wie verächtlich der Ausdruck darin jetzt war, ich wusste, dass er seine Augenbrauen über einem stechenden Blick zusammengezogen hatte, und ich wusste auch, wie seine Stimme gleich klingen würde. Scharf und hart, keine Spur mehr von weichem Bass, eher wie zwei aneinanderschleifende Metallscheiben. Und da war das Schleifen auch schon: »Ach. Und was soll ich diesmal sagen? Lass mal überlegen, Migräne hatten wir ein bisschen oft in letzter Zeit, meinst du nicht? Eine Magenverstimmung? Oder vielleicht: Tut mir leid, Jil, aber meine liebe Frau hat mal wieder zu viel gesoffen?«

Es war mir egal, was er sagen würde. Es war mir auch egal, was er zu mir sagte. Ohne ihn eines weiteren Blickes zu würdigen, ging ich ins Haus. Ich wollte zurück ins Bett. »Haus« ist vielleicht nicht ganz die richtige Bezeichnung. Wir hatten eine Villa oberhalb von Portimão. Der Weg zu meinem Zimmer war aufgrund der hallenartigen Ausmaße unseres Wohnzimmers ziemlich weit. Ich ging an den taubenblauen Sofas mit den weichen dicken Kissen vorbei, ließ den antiken Esstisch mit den hochlehnigen hellen Rattanstühlen, an dem problemlos sechzehn Gäste Platz fanden, links liegen und passierte den Kamin, der einem englischen Landsitz zur Ehre gereicht hätte. Es war ein schöner lichter Raum, ich hatte ihn selbst entworfen und eingerichtet. Mein eigenes Zimmer war deutlich bescheidener und schlichter. Es hatte als Gästezimmer gedient, bis ich aus dem gemeinsamen Schlafzimmer ausgezogen war. Jetzt war es mein liebster Raum, meine wernerfreie Zone.

Die schweren cremefarbenen Vorhänge tauchten mein Zimmer in ein angenehmes, weiches Licht, die Klimaanlage rauschte leise, der polierte Holzboden glänzte matt. Ich ließ mich aufs Bett fallen, ignorierte das am Fußende zusammengeknüllte Bettzeug und den Schweißrand auf dem Kopfkissen und streckte mich aus. Schon besser. Gegenüber dem Bett hing mein Lieblingsbild, groß und rot und beruhigend. Es ist ein abstraktes Bild, lauter Rot- und Rosétöne, aber für mich zeigt es eine Landschaft in Arizona. So wie ich mir Arizona vorstelle. Ich habe es vor vielen Jahren bei einer jungen Malerin gekauft. Ich liebe dieses Bild. Werner nannte es immer nur »die rote Geschmacklosigkeit«. Aber er kam nie in dieses Zimmer, mein Refugium, und konnte sich von Arizona deshalb nicht belästigt fühlen.

Ein paar Augenblicke später hörte ich, wie er draußen den schweren Landrover startete und über die kurvige Ausfahrt den Hügel hinunterfuhr. Ein himmlisches Geräusch! Einen Moment lang hegte ich die widersinnige Hoffnung, das Turnier würde mindestens drei bis vier Tage dauern statt nur ein paar Stunden. Immerhin hatte ich das Haus eine Weile für mich allein. Niemand da, der an mir herumkritisierte oder mir die Weingläser in den Hals zählte. Ich sollte dem Golfclub als Dankeschön eine Spende schicken. Mein Kopf tat immer noch höllisch weh, ich hatte gestern wirklich ein bisschen zu viel getrunken. Auf meinem Nachttisch lag neben der Wasserflasche immer eine Familienpackung Paracetamol, und ich gönnte mir noch zwei Tabletten. Die erste hatte ich schon vor dem ersten Aufstehen genommen, aber sie hatte kaum gewirkt.

Als ich zwei Stunden später wieder aufstand, ging es mir schon fast gut. In meinem mit italienischen Fliesen gekachelten Bad ließ ich mir heißes Wasser über den Körper laufen und konnte unter dem starken Strahl der Dusche förmlich spüren, wie sich mein Nacken Muskel für Muskel entspannte. Als ich mich abtrocknete, fühlte ich mich zwar noch nicht überragend, aber schon wieder wie ein Mensch. Der Blick in den Spiegel war allerdings ein Fehler.

Mein Gesicht sah alles andere als frisch aus, eher wie eine überalterte Kartoffel, grau und schrumpelig unter der Sonnenbräune, mit dunklen Stellen da, wo Äderchen geplatzt waren. Dieses Gesicht sah nicht nach einundfünfzig Jahren aus, schon eher nach einundsechzig. Selbst mit meinen eigentlich schönen meergrünen Augen hätte ich heute niemanden aus dem Busch hervorlocken können. Geplatzte Äderchen auch hier, im gelblichen Weiß meiner Augäpfel. Aber dafür hat der liebe Gott ja eigens Tropfen erschaffen. Ein Tropfen in jedes Auge, ein paarmal blinzeln, und schon waren meine Augen deutlich klarer und weißer. Concealer und Make-up für die roten Flecken im Gesicht, dann die Haare hochgesteckt, und ich sah wieder aus wie einundfünfzig, vielleicht sogar wie neunundvierzigeinhalb. Dann schlüpfte ich in meinen Jogginganzug, machte mir in der Küche Frühstück – Toast, Kiwi, Kaffee, Zigaretten – und nahm das Tablett mit auf die Terrasse, wo Tom in einer schattigen Ecke zwischen mit Mittagsblumen bepflanzten Amphoren döste.

Tom ist mein Hund. Ich habe ihn aus dem Tierheim geholt, als er ungefähr ein Jahr alt war, und seitdem ist er mein bester Freund und Werners liebster Feind. »Liebe Güte, Tom, wenn du nicht als Hund auf die Welt gekommen wärst, würdest du bestimmt den ganzen Tag im Baum hängen. Beweg dich mal, du Faultier.« Ein mattes Schwanzwedeln antwortete mir, und ich kraulte ihm den fast weißen, ziemlich dicken Bauch. Tom brummte tief und behaglich. Er ist ein unglaublich müder Hund. Tom Sawyer würde sich schämen, dass ein so lahmes Tier nach ihm benannt ist. Wenn es sehr heiß ist, also den ganzen Sommer über, bewegt Tom sich tagsüber freiwillig keinen Zentimeter. Seinen Morgenspaziergang scheint er dann als Folter zu betrachten, ich muss ihn förmlich aus dem Haus schleifen. Deshalb nahm er mir an diesem außergewöhnlich heißen Apriltag auch keineswegs übel, dass der Gang ausgefallen war. Für akute Bedürfnisse hatte er seine Pinkelecke hinten auf dem Grundstück. »Na, mein Alter, hat der blöde Werner dich wieder rausgeschickt? Mach dir nichts draus, der ist eben ein alter Fiesling. Damit müssen wir zwei leben.«

Ich redete viel mit Tom. Er war ein phantastischer Zuhörer – viel besser als Werner. Aber mit Werner redete ich sowieso nur das Nötigste. Und ich streichelte ihm nicht den Bauch.

Einen Schluck Kaffee und eine Zigarette später – die Raucherei war auch etwas, das der große Besserwisser Werner Backmann hasste: »Trink nicht, rauch nicht, drück dich gepflegter aus, diese Farbe steht dir nicht, das Steak ist zu durchgebraten, das Hemd hat noch Falten, kannst du denn gar nichts richtig machen, es ist ja nicht so, dass du hier vor Arbeit zusammenbrechen würdest« – aber ich schweife ab. Also, eine Zigarettenlänge später hörte ich Lisas kleinen roten Mitsubishi Pajero die Auffahrt heraufdröhnen. Lisa wohnte in einem der Häuser weiter oben auf dem Hügel und kam auf dem Weg in die Stadt oft bei uns vorbei. Sie war ein achtundvierzig Jahre altes Energiebündel von ein Meter zweiundfünfzig Größe, mit dunklen Locken und fast immer in Eile. Diesmal hatte sie es sogar so eilig, dass sie den Motor ihres Jeeps laufen ließ, während sie atemlos die Stufen zur Terrasse hochhetzte. »Hi Clara, sorry du, ich hab eigentlich gar keine Zeit, ich muss zum Flughafen, unsere Tochter kommt heute, ich bin schon reichlich knapp dran. Ist Werner da?« Ich schüttelte den Kopf. »Nein? Na, macht nichts, ich wollte ihm nur schnell sagen, dass Paul die Flüge gebucht hat, sonst rutscht mir das heute durch bei der Hektik. Richtest du ihm das bitte aus?« Ihr Wortschwall verebbte mit einem fragenden Blick auf mich. Ich hatte zwar keine Ahnung, wovon sie da redete, sagte aber automatisch: »Ja, natürlich, ich richte es aus«, und dann war sie mit einem »Fein, ich bin dann wieder weg, *até logo!*« auch schon wieder verschwunden.

Welche Flüge? Verwirrt sah ich ihrem Wagen nach. Ich wusste nichts von Flügen. Eine Überraschung von Werner für mich? Nächste Woche hatten wir unseren dreißigsten Hochzeitstag. Dass er daran denken würde, wäre allerdings schon unglaublich genug. Und eine gemeinsame Reise als Überraschung ungefähr so wahrscheinlich wie ein Juliregen an der Algarve. Ich grübelte den Rest des Vormittags über des Rätsels Lösung, hackte Zwiebeln und knetete Hackfleisch für das Mittagessen, und die ganze Zeit war die Frage in meinem Kopf. Welche Flüge? Kein Zweifel, ohne Werner würde ich nicht darauf kommen. Er musste bald erscheinen. In gewissem Sinne konnte ich mich auf meinen Mann verlassen. Zum Beispiel darauf, dass er pünktlich wie die Maurer zum Essen kam. Als ich den Landrover schließlich hörte, lag der Geruch von bratendem Fleisch und Zwiebeln in der Luft.

Werner hängte grußlos den Autoschlüssel an das Schlüsselbrett aus blau-weiß glasierter Keramik, eines der wenigen portugiesischen Accessoires im Haus. Dann setzte er sich auf einen der hohen Hocker vor dem Tresen, der Küchenbereich und Wohnraum trennte. Hier war unser Platz für Frühstück und Mittagessen, wenn wir nicht auf der Terrasse aßen. Wobei das mit dem »wir« so zu verstehen ist, dass wir beide dort aßen, allerdings nicht gemeinsam. Unsere Ehe war wohl nicht ganz das, was man gemeinhin unter einer Ehe versteht. Wir waren eher wie zwei Menschen, die sich eine Wohnung teilen, aber in verschiedenen Schichten arbeiten und sich nur gelegentlich treffen. Meine Freundin Heike nannte unsere Ehe eine

Farce unter portugiesischer Sonne. Ich nannte sie ein Arrangement.

Als ich Werner sein Essen brachte und mich ihm gegenübersetzte, sah er erstaunt auf. »Oh, gnädige Frau, was verschafft mir die Ehre? Soll das eine Entschuldigung sein?« Fast wäre ich wieder aufgestanden, aber ich war zu neugierig und blieb sitzen.

»Lisa war heute hier«, sagte ich und suchte in seinem Gesicht nach einer Reaktion. In Werners Zügen stand nur Verwunderung.

»Und deshalb leistest du mir Gesellschaft? Lisa ist doch ständig hier.« Das stimmte natürlich. Ich setzte neu an:

»Ich soll dir ausrichten, dass Paul die Flüge gebucht hat.« Jetzt sah Werner irritiert aus, wenn auch nur für einen Augenblick.

»Die Flüge? Ach so, ja, das habe ich dir noch nicht gesagt, ich fliege übermorgen mit Paul nach Brasilien.«

Keine Ahnung, was mein eigenes Gesicht in diesem Moment ausdrückte, vermutlich saß ich da mit offenem Mund und sah aus wie Tom, wenn die Maus im Mauseloch verschwunden ist. Ich glaubte mich im falschen Film.

»Sag das noch mal.«

Werner war die Gelassenheit in Person. »Paul will in Brasilien eventuell Land kaufen und hat mich neulich gefragt, ob ich Lust hätte mitzukommen. Und ich habe spontan zugesagt.« Damit wandte er sich seinen Frikadellen zu und begann zu kauen. Unwillig verzog er das Gesicht, kaute aber den Bissen zu Ende und fragte dann: »Hast du da keinen Muskat dran? Die schmecken irgendwie fade!« Werner spricht grundsätzlich nicht mit vollem Mund. Selbst eine Portion Bittermandeln würde er vermutlich zu Ende kauen und dann erst fragen, ob ich mit Blausäure gewürzt habe, anstatt sie auszuspucken.

Meine Stimme war höher als sonst, mir kam es vor, als würde ich vor Empörung quieken. »Du fliegst übermorgen nach Brasilien, und ich erfahre das erst jetzt, und noch dazu durch Dritte?« Werners Gesichtsausdruck wechselte von unwillig zu ärgerlich: »Mein Gott, Clara, ich hätte dir das schon noch gesagt, jetzt reg dich bitte nicht künstlich auf. Aber da wir schon über die Reise reden, such doch bitte den großen Koffer heraus. Außerdem brauche ich frische Hemden, es sind kaum noch welche im Schrank – die mit den kurzen Ärmeln natürlich.«

Einen Moment lang war ich einfach nur sprachlos, dann schaffte ich noch zu fragen, wie lange er wegzubleiben gedenke. Werner entspannte sich. »Vier Wochen, sonst lohnt sich das schließlich nicht; der Flug ist ja nicht ganz billig.«

Ich fühlte, wie ganz langsam eine heiße Röte an meinem Hals aufstieg. Brasilien. Ausgerechnet Brasilien. Ich konnte Werners Anblick nicht eine Sekunde länger ertragen und stand schnell auf. Brasilien. Mein alter Traum! Ich hatte plötzlich einen bitteren Geschmack im Mund und merkte, dass mir Tränen in die Augen schossen. Ich floh in mein Zimmer. Wie oft hatte ich mir eine Reise nach Südamerika gewünscht? Wie oft hatte Werner gesagt, er habe nicht vor, dreizehn Stunden in einem Flugzeug zu verbringen, damit ich mich an der Copacabana aalen könne? Zehn Mal, hundert Mal? Zum ersten Mal jedenfalls, als es um unsere Hochzeitsreise ging. Wir waren nach Spiekeroog gefahren.

Ich kann nicht sagen, was mich mehr verletzte – dass er überhaupt ohne mich nach Brasilien flog, oder dass ich offenbar als Letzte von seinen Plänen erfuhr. Lachten schon alle über die dämliche Clara, die sich von ihrem Mann ja sowieso alles bieten ließ? Ich brauchte einen Drink. Ich brauchte viele Drinks.

Als ich wieder ins Wohnzimmer kam, war von Werner nur noch der leere Teller übrig. Wahrscheinlich hatte er sich hingelegt, oder er sah im Schlafzimmer fern. Ich räumte den Tisch ab und machte mir eine große Bloody Mary. Tom steckte zögernd den Kopf durch die offene Terrassentür, die großen Ohren aufgestellt. »Komm her, mein Alter, keine Sorge, der grässliche Mensch ist nicht hier.« Zusammen gingen mein Hund und ich zum Kamin. Tom weiß, dass ich gern davor auf dem Teppich sitze, auch wenn kein Feuer an ist. Er leckte mir quer übers Gesicht. Ich wertete das als Trostversuch. »Was soll ich tun, hm? Ich muss doch irgendwie reagieren.«

Leeres Gerede, ich wusste es selbst. Ich würde wie immer gar nichts tun. Ich war keine Kämpferin, war es nie gewesen. Jedenfalls nicht in meiner Ehe. Am Anfang, als Werner und ich noch in Münster lebten, war es gutgegangen mit uns. Er war zwar damals schon arrogant, aber anscheinend konnte er diese Ader in der Firma ausreichend befriedigen. Wir sahen uns nur abends und an den Wochenenden und hatten das, was man ein aktives gesellschaftliches Leben nennt. Ich sorgte für ein schönes Zuhause, bewirtete seine

Geschäftsfreunde und engagierte mich beim Lions Club, er sorgte für das Geld. Wir waren beide zufrieden.

Hier in Portugal hatten wir zwar auch jede Menge Gesellschaft – dauernd gab es irgendwo eine Party, ein Golfturnier oder einen Kartenabend –, aber seit Werner keinen Betrieb mehr hatte, in dem er bestimmen konnte, bestimmte er über mich. Und kritisierte mich bevorzugt vor Dritten. »Clara, meine Liebe, lass die Kamera besser liegen, sonst ist sie gleich kaputt. Ihr ahnt ja nicht, wie ungeschickt meine Frau ist, sobald sie etwas anderes anfasst als einen Kochtopf, ha, ha.« Ständig unterbrach oder korrigierte er mich. »Aber Clara, was erzählst du denn da wieder für einen Unsinn …« So wie Michael Douglas und Kathleen Turner in »Der Rosenkrieg«. Mit dem Unterschied, dass meine Oberschenkel zu schlapp waren, um Werner die Nieren zu quetschen, und ich mit meinen Frikadellen im Leben kein Geschäft hätte aufziehen können.

Ich bin nicht dumm, das nicht, und natürlich habe ich versucht, mit Werner zu reden. Immer und immer wieder. Aber es kam nie etwas dabei heraus. Irgendwie war ich immer selbst an allem schuld und Werner im Recht. Ich war ihm einfach nicht gewachsen. Inzwischen war die Zeit der Auseinandersetzungen zwischen uns längst vorbei. Werner hatte seinen Golfclub, ich meinen Rotwein. Wir gingen uns aus dem Weg.

Jetzt würde er also mit Paul nach Brasilien fliegen. Und ich Schaf würde seine blöden Hemden waschen, ich würde ihn anschweigen, und das war's. In meinem Kopf hörte ich eine Stimme sagen: »Schmeiß ihn raus, stell ihm die

Koffer vor die Tür, wechsle die Schlösser aus und lass ihn in der Sonne stehen, bis er vertrocknet.« Es war eine tiefe Stimme, die Stimme von Heike. Heike hätte so reagiert, Heike, die jede Beziehung beendete, wenn sie ihr nicht mehr guttat. Heike, die einen Beruf hatte und ein Selbstbewusstsein, von dem ich nur träumen konnte. Heike wäre es egal gewesen, ob sie ihr Zuhause verlor. Heike hätte nie ihr Herz an ein Haus gehängt, sie wechselte gern die Wohnungen. Und Heike hätte lieber Schuhe verkauft, als in einer unglücklichen Ehe zu bleiben, nur um abgesichert zu sein. Heike war Journalistin in Hamburg. »Wenn du denkst, es geht nicht mehr, kommt von irgendwo ein Lichtlein her.« Diesen Satz hatte meine Freundin mit der Muttermilch aufgesogen und oft genug versucht, ihn mir als Lebensphilosophie einzuimpfen. Nur leider sah ich nicht mal das winzigste Fünkchen von Licht, wenn ich über eine Trennung von Werner nachdachte.

Ich saß vor dem kalten Kamin und stellte mir einmal mehr vor, was passieren würde, wenn ich mich von Werner scheiden ließe. Ich würde auf der Straße stehen. Werner würde das schon hinkriegen. Ich müsste nach Deutschland zurück und über kurz oder lang zum Sozialamt gehen. Ich sah mich schon mit einer Nummer in der Hand auf meinen Termin beim Sachbearbeiter warten. Ich war einundfünfzig, verdammt. Zu alt, um neu anzufangen. Und als was auch? Als ich Werner geheiratet hatte, brach ich mein Studium ab. Was konnte ich schon? Einen neuen Mann finden vielleicht? Lachhaft. Mit Werner zu leben war nicht der Hit. Aber die Alternativen waren schlimmer, davon war ich überzeugt. Ja – vielleicht hatte Heike recht, und ich war einfach zu feige, etwas an meinem Leben zu ändern. Aber Heike hatte auch keine Ahnung, was es hieß, dreißig Jahre verheiratet zu sein.

Ich würde also bei ihm bleiben, wie immer. Ich würde weder meine Koffer packen noch seine vor die Tür stellen. Ich war ja auch geblieben, nachdem Werner mich mit Nancy betrogen hatte, ich war geblieben, nachdem er das Porzellan, das mir meine Mutter vererbt hatte, auf dem Küchenboden zertrümmert hat, ich war geblieben, nachdem er mir in einem Wutanfall ins Gesicht geschlagen hatte. Wir waren beide geblieben. Nach all dem, was wir schon hinter uns hatten, war die Sache mit Brasilien eigentlich vergleichsweise harmlos. Ich war zwar wütend. Auf Werner und auf mich. Aber gehen würde ich nicht. Wie heißt es so schön? Wut ist eine Triebfeder. In der Tat, das war sie auch für mich. Sie trieb mich auf direktem Weg zurück zu meinem vollgeheulten Kopfkissen.

Als Paul am übernächsten Tag vorfuhr und Werner seinen Koffer in den Wagen lud, lag ich im Bett und wünschte ihm die brasilianische Pest an den Hals. Gab es die? Egal! Jede andere Seuche wäre auch recht. Bilder zogen mir durch den Kopf, Bilder von mir selbst, wie ich mit dem großen Küchenmesser – Solinger Stahl – seinen geliebten, vom Großvater geerbten alten Ledersessel zerfetzte. Wie ich seinen Billardtisch mit Salzsäure übergoss, dass sich die Säure durch den grünen Belag fraß. Ich sah sein entsetztes Gesicht bei der Rückkehr und hörte mich selbst hässlich lachen.

Werner kam an einem regnerischen Samstagmorgen zurück. Vier Wochen lang hatte er sich nicht gemeldet. Kein Anruf, nichts. Wieder erfuhr ich von Lisa, wann die beiden Männer in Faro landeten. Lisa würde sie abholen. Außer in den ersten Tagen hatte ich kaum an Werner gedacht. Um ehrlich zu sein, ich hatte vier herrliche Wochen gehabt, war zu Partys gegangen, hatte eingekauft, am Strand gelegen, Golf gespielt. Hatte so getan, als wäre Werners Reise die selbstverständlichste Sache der Welt. Lisa war ich möglichst aus dem Weg gegangen, um nichts über Paul (und Werner) in Brasilien zu hören. Tom war von seiner Hundehütte zu mir ins Schlafzimmer umgezogen und hatte ungestört seine Haare im ganzen Haus verteilt. Es waren ganz eindeutig die besten vier Wochen seit langem gewesen.

Nach Lisas Anruf loderte meine Wut wieder auf. Das Kopfkissen blieb aber trocken. Kam er also zurück, der Herr Gemahl. Ich setzte mich mit einem Glas Wein an den Pool und malte mir verschiedene Begrüßungsszenarien aus. »Ach, Werner, du wieder da? Welch unangenehme Überraschung!« Dann kalt lächeln und ihn links liegen lassen. Nur kalt lächeln und ihn links liegen lassen. Gar nicht lächeln. Ihm mit der blanken Hand ins Gesicht schlagen. Ihn anspucken. Nein, zu radikal, das war nicht mein Stil. Oder?

»Guten Tag, Clara.« Werner stand in der Tür und sah besser aus denn je. Jünger, als ich ihn in Erinnerung hatte. Jünger als fünfundsechzig. »Hallo, Werner.« Mehr brachte ich nicht zuwege. Ja, ich weiß, es war eine Schande. Ich lächelte nicht, nicht mal eisig. Werner dagegen lächelte vor sich hin, als würde er dafür bezahlt. Pfeifend trug er den Koffer in sein Schlafzimmer. Er warf nicht mal einen Blick auf Tom, der mit eingezogenem Schwanz auf dem Teppich vor dem Kamin lag. »Würdest du bitte einen Kaffee kochen?«, rief er jetzt aus dem hinteren Teil des Hauses. Mechanisch stellte ich die Maschine an. Wieder hörte ich leise Werners Geflöte. Der schien ja mächtig gute Laune zu haben. Kurz darauf kam er ins Wohnzimmer. »Hier, das ist für dich.« Er drückte mir ein kleines Paket in die Hand. Ich wickelte ein grellbuntes Tuch aus dem Papier, Baumwolle, bemalt mit großen Blumen. »Das kannst du als Rock tragen oder mit einem Knoten an der Schulter über dem Bikini. Das ist handgemalt.« Damit fing er wieder an zu pfeifen und ging Richtung Küche.

»Hattest du eine nette Zeit?«, brachte ich heraus. Nicht: Würdest du dir bitte die Pulsadern aufschneiden? Nur: »Hattest du eine nette Zeit?« Die Kaffeemaschine zeigte zischend an, dass das Wasser durchgelaufen war. Werner nahm sich eine Tasse. »Willst du auch?« Nein, ich wollte nicht. Keinen Kaffee, kein buntes Tuch und keinen Werner. »Schönes Land, dieses Brasilien. Allerdings reichlich feuchtes Klima. Aber es war gut, mal was anderes zu sehen, solltest du auch mal machen, so eine Reise. Was gibt es zu Mittag?« Damit nahm er seine Tasse, ging auf die Terrasse und zur Tagesordnung über. Gab's das? Ich schüttelte irritiert den Kopf. Der konnte hier doch nicht einfach wieder auftauchen und so tun, als sei nichts gewesen!

Werner konnte. Er nahm einfach sein bisheriges Leben in Portugal wieder auf. Golf, Mittagessen um eins, kleines

Schläfchen, Schach mit Pieter, Fernsehen, Treffen mit den Bekannten. Über Brasilien redete er kaum, und wenn, dann vom Klima und den freundlichen Menschen. Nach ein paar Tagen hatte ich das Gefühl, er wäre nie weg gewesen.

Trotzdem war irgendetwas anders. Anders an ihm. Aber was? Er war gutgelaunt. Er hielt sich mir gegenüber zurück. Ob ich rauchte oder trank, er gab keinen Kommentar ab. Er war nicht übermäßig freundlich zu mir, aber auch nicht so unfreundlich wie früher. Selbst Tom gegenüber war er duldsamer. Wäre ich Anhängerin einer esoterischen Glaubensrichtung, würde ich sagen, seine Aura hatte sich geändert.

Ich brütete über diesem Wandel: beim Einkaufen, beim Autofahren, beim Bügeln, am Strand. Aber es blieb ein unbestimmtes Gefühl von Veränderung, dem ich nicht auf den Grund kam. Bis mich ein Piepton aufschreckte. Ich bügelte gerade. Irgendwo im Haus piepste etwas, und ich konnte den Ton nicht zuordnen. Die Alarmanlage piepste anders, das Signal vom Backofen auch. Außerdem war der nicht an. Ich ließ die Bügelwäsche liegen und ging dem penetranten Ton nach, der aus dem Flur zu kommen schien. Das Piepsen hörte auf und fing nach einer Weile wieder an. Ich ging zur Garderobe. Dort hing Werners Sakko, und aus dem Sakko kam der Ton. Ein Handy? Aber Werner als überzeugter Handy-Hasser besaß gar keins. »Wer ständig erreichbar sein muss, gehört zum Personal«, war sein Standardspruch. Ich war jedenfalls mehr als verblüfft, als ich jetzt ein nagelneues Sony Ericsson aus seiner Jackentasche zog, das aufdringlich den Eingang einer neuen SMS meldete. »Neue Nachricht jetzt lesen?«, fragte das Sony Ericsson. Ich zögerte nur einen Augenblick. Doch, ich wollte die neue Nachricht unbedingt jetzt lesen und drückte die entsprechende Taste. Im Gegensatz zu meinem Mann war ich im Umgang mit mobilen Telefonen seit langem versiert. Auf dem Display erschien die Nachricht: »dear werner, i miss you so much, when do you come back? Lots of love e beijinhos laura«.

Die Aura heißt Laura, schoss mir als Erstes durch den Kopf. Dann: Dieses Arschloch! Ich klickte mich ohne falsche Scham durch die Anrufliste. Außer mit Laura, deren Nummer eine Vorwahl hatte, die ich nicht kannte, vermutlich die brasilianische, hatte Werner in den letzten Tagen offenbar mehrfach mit Dr. Kogel telefoniert. Dr. Kogel? War das nicht sein Anwalt gewesen, als er die Firma noch hatte? Anwalt? In meinem Kopf schrillten die Alarmglocken mindestens so laut wie die Glocken der größten Kirche von Portimão am Ostersonntag.

Werner spielte irgendwo Billard, und ich musste, meinem Gefühl nach, etwa einhundert Stunden auf ihn warten. Ich setzte mich vor den Fernseher, zappte durch alle Programme, die die Schüssel hergab, aber die Bilder und Töne rauschten an mir vorbei. Ich stand wieder auf, ging im Haus umher, setzte mich wieder, stand wieder auf. Mit anderen Worten: Ich war nervös. Als Werner endlich durch die Tür kam – nach einem Sieg beim Billard in aufgeräumter Stimmung –, stand ich wie angenagelt am Küchentresen. Werner ging zur Bar. »Einen Drink?« Er mixte zwei Gin Tonics und kam zu mir.

Ich wusste, was ich zu tun hatte, schließlich lese ich Romane. Schweigend legte ich das jetzt mäuschenstille Telefon auf den Tisch. Es war übrigens das neueste Modell, sehr klein, sehr elegant, natürlich mit Fotofunktion (nein, es waren keine Fotos von Laura da, ich hatte sofort nachgeguckt). Einen Moment lang stutzte Werner, die schönen braunen Augen flackerten kurz und sahen mich einen winzigen Moment lang unsicher an. »Laura schickt dir Küsschen«, ließ ich ihn wissen. Jetzt war er dran. Mit gestammelten Entschuldigungen, verschämt eingeräumten Bekenntnissen, Schamesröte. Weit gefehlt. Im Gegensatz zu mir las Werner keine Romane, sondern die »Wirtschaftswoche«. Er räusperte sich ein paarmal, als wollte er eine Rede halten, straffte die Schultern und setzte sein bestes ernstes Gesicht auf. Typ zerknirschter Staatsmann, aber nicht zu zerknirscht. Ein bisschen wie Clinton, als der seine Affäre mit Monica Lewinsky einräumte. »Tja, wenn das so ist«, begann Werner schließlich, »dann muss ich wohl jetzt schon mit dir sprechen; ich wollte eigentlich noch warten.« Damit steckte er das Telefon ein und ging zur Sitzecke.

In meinem Inneren breitete sich eine arktische Kälte aus. Vielleicht wollte ich doch lieber nicht hören, was mein Mann zu sagen hatte.

Aber natürlich nahm ich folgsam mein Glas und ging wie von Fäden gezogen zu den Sofas. Werner streckte die langen Beine aus, er trug weiße Jeans, und ließ sich in die Kissen fallen. Ich setzte mich in meinem fröhlichen Sommerkleid steif an den Rand des Sessels ihm gegenüber und starrte ihn an wie das Kaninchen die Schlange. Ich erinnere mich an jede dieser Sekunden. Wahrscheinlich hätte auch Marie Antoinette jede Sekunde ihres Ganges zum Schafott minutiös beschreiben können, wäre sie nicht geköpft worden. Werner nahm einen kräftigen Schluck von seinem Gin Tonic. Ich presste beide Hände um mein Glas, als hinge mein Leben davon ab, diesen Drink festzuhalten.

In einem Ton, als würden wir uns darüber unterhalten, ob das Dach repariert werden muss, fing Werner an, mein Leben zu zerstören. »Tja, Clara, was soll ich lange drum herumreden? Ich habe in Brasilien eine wunderbare Frau kennengelernt. Um das gleich vorwegzunehmen: Sie ist zwar jünger als du« – ein kleines gemeines Lächeln umspielte seinen Mund – »viel jünger als du, um ehrlich zu sein, aber das ist nicht der Grund, warum ich dich verlasse. Es ist nur so, dass Laura mir gezeigt hat, dass ich noch lebendig bin, dass noch alles im Leben für mich möglich ist. Und mit dir ist nichts mehr möglich, das weißt du doch selbst. Ich werde die Scheidung einreichen.«

Als hätte jemand in einem Aquarium das Licht ausgemacht, verlor meine Welt von einer Sekunde zur anderen alle Farbe. Mein Gesicht vermutlich auch. Ich saß ganz still. Nur an der Schläfe fühlte ich unter der dünnen Haut deutlich eine Ader pochen. Ich konnte den Blick nicht von Werners Lippen lösen, die sich jetzt wieder bewegten. Es kamen weitere Worte, ich konnte sie hören, aber sie erreichten nur mit großer Verzögerung mein Hirn.

»Also, meine Liebe«, sagte Werner, »du wirst dein Auskommen haben, dafür verbürge ich mich. Das Haus hier muss natürlich verkauft werden. Ich werde in Brasilien noch einmal eine Firma aufbauen, es gibt da phantastische Möglichkeiten für jemanden wie mich, der sich im Baugeschäft auskennt. Du wirst verstehen, dass ich Kapital brauche. Clara?«

Ich hatte mich nicht bewegt. Mir klebte die Zunge am Gaumen. Selbst wenn ich gewollt hätte, ich hätte nicht sprechen können. Werner redete weiter.

»Du kannst es uns natürlich schwermachen, die Scheidung verweigern und so weiter. Aber ich kann dir sagen, dass dir das am Ende nichts nützen wird. Glaub mir, es wäre nur eine Verzögerung, und ich würde dafür sorgen, dass du schließlich schlechter dastehst, als wenn du jetzt keinen Ärger machst. Ich habe alles schon grob mit Dr. Kogel besprochen. Unser Angebot ist Folgendes: Du stimmst einer einvernehmlichen Scheidung zu, und wir geben beide an, schon seit einem Jahr getrennt zu leben. Im Grunde stimmt das ja sogar, Trennung von Tisch und Bett, heißt das nicht so? Jedenfalls geht dann alles ganz schnell. Ich will nicht kleinlich sein, obwohl ich schon sagen muss, dass du in den letzten Jahren mit deinem Verhalten und der Trinkerei nicht gerade viel für unsere Ehe getan hast. Du bekommst die Hälfte vom Erlös des Hauses. Ich denke, es wird bei dem Immobilienmarkt hier schon ganz gut etwas einbringen. Und die Hälfte von unserem Vermögen, das, wie ich allerdings sagen muss, nicht mehr üppig ist. Ich hatte da ein paar Fehlinvestitionen in letzter Zeit, du hast ja von den Schwierigkeiten an der Börse gehört.« Wer ner räusperte sich. »Also, was sagst du? Clara?« In meinem Kopf war von dem ganzen Monolog ungefähr so viel angekommen: Scheidung, Haus verkaufen, alles aus.

Dann fiel ich einfach um. Mein Kopf schlug auf den Rand des Glastisches, und offenbar tropfte Blut aus einer Platzwunde auf meiner Stirn. Jedenfalls hatte der dicke weiße Berber später hässliche Flecken. »Um Himmels willen, Clara, muss das sein!« Na gut, dieser Satz von Werner ist eine Unterstellung meinerseits. Ich war schließlich in ein herrliches, warmes Dunkel abgetaucht und bekam von der hässlichen Realität erst einmal nichts mehr mit. Ich vermute aber stark, dass Werner entnervt seufzte, als er mich aufs Sofa hob und meine Beine über die Lehne legte. Ich kam wieder zu mir, als er versuchte, mir Brandy einzuflößen. Auf meiner Stirn lag ein nasses Handtuch, vor mir hockte Werner. »Komm schon, Clara, wach auf!« Langsam öffnete ich die Augen und sah direkt in Werners Gesicht. Dass sein Ausdruck jetzt genervt war, das kann ich beschwören. Ich machte die Augen wieder zu, wollte zurück in die Dunkelheit. Mir war kalt. Ich zitterte. Im Hintergrund hörte ich jetzt Werner kramen und dann wieder zum Sofa kommen. »Clara, nun hör schon auf damit!« Dann klebte er mir routiniert ein Klammerpflaster auf die Stirn.

Ich möchte nicht, dass jetzt ein falscher Eindruck entsteht. Werner hat mich nicht etwa regelmäßig verprügelt, die Behandlung meiner Wunden immer gleich selbst übernommen und dabei diese Routine entwickelt. Ich falle nur relativ häufig in Ohnmacht. Zum Beispiel, wenn ich mich sehr vor etwas ekele oder starke Schmerzen habe. Dabei schlage ich manchmal mit dem Kopf auf oder verletze mir andere Körperteile. Deshalb die Klammerpflaster in unserer Kommode.

Schließlich saß ich wieder aufrecht, ohne erneut schlappzumachen. Meine Beine zitterten allerdings noch, und mein Hirn versagte mir den Dienst. Scheidung? Werner wollte die Scheidung? Er wollte mein Haus verkaufen? Das konnte nur ein makaberer Scherz sein. Ich kippte den Rest des Brandys in mich hinein und hielt Werner das Glas wieder hin. Er füllte nach. Nach einem weiteren Schluck konnte ich sprechen, und ich fürchte, dass die Verzweiflung meiner Stimme einen schrillen und gleichzeitig jammernden Ton gab. »Werner, sag, dass du das nicht ernst meinst. Werner, bitte!« Werner sah mich mit einem Blick an, der Eiswürfel hätte produzieren können. »Ich meine es ernst, Clara, finde dich damit ab.«

Damit ließ er mich allein. Er ging einfach weg. Ich hörte, wie der Wagen ansprang und Richtung Stadt davonfuhr. Ich selbst konnte mich nicht rühren und saß noch lange steif wie eine Porzellanpuppe auf dem weichen Sofa, während sich alles andere zu bewegen schien. Zum Beispiel kamen die Wände beängstigend auf mich zu. Es war, als hätte ich LSD oder so etwas genommen. Ich konnte nicht klar denken. Das war mir recht. Ich wollte nicht denken. Ich wollte nie mehr denken müssen.

Am nächsten Tag zog Werner in ein Hotel. Ich bekam es kaum mit. Meine Welt lag tagelang unter einem dichten Nebel, und ich sorgte mit Hilfe von Alkohol dafür, dass das so blieb. Hin und wieder drangen Geräusche durch die Nebelschleier, das Telefon klingelte, der Gong der Haustür. Es war mir egal. Die Post stapelte sich ungeöffnet und unbeachtet im Flur, obenauf eine Karte von Heike. Ich sah sie, als ich Tom zum Pinkeln rausließ, aber ich las sie nicht. Ich las überhaupt nichts, ich sprach auch mit niemandem. Nicht mal mit dem Hund. Jeder Zombie hätte in mir eine Verwandte entdeckt. Zu sagen, dass ich in einem Meer von Selbstmitleid badete, wäre zu milde ausgedrückt. Als Werner nach einigen Tagen wieder auftauchte, in der Hand die Papiere für die Scheidung, unterschrieb ich und tauchte wieder ab in mein ganz persönliches Nebelreich.

Es war ein magerer Makler, der mich ins grelle Licht der Wirklichkeit zurückzerrte. Seine laute Stimme dröhnte durch das Haus. »Das Haus hat komplett Fußbodenheizung, auch wenn Ihnen das im Moment, ha ha, nicht ganz so nötig erscheint, aber im Winter wird es auch an der Algarve kühl.« Mit seinem dunklen Anzug – bei siebenunddreißig Grad Hitze! – erinnerte der Mann mich an einen abgezehrten Raben. An seinen Lippen hing ein holländisches Paar im Rentenalter, er mit kurzen Hosen, roten Waden und giftgrünem Hemd, sie in einem himbeerroten T-Shirt-Kleid, unter dem jede einzelne Speckrolle sichtbar ein Eigenleben führte, wenn sie sich bewegte. Jetzt bewegten sich die Rollen in Richtung Terrasse. Ich selbst hatte dem Trio die Tür aufgemacht, nachdem Werner vormittags die Besichtigung angekündigt hatte. Er war plötzlich in meinem Schlafzimmer erschienen, hatte angeekelt auf mich heruntergeschaut und mit Verachtung in der Stimme gefordert, dass ich mich zusammenreißen und aufstehen solle: »Heute Nachmittag kommt der Makler mit Kaufinteressenten.« Und ich, immer noch das brave Frauchen, war tatsächlich rechtzeitig aufgestanden, hatte sogar das Bett gemacht und leere Flaschen weggeräumt, geduscht und Jeans und T-Shirt angezogen.

Zwischen meinen Blumenbeeten salbaderte der Immobilienverkäufer weiter. »Diese kleine Terrasse hier geht, wie Sie sehen, nach Osten, Sie haben hier herrliche Frühstückssonne und Schatten am Nachmittag. Die Hauptterrasse mit dem Pool geht nach Süden, ja, hier entlang, bitte. Wenn Sie Ihren Blick auf das Mosaik des Pools richten würden? Es ist einem römischen Bad nachempfunden.« Ich musste hier weg, bevor ich dem Makler oder dem Ehepaar vor die Füße kotzte. Auf wackeligen Beinen machte ich mich auf den Weg zu Lisa.

»Clara! O Gott, komm rein, Liebes, du siehst ja schrecklich aus, du Arme, du bist ganz blass, ich hab zigmal bei dir angerufen und geklingelt, ich habe mir solche Sorgen gemacht, du ahnst ja nicht, wie leid uns das alles tut, Paul fühlt sich ganz schuldig, weil er Werner zu der Reise überredet hat, aber das hat er ja nicht wissen können, nicht wahr, oh, wie schrecklich das alles ist, wir haben alle mit Werner gebrochen, das kannst du mir glauben, also fast alle jedenfalls, oh, nun setz dich doch, du bist ja ganz zittrig, was möchtest du trinken?« Lisa musste Luft holen.

»Einen Kaffee bitte.« Zehn Minuten später krampfte sich mein Magen unter der Säure des Koffeins schmerzhaft zusammen. Ich hatte an diesem Tag noch nichts gegessen.

»Kann ich bitte auch einen Cognac haben?« – »Ja sicher.«
Lisa kramte im Wohnzimmer herum und kam schließlich
mit zwei Cognacschwenkern und Mitleid in den Augen zurück zum Küchentisch.

»Clara, was willst du denn jetzt tun?«

»Ich weiß nicht.«

»Liebes, eines musst du wissen: Du bist hier jederzeit willkommen; unser Gästezimmer steht dir immer offen. Komm
zu uns und lass dir Zeit. Oder willst du nach Deutschland
zurück?« Ihre großen Kulleraugen sahen mich gespannt
an.

»Nein.«

Meine Antwort kam spontan und aus tiefster Seele.
»Nein«, sagte ich noch einmal und lauschte dem entschlos-
senen Klang meiner eigenen Stimme nach. Das war merkwürdig, ich hatte noch gar nicht darüber nachgedacht, was
jetzt werden sollte, aber irgendwie wusste ich in dieser Sekunde ganz klar, dass ich in Portugal bleiben wollte. Hier
war mein Zuhause. Auch wenn sich gerade in dieser Mi-
nute fremde Hände nach diesem Zuhause ausstreckten. Ich
würde anfangen müssen, mir ernsthaft über alles Gedanken
zu machen. Aber nicht jetzt und nicht hier, nicht mit Lisas
Mitleid vor Augen. »Lisa, lass gut sein, ich möchte jetzt
nicht darüber reden.«

»Ja, natürlich, entschuldige. Es ist nur so, dass wir uns
natürlich alle fragen …« Ich unterbrach Lisa, ehe sie zu
einem neuen Redeschwall ansetzen konnte, indem ich
aufstand. »Danke, Lisa, ich werd über dein Angebot nachdenken.« Lisa brachte mich zur Tür und schaffte es tatsäch-

lich, für ein paar Momente den Mund zu halten. »Aber bitte, Clara, vergiss nicht, dass du hier jederzeit willkommen bist.« – »Ja, danke.«

Blendende Helligkeit und Tom erwarteten mich auf der schmalen Straße, die hinunter zu unserem Haus führte. Die weißen Mauern der Villen reflektierten die Sonne, ich musste die Augen zusammenkneifen. Mir war immer noch, als wäre das alles ein Film, meine Gefühle lagen unter einer dicken Milchglasscheibe. Das hier konnte nicht ich sein, nicht mein Leben, das in Stücke fiel. Wie eine Schlafwandlerin ging ich mit kleinen Schritten den Hügel hinunter und hoffte, dass der Makler inzwischen verschwunden war.

Vor dem Grundstück stand kein fremder Wagen mehr. Ich ging ins Haus. Schon im Flur stieg mir der Geruch von Sonnenöl und Rasierwasser in die Nase, den die Holländer hinterlassen hatten. Das Haus roch anders und war anders als noch vor zwei Stunden. Obwohl noch dieselben dezenten Drucke und Aquarelle an den Wänden hingen, die Teppiche auf dem Boden lagen, der Glastisch, zwar staubig, aber vorhanden war und sich auch alle anderen Möbel an ihrem Platz befanden. Was also war anders? Ich musste an eine frühere Freundin denken, in deren Wohnung eingebrochen worden war. Anita war damals umgezogen, weil sie nicht mit dem Gedanken leben konnte, dass die Hände der Diebe in ihren Schubladen, in ihrer Intimsphäre herumgewühlt hatten. So ähnlich ging es mir jetzt. Menschen, die ich nicht eingeladen hatte, nicht kannte, waren durch meine Räume gegangen, hatten kalt begutachtet, was ich in vielen Jahren und mit viel Liebe geschaffen hatte. Ob die Holländer die Villa kaufen würden oder andere Leute, spielte keine Rolle. Das Haus hatte schon aufgehört, mir zu gehören.

Auf dem Küchentresen lag die Visitenkarte des Maklers, er hatte auch eine Notiz mit weiteren Besichtigungsterminen hinterlassen. Daneben lag aufgeschlagen die deutschsprachige Zeitschrift »Entdecken Sie Algarve«. Ich kannte die »ESA«, darin wurde auf einer der letzten Seiten oft über unseren Golfclub berichtet, und es gab jede Menge Anzeigen, unter anderem für Immobilien, aber auch für alle möglichen Dienstleistungen von der Solaranlage bis zum deutschsprachigen Gynäkologen. Der Makler hatte das Inserat für unsere Villa mit Leuchtstift markiert. »Portimão. Villa, Meerblick, voll möbliert, 3 SZ, 2 BZ, Kü, großes WZ, Kamin, Fußbodenhzg., Pool. 520 000 €. Tel …«

Ich nahm mir einen Joghurt und Weißwein aus dem Kühlschrank und blätterte in der ESA, überflog die anderen Inserate: Apartments, Grundstücke mit und ohne Baugenehmigung, mehrere Villen. Sogar ein kleines Hotel war im Angebot. Alles an der Algarveküste gelegen und alles teuer. Es gab eine Ausnahme, ein mehrere Hektar großes Grundstück im Alentejo mit kleinem Haus, Strom und Wasser für 70 000 Euro. Kein Wunder, dass der Preis niedrig war, wer wollte schon in den Alentejo? Da gab es doch nichts als Sonne und Staub und Korkeichen. Ich war zwar noch nie da gewesen, hatte aber schon zwei Bücher gelesen, die im Alentejo spielten, und danach zu urteilen, war es der trockenste, heißeste und ungemütlichste Landstrich, den Portugal zu bieten hat. Welcher Optimist inserierte so ein Grundstück in der Algarvezeitschrift? Egal. Ich schlug die Zeitung zu und ging ins Badezimmer. Einmal mehr erschreckte mich mein eigenes Spiegelbild. So geht das nicht weiter, fuhr mir durch den Kopf. Wenn ich so weitermache, lande ich unter der Brücke. »Und wen interessiert das?«, flüsterte eine kleine böse Stimme in meinem Kopf.

Aber am nächsten Vormittag war ich angezogen und geschminkt. Ich hatte sogar die Post durchgesehen. Heike war in Indien, um für eine große Reportage zu recherchieren. Prima Timing, Heike, dachte ich ungnädig. Wenn man dich braucht, bist du in Indien. Das war nicht fair. Ich hatte mich schon ewig nicht mehr bei ihr gemeldet. Sie war zwar meine beste und genau genommen einzige Freundin, aber das bedeutete nicht, dass wir dauernd telefonierten. Manchmal sprachen wir uns monatelang nicht.

Dass ich mich aus dem Bett gequält hatte, war übrigens weniger meinem Selbsterhaltungstrieb zu verdanken als dem nächsten Besichtigungstermin. Ich hatte keinerlei Bedürfnis dabei zu sein, wenn der hässliche Makler mit weiteren Interessenten durch das Haus geisterte. Ich würde ans Meer fahren und darüber nachdenken, ob ich bei Lisa und Paul unterkriechen wollte. Ewig konnte ich das nicht mehr aufschieben. Einen Einkauf auch nicht, das Hundefutter wurde knapp, und es schien mir eine gute Idee, auch selbst wieder zu essen.

Ein Taxi brachte mich zum Strand. Um diese Jahreszeit waren die Strandcafés immer voll, aber ich fand einen

Tisch am Rand, wo ich nicht jedes Wort von den Gesprächen der Touristen um mich herum mitbekam und sogar einen Sonnenschirm für mich allein hatte. Warme salzige Luft wehte mir um die Nase, das war eindeutig besser als der Mief in meinem Schlafzimmer. Ich bestellte Wasser und Milchkaffee. Es war ja nicht so, dass ich nur Alkohol trank. Der Kaffee war unverhältnismäßig teuer, schmeckte dafür aber nach nichts. Es war eben Saison. Aber hier war ich sicher vor bekannten Gesichtern.

In der leichten Brandung tobten glücklich quietschende Kinder, deren Eltern neben ihren Kühltaschen auf den Badetüchern lagen, in Büchern blätterten oder in der prallen Sonne dösten und alle denkbaren Verbrennungsgrade aufwiesen. Ich hätte liebend gern mit ihnen getauscht, wenn ich dafür die Uhr um ein paar Monate – oder besser ein paar Jahre? – hätte zurückdrehen dürfen.

Ich zwang meine Gedanken nach vorn. Das Gästezimmer von Paul und Lisa. Was würde das für mich bedeuten? Zum Beispiel, dass ich jedes Mal auf dem Weg nach Hause an meinem eigenen Haus vorbeimüsste, das dann nicht mehr mein Haus wäre (mal vorausgesetzt, ich würde überhaupt irgendwohin gehen und wieder nach Hause kommen. Aber vermutlich konnte ich im Haus von Lisa schlecht den ganzen Tag im Bett bleiben). Könnte ich das aushalten? Vielleicht, im Aushalten war ich schließlich nicht so leicht zu schlagen. Ich rührte mit dem langen Blechlöffel in dem hohen Glas mit meinem inzwischen kalten Milchkaffee, und meine Gedanken drehten sich weiter. Bei jeder Mahlzeit würde ich Lisas Geplapper hören und Pauls

Schweigen. Wenn Gäste kämen, die mich nicht kannten, würde Lisa mich mit ihrer hohen Stimme vorstellen: »Und das ist unsere Freundin Clara. Ihr Mann hat sie wegen einer jungen Brasilianerin verlassen, ist das nicht furchtbar? Jetzt wohnt sie erst einmal bei uns, die arme Frau.« Dass ich auch das ertragen könnte, bezweifelte ich; ich schämte mich schon jetzt entsetzlich. Außerdem: Fingen nicht Fisch und Gäste nach drei Tagen an zu stinken?

Lisa und Paul waren keine nahen Freunde, eher gute Bekannte, ebenso wie Larry und Jil und all die anderen. Ich gehöre nicht zu den Leuten, die enge Freundschaften schließen und jedem sofort ihr Herz ausschütten. Also doch nach Deutschland, zu Heike? Oder irgendwo ein Apartment mieten? Aber wo? Ich konnte keinen Entschluss fassen, stattdessen kamen mir schon wieder die Tränen. Heulen in der Öffentlichkeit kam nun wirklich nicht in Frage. Ich ging schnell zum nächsten Supermarkt. Auf den Markt zu gehen, wie damals in der Vor-Laura-Dr.-Kogel-Werner-verlässt-mich-Zeit, erschien mir zu mühsam. Schon das Schlangestehen im Supermarkt kostete fast zu viel Kraft. Ich fühlte mich wie ein Fremdkörper zwischen den um mich herum gutgelaunt schnatternden Menschen.

Endlich war ich an der Kasse, endlich wieder an der Luft und endlich schleppte ich meine Tüten Richtung Taxistand, den Kopf noch immer voller unausgegorener Ideen und wirrer Gedanken. Um mich herum tobte das pralle portugiesische Leben mit hupenden Autos, sich lautstark begrüßenden Leuten, schreienden Kindern, bellenden Hunden, alle zwei Sekunden klingelnden Handys. Aber an mir tobte es vorbei. Ich hörte und sah nichts.

Dafür tobte einen Augenblick später umso spürbarer ein fieser Schmerz in meiner rechten Schulter. Ich ließ meine Tüten fallen. Äpfel, Birnen und Hundefutterdosen kullerten Richtung Fahrbahn, und eine Multivitaminsaftflasche zerbarst mit sattem Knall zu meinen Füßen, nicht ohne ihren orangefarbenen Inhalt auf meiner hellen Hose zu verspritzen. Ich war mit voller Wucht gegen einen rostigen grünen VW-Bus geprallt, der zur Hälfte auf dem Bürgersteig geparkt war. Verdammter Idiot! Ich rieb mir die Schulter und warf einen wütenden Blick auf den schmuddeligen Wagen, dessen Fahrer natürlich sonstwo war, außerhalb der Reichweite meiner spontanen Rachsucht. Ich hätte gern alle Wut der letzten Wochen an ihm ausgelassen. An der Heckscheibe des Wagens hing ein Zettel. »*Procuro novo dono.*« Suche neuen Besitzer. Hoffentlich kann der neue Besitzer vernünftig parken, dachte ich, und dann musste ich über einen anderen Gedanken lachen. Ich sollte mir auch einen Zettel ankleben: »*Procuro nova vida.*« Suche neues Leben. Ich sammelte meine Einkäufe wieder ein, fegte die Scherben mit dem Fuß in die Gosse und stieg kurz darauf in ein Taxi.

Als ich nach Hause kam, verließ der Makler gerade mit Interessenten das Haus. Ich ließ das Taxi weiterfahren und stieg oberhalb unserer Villa aus, um dann schnell zurückzugehen und die Szene zu beobachten. Natürlich so, dass man mich nicht sehen konnte. Der Makler-Rabe flatterte aufgeregt mit den Flügeln und schnäbelte noch immer eifrig auf die Leute ein. Wieder war es ein Paar, ich schätzte ihn auf fünfzig, sie auf Anfang vierzig. Teure Kleidung, gepflegtes Äußeres, die hatten Geld. Auch auf fünfzig Meter Entfernung konnte ich problemlos erkennen, wie sehr die Augen der Frau leuchteten, als sie mit einem strahlenden Lächeln zu ihrem Mann aufsah, der ihr seinerseits den Arm um die Schulter legte und jetzt dem Makler die Hand gab. Dann stiegen sie in einen Rover mit britischem Kennzeichen, der glänzte, als sei er gerade vom Band gelaufen. Ich zog mich hinter einen Busch zurück, bis auch der Makler gefahren war. Mein Magen brannte. Das waren sie. Ich wusste es so sicher, als hätte ich einen Kaufvertrag gesehen. Das waren die Leute, die mein Zuhause kaufen würden. Plötzlich schien es mir absolut unmöglich, auch nur eine Nacht länger hier zu bleiben. Ich wollte, ich musste weg, am besten sofort. Weg von diesem Haus, weg von all den Erinnerungen, weg von meinem Versagen. Irgendwohin, wo niemand mich kannte, wo niemand mich bemitleiden konnte, außer mir selbst.

Ich kann heute noch nicht sagen, welcher Teufel mich in den folgenden Tagen geritten hat. Aber es war auf jeden Fall ein sehr fähiges Exemplar. Nebenbei bemerkt sind nicht alle Teufel von bösartiger Natur.

Tatsächlich verbrachte ich nur noch eine weitere Nacht in dem Haus, das schon aufgehört hatte, meines zu sein. Weshalb Werner, als er erschien, um mir den Kaufvertrag für die Villa zu zeigen und mir zu sagen, wann ich zur Unterschrift beim Notar zu erscheinen hätte, statt des gewohnten heulenden Elends nur einen Zettel auf dem Küchentresen vorfand:

»Kontakt für alles Weitere: Dr. Peter Schneider, Rua Vasco de Gama, No 4. Telefon 813 57619. Clara.«

Mister Unfehlbar Werner Backmann war über die Nachricht nicht glücklich. Seine zwar stets benebelte, aber bis dahin konstant fügsame Noch-Ehefrau war einfach verschwunden – unter Mitnahme eines Hundes, zweier Koffer, 25 Kartons mit Schuhen und eines abstrakten Gemäldes in Rottönen. Werner war sogar sehr, sehr unglücklich. Um ein klassisches Bild zu gebrauchen – er schnaubte vor Wut. Ich weiß das von Heike, die gerade ihre Koffer auspackte, als Werner sie anrief und sie heftig anpöbelte. Sie solle ihm sofort mitteilen, wo ich in meiner Unverfrorenheit untergetaucht sei, doch vermutlich bei ihr!? Es sei eine Unverschämtheit, einfach zu verschwinden und ihn dastehen zu lassen wie einen Idioten, habe er durch den Hörer geschäumt. Die arme Heike, die übrigens noch nie ein Fan von Werner war, wusste gar nicht, wie ihr geschah. Bis zu dem Anruf hatte sie ja schließlich keine Ahnung von irgendetwas gehabt. Und nach dem Anruf war sie auch nicht viel schlauer, weil Werner erbost den Hörer aufgeknallt hatte, als er kapierte, dass ich nicht bei ihr in Hamburg war.

Bei meinem frisch engagierten Anwalt Dr. Peter Schneider rückte der immer noch schäumende Werner kurz nach dem Mittagessen an. Dr. Schneider bemerkte später, dass er Werner auf nüchternen Magen auch nicht hätte erleben wollen. Die Szene muss etwa so abgelaufen sein:

Nach einer angemessenen Wartezeit von ungefähr einer Stunde (in Portugal gibt es immer Wartezeiten, warum also nicht auch bei Dr. Schneider und warum nicht auch für Werner? Ich selbst hatte schließlich auch eine geraume Zeit auf einem unbequemen Zweisitzer im Vorzimmer der Kanzlei gesessen), also nach etwa einer Stunde, in der seine Wut noch mal so richtig schön hochgekocht sein dürfte, stürmte Werner in Schneiders Büro. Ich vermute, dass die Anwaltsgehilfin, eine auffallend hochgewachsene Portugiesin, die fließend Deutsch spricht, eine Vorliebe für Miniröcke und enge T-Shirts hat und deren Schreibtisch dem Zweisitzer gegenübersteht, mehrmals die Kündigung erwog, bis sie endlich sagen durfte: »Doutore Schneider hat jetzt Zeit für Sie.«

Dr. Schneider hat ein schickes Büro mit einem auf Hochglanz polierten Schreibtisch aus Tropenholz, auf dem, flankiert von einem Flatscreen und einem edlen Schreibset, immer nur der Geschäftsvorgang liegt, den er gerade bearbeitet. Jetzt also die Akte Backmann.

Dr. Schneider wird aufgestanden sein, um Werner die Hand zu geben, wobei ich schätze, dass der kleine Anwalt meinem Bald-Exmann knapp bis zur Brust reicht. Aber wenn Dr. Schneider sich von großen Menschen verunsichern ließe, hätte er eine andere Anwaltsgehilfin. Ich nehme mal an, dass Werners gute Erziehung ihn die dargebotene Hand hat schütteln lassen, Wut hin oder her. Und dann werden sie zu der Sitzecke aus hellem Leder gegangen sein, die deutlich bequemer ist als der Zweisitzer im Vorzimmer. Ich höre Dr. Schneider so etwas sagen wie: »Was kann ich für Sie tun?« Und Werner: »Sie können mir sagen, wo meine Frau ist!« Darauf dürfte Dr. Schneider gelächelt haben – er hat ein sehr einnehmendes Lächeln –, um meinem Noch-Ehemann dann mitzuteilen, dass er genau das nicht könne.

Denn das war Teil unserer Abmachung. Schneider würde niemandem und am allerwenigsten Werner sagen, wo ich mich befand (zu diesem Zeitpunkt in einer kleinen Pension in Carvoeiro). Er war mein Anwalt, er würde alles Nötige für die Scheidung und den Hausverkauf für mich abwickeln und dafür sorgen, dass ich mein Geld bekam. In seiner Akte lag eine entsprechende Vollmacht, die inzwischen notariell beglaubigt und auch schon an Werners Anwalt Dr. Kogel gefaxt worden war.

Ich hätte viel darum gegeben, Werners Gesicht zu sehen, als Dr. Schneider ihm erzählte, dass ich auf seinen Rat hin unsere Konten genau um die Hälfte dessen, was darauf gewesen war, erleichtert und das Geld – immerhin knapp 27 000 Euro – auf ein neues eigenes Konto eingezahlt hatte. Aber man kann nicht alles haben. Laut Dr. Schneider hat er mit hochrotem Kopf nach Luft geschnappt wie ein Karpfen am Ufer und dann irgendetwas im Sinne von »Kann nicht wahr sein, die Frau ist zu dumm, um allein zum TÜV zu fahren« gebrüllt, und woher ich plötzlich überhaupt einen Anwalt hätte? Eine berechtigte Frage – tatsächlich hatte ich Dr. Schneiders Inserat in der ESA gefunden, und er hatte mir angesichts meiner Lage sofort einen Termin gegeben. Ich muss wohl ziemlich verzweifelt geklungen haben. Werner jedenfalls tobte, bis Schneider ihm die

Bankbelege vor die Nase hielt. Danach ist er mit einem »Sie werden noch von mir hören!« aus dem Büro gestürmt. »Wirklich schade, dass Sie einer einvernehmlichen Scheidung schon zugestimmt haben, gegen den Mann hätte ich Sie nur allzu gern vertreten«, beendete Dr. Schneider seinen telefonischen Bericht. Ich war sehr angetan.

Ich hatte auch mit Heike telefoniert, die noch nicht so recht fassen konnte, dass sie sich eine neue Begrüßungsformel für mich würde einfallen lassen müssen. »Na, wie steht's im Paradies, hast du dein Ehegespons endlich rausgeschmissen?«, war eindeutig überholt. Und das so plötzlich! Immerhin hatte sie mehr als zehn Jahre lang versucht, mich zur Trennung von Werner und zur Rückkehr nach Deutschland zu überreden. Ihre Stimme klang aber nicht erleichtert, geschweige denn froh. Nur sehr besorgt. Ich versicherte ihr mit falscher Munterkeit, dass es mir so weit ganz gut ginge und ich mich eine Zeitlang verkriechen und meine Wunden lecken wolle. Allein. Für alle Fälle gab ich ihr die Nummer von Dr. Schneider.

2

Der grüne Bulli rappelte fürchterlich, das linke Seitenfenster schloss nicht richtig, und es war nur gut, dass es nicht regnen würde, weil die Gummiblätter der Scheibenwischer aussahen wie von Ratten angenagt. Aber der Dieselmotor röhrte ruhig und brachte mich Kilometer für Kilometer voran. Neben mir auf dem Beifahrersitz lagen aufgeschlagen eine Landkarte und ein Zettel. Ich hielt zwischen staubigen Olivenbäumen, weil ich mich schon wieder verfahren hatte. Inzwischen hatte ich die Klapperkiste gründlich satt, die Hitze sowieso und die Sucherei erst recht. Zum ungefähr hundertsten Mal las ich den Zettel, der mir den Weg durch die knochentrockene Landschaft weisen sollte. Ein brauner Hügel glich dem anderen, ein Feld sah aus wie das nächste. Überall Olivenbäume und Eichen und immer wieder gelbliche Feldwege. Einer war der richtige, aber welcher? Wo war der blöde alte Schuppen, bei dem ich abbiegen sollte? Ich hatte das Gefühl, schon seit Stunden durch die Pampa zu irren und fühlte mich ausgelaugt wie ein alter Lappen. Der Schweiß lief mir über Stirn und Rücken, mein T-Shirt war klatschnass und klebte an meiner Haut. Ein Himmelreich für die Klimaanlage aus dem Landrover! Derartigen Luxus hatte mein alter VW-Bus, den ich für 1500 Euro erstanden hatte, natürlich nicht. Genau, jener grüne Bus, dem ich einen blauen Fleck an der Schulter zu verdanken hatte. Am Tag der spontanen Entscheidungen hatte ich nicht nur Dr. Schneider gefunden, sondern auch den Wagen gekauft. Auf dem Rücksitz hechelte Tom, als ginge es demnächst mit ihm zu Ende. Verdurstet im Alentejo. Ich gab ihm vom lauwarmen Wasser aus meiner Flasche. »Okay, Tom, auf ein Neues, wir haben's bestimmt bald geschafft.«

Der nächste und der übernächste Feldweg. Endlich stand an einer Ecke ein größerer Steinhaufen, der zur Not als alter Stall durchgehen konnte. Und richtig, da war das grün lackierte Tor zwischen weiß verputzten Pfosten und im rechten Pfosten die Kachel mit dem aufgemalten Namen: »Quinta Pereira«. Das Tor quietschte in den Angeln, als ich es aufschob. Vor mir lag der Weg zu meinem neuen Zuhause – eine schmale, trockene Piste mit Schlaglöchern und lose herumliegenden Steinen, die einen Hügel hinaufführte. Hoffentlich schaffte der Bulli das. Ich fuhr den Wagen durch die Einfahrt, ließ den Motor laufen und drückte das Tor in seine alten Angeln zurück. Dann holperten wir langsam und vorsichtig den Hügel aufwärts, und ich versuchte, den größten Steinen und tiefsten Löchern auszuweichen.

Auf der Kuppe machte der Weg eine Biegung und führte zu einem am Rand des Hügels gelegenen Häuschen. Es war ein typisches kleines Bauernhaus, mit ehemals weiß gekalkten und jetzt schmutzig grauen Wänden. Dafür leuchteten in hellem Rot neue Ziegel auf dem Dach. Die zwei kleinen Fenster und die niedrige Tür in der Mitte waren mit einem breiten Streifen verblichener gelber Farbe umrandet. Ich hatte irgendwann gelesen, dass diese Sitte noch von den Mauren stammte, die vor einigen hundert Jahren in Portugal geherrscht haben. Das Gelb sollte böse Geister fernhalten. Der Gedanke gefiel mir. Noch mehr böse Geister konnte ich nicht brauchen, und wenn die alten auch draußen blieben – umso besser! Ich parkte den Bus neben dem Haus und walzte dabei kniehohe trockene Kräuter und Gräser nieder. Tom sprang aus dem Wagen, streckte mit hochgestellten Ohren die Vorderbeine weit nach vorn und den Hintern gen Himmel, ehe er schnüffelnd die Hütte und den davor stehenden Olivenbaum umkreiste, der aussah, als wäre er über hundert Jahre alt. Sein Stamm war dick und knorrig und etwas verdreht, die dunkelgrüne Krone trug Millionen kleiner Blätter. Aber für botanische Betrachtungen war jetzt nicht der Augenblick, ich war total erledigt.

In meiner Handtasche kramte ich nach dem Schlüssel zur Hütte. Die Vorbesitzer hatten ihn Dr. Schneider zugeschickt, nachdem ich die Anzahlung auf die Quinta geleistet hatte. Ich durfte hier schon wohnen, obwohl es noch Wochen oder Monate dauern würde, bis ich den Rest zahlen konnte. Dr. Schneider hatte alles geregelt. Der hielt mich garantiert für verrückt, weil er ein Haus für mich kaufen sollte, das ich noch nie gesehen hatte und auch nicht besichtigen wollte. Vermutlich war ich verrückt.

Die alte Holztür knarrte jämmerlich, als ich sie aufzog. Mir war mulmig, und ich traute mich kaum, in das Zwielicht zu blinzeln, das mich im Inneren der Hütte erwartete.

Hoffentlich gab es hier keine Ratten oder sogar Schlangen. Ich habe mich nie entscheiden können, was davon ich widerlicher finde. Allein der Gedanke an große Nager und zischelnde Kriechtiere jagte mir Schauer über den schweißnassen Rücken. Ganz, ganz zaghaft ging ich hinein. Ich konnte kaum etwas erkennen. Durch die kleinen, schmutzigen Fenster drang nur wenig Licht, und Staub flirrte im Sonnenstrahl, der hinter mir durch die Tür fiel. Ich musste niesen. Es roch ein bisschen abgestanden, aber zum Glück nicht moderig-feucht. Und es war einigermaßen kühl hier. Ich tastete mich zu einem der Fenster vor. Als es offen war, offenbarte sich mein neues Heim in seiner ganzen Herrlichkeit.

Vor mir stand ein blau lackierter, wackeliger Holztisch mit vier Stühlen. Darüber hing eine nackte Glühbirne. Ich fand den Lichtschalter. Die Birne brannte. Die hintere Wand zierte ein gemauertes Regal, in dem ein paar Teller, Tassen, Töpfe, Schüsseln und eine Kaffeekanne aus Aluminium standen. Aus einem angeschlagenen Keramikkrug ragte Besteck. In der Ecke stand eine alte Spüle mit einem vorsintflutlichen Wasserhahn, daneben ein fettverschmierter Gasherd, der nicht viel jünger aussah als der Olivenbaum. Hoffentlich funktionierte er noch. Die Einrichtung sei sehr schlicht, hatten die Verkäufer, ein österreichisches Ehepaar, am Telefon gesagt. Da hatten sie nicht gelogen. Und es war anzunehmen, dass sie schon seit Tagen Champagner tranken, weil sie mit mir das Geschäft ihres Lebens gemacht hatten. Immerhin war eine Gasflasche da, ich fand sie in einem Schränkchen hinter dem geblümten Vorhang neben dem Herd. Als ich sie anhob, war sie relativ schwer, also zumindest nicht ganz leer. Gut.

In der Wand rechts von mir war ein Durchgang zum nächsten Raum. Ich zog automatisch den Kopf ein, als ich durchging. Ein Bettgestell aus Eisen mit ungehobelten losen Latten als Rost nahm den meisten Platz ein. Die andere Seite des Zimmerchens, das etwas größer war als die Küche, wurde von einer offenen Feuerstelle beherrscht. Die Wände aus dickem Stein waren grob verputzt und anscheinend vor langer Zeit zum letzten Mal gekalkt worden, an manchen Stellen war der Putz abgebröckelt und lag in kleinen Haufen auf dem Boden. Aber bislang hatte ich nicht mal die allerkleinste Kakerlake gesichtet, geschweige denn Rattendreck oder leere Schlangenhäute. Zwischen Bett und Wand stand eine breite dunkle Kommode mit drei Schubladen, vor dem Bett lag ein Flickenteppich. Das war alles. Ich dachte seufzend an meinen schönen dicken Berber – ich konnte nicht anders. Aber nur kurz, dann verbot ich mir solche Gedanken. Schluss damit. Keine Klimaanlage, kein Berber. Tom war mir nachgetrottet und ließ sich auf dem Flickenteppich nieder. »Na, guck mal«, sagte ich zu ihm, »du kannst also auch auf dicke Teppiche verzichten.« Er sah mich aus großen braunen Augen an – vorwurfsvoll? – und rollte sich zusammen.

Irgendwo musste es noch ein Bad geben. Die Hütte habe Wasser aus eigenem Brunnen und Strom und ein Bad, hatte es geheißen. Aber hier war kein Bad. Ich ging wieder nach draußen und um das Haus herum. Das Bad entpuppte sich als kleiner Anbau mit Dusche, Wasch-

49

becken samt einem angelaufenen Spiegel darüber und Klo, alles einigermaßen sauber. Warmes Wasser gab es keins. Aber eine Waschmaschine, die sogar funktionierte. Ich ging wieder ins Haus zu Tom. »Na, mein Hund, da haben wir ja ein echtes Schnäppchen gemacht, aber besser kaltes Wasser als gar keines.« Es begann zu dämmern. Ich musste noch auspacken.

Zwei Stunden später hatte ich die Matratze, die ich noch in Carvoeiro gekauft hatte, aus dem Bus und auf das Bett gezerrt und mein Bett bezogen. Die mitgebrachten Lebensmittel waren im Küchenregal verstaut. Ein Koffer war noch halbvoll, die anderen Sachen hatte ich mit Mühe in der Kommode untergebracht. Auf der Kommode stand Arizona, davor lagen ein paar Bücher. Die Schuhkartons waren an der Wand neben der Tür gestapelt. Ich hatte geduscht, Brot und Käse gegessen, Tom gefüttert und mir Wein aufgemacht. In der Küche hatte ich Kerzen gefunden und drei davon in den Kamin gestellt, die jetzt ihren flackernden Schein in den Raum schickten. Am ersten Abend in meinem Schlupfloch hockte ich im Jogginganzug neben Tom auf dem Bett, rauchte, starrte in die Kerzenflammen und fühlte mich gar nicht so schlecht. Eine Untertasse war mein Aschenbecher. Morgen würde ich noch ein paar Sachen besorgen müssen, einen Besen, eine Lampe für das Schlafzimmer, einen Aschenbecher. Oder übermorgen. Ich war so entsetzlich müde.

Die Ruhe weckte mich. Ich lag Rücken an Rücken mit meinem schnarchenden Hund. Die letzten Bilder eines wirren Traums hingen in meinem Bewusstsein wie sich auflösende Nebelfetzen. Einen Moment lang wusste ich nicht, wo ich war. Von draußen drangen jetzt Vogelstimmen durch die Stille, es wurde langsam hell. Der Raum nahm allmählich Konturen an. Der Kamin schälte sich aus dem Dunkel, die Kommode. Ich hatte Durst, und ich hatte Kopfschmerzen. Mühsam angelte ich nach der Wasserflasche, die ich neben dem Bett auf den Boden gestellt hatte, trank noch halb im Schlaf und dachte: »Ich bin im Alentejo.« Dann schlief ich wieder ein.

An dieser Stelle würde ich wirklich gerne von der endgültigen Wandlung der fügsam feigen Ehefrau zur selbstbewussten Landhausbewohnerin mit abgeklärtem Verhältnis zur Vergangenheit erzählen, die plötzlich ihre Begabung für Landschaftsmalerei entdeckt, eine großartige Karriere macht usw. Die traurige Wahrheit ist, dass sich die hyperaktive Clara der vergangenen zehn Tage als Mogelpackung erwies. Ich war wie einer dieser Luftballons, die man auf Jahrmärkten kauft. Ein paar Tage lang schweben sie prall und bunt unter der Zimmerdecke, dann entweicht langsam das Gas, und sie enden als schrumpelige Hüllen in der Ecke. Genau wie ich. Wer auch immer während der letzten zehn Tage die Fernsteuerung in der Hand gehalten und mich hierher geführt hatte, er oder es hatte das Ding jetzt aus der Hand gelegt. Der Plan hatte mich bis zu dieser Hütte gebracht und nicht einen Meter weiter. So leid es mir tut, das sagen zu müssen, aber inmitten der sonnendurchfluteten Landschaft da draußen vor meinem Fenster schloss sich erneut eine rabenschwarze Dunkelheit um mich, als versänke ich in einem tiefen Meer. Die meiste Zeit über lag ich auf dem Bett und schlief oder döste. Nur in meinen Träumen war Farbe. Da tanzte Werner mit grell geschminkten Sambatänzerinnen nackt durch die Villa, und auf den Sofas saßen Fremde, die mit Golfschlägern applaudierten. Dann wieder waren Werner und ich jung und verliebt am Strand, vor fröhlich-bunten Surfsegeln. Und manchmal waren selbst meine Träume grau und schwarz. Ich träumte meine eigene Beerdigung, sah meinen Sarg in die Erde sinken, sah Werner im dunklen Anzug hämisch auf die Holzkiste herunterlächeln.

War ich wach, fütterte ich den Hund, aß ein bisschen, trank, rauchte. Klingt das vertraut? Ja, es war alles wie gehabt, nur in anderer Umgebung und mit dem Unterschied, dass jetzt niemand mehr von mir verlangte aufzustehen. Kein Werner kam, keine Lisa klingelte. Die Batterie meines Handys war längst leer, ich merkte es nicht einmal. Eine prallvolle Batterie hätte allerdings auch nichts geändert, hier in der Pampa gab es kein Netz. Aber das sollte ich erst viel später feststellen. Merkwürdigerweise dachte ich nie an Selbstmord. Dabei habe ich immer geglaubt, Selbstmordgedanken würden zu einer anständigen Depression gehören wie Flöhe zu einem Straßenköter.

Da ich nun aber nicht sterben wollte, war nach zwei Wochen ein Einkauf unausweichlich. Eines Morgens kratzte ich Schimmel vom Käse – neben Crackern mein Hauptnahrungsmittel –, und mein Blick fiel auf die letzte Dose Hundefutter, die einsam im Regal stand. Ich hatte kaum noch Wein, und die letzte Stange Zigaretten neigte sich dramatisch dem Ende zu.

An diesem Tag widerstand ich der Versuchung, wieder ins Bett zu gehen, und stellte mich unter die Dusche. Tom spitzte überrascht die Ohren, als ich in meine Jeans und die Schuhe schlüpfte und zum Bulli ging. Ich wollte ins nächste Dorf, das hoffentlich einen Laden hatte. Laut Karte war das ein Ort namens Hortinhas. Es waren nur etwa drei Kilometer bis dorthin, aber ich brauchte für den Weg mehr als eine halbe Stunde, weil ich wieder mit den diversen Feldwegen kämpfen musste, von denen nur einer zur Hauptstraße führte.

Hortinhas schien in der Sonne zu dösen. Nichts rührte sich. Nur ein paar Hunde lagen in schattigen Ecken und hoben matt die Köpfe, als ich durch die Gässchen rumpelte. Winzige weiße Häuser klebten aneinander, mit blau und gelb umrahmten Fenstern. Ich fragte mich kurz, ob blaue Farbe andere Geister abhält als gelbe. Einige der Häuschen waren frisch gestrichen und wirkten gepflegt, statt der alten Holzfenster glänzten Aluminiumrahmen in der Sonne. In den wenigen offenen Türen raschelten leise bunte Fliegenvorhänge. Ich konnte nicht ausmachen, ob sich dahinter Leben regte. In anderen Wänden gähnten leere Fensteröffnungen wie zahnlose Münder, Türen hingen schief in ihren Angeln oder waren vernagelt. Kein Mensch war auf der Straße. Was für ein verlassenes Nest! Vielleicht gab es hier gar keinen Laden? Aber von irgendetwas mussten die Leute doch leben?

Ich parkte den Bus an einem kleinen Platz im Schatten eines Hauses, gleich neben einem Brunnen, dessen Messinghahn beharrlich über einem flachen Wasserbecken tropfte. Eine große Palme beherrschte den Platz. Neben einer Bank, auf der eine Katze träge blinzelte, blühten prächtig leuchtende Blumen in Betonkübeln. Ich ließ den Wagen und alle Fenster für Tom offen. Erstens gab es nichts zu stehlen, und zweites konnte ich mir beim besten Willen nicht vorstellen, woher in diesem Kaff so plötzlich Diebe auftauchen sollten. Es war brütend heiß, kein noch so kleiner Windhauch strich durch die gleißend hellen Gassen, von denen eine aussah wie die andere.

Fast wäre ich am Laden vorbeigelaufen. Nur ein kleines Werbeschild für eine Kaffeemarke an der Wand über der Tür verriet, dass es hinter einem der Fliegenvorhänge vielleicht etwas zu kaufen oder zumindest einen Kaffee zu trinken gab.

Drinnen herrschten schummriges Licht und angenehme Kühle. Ich konnte kaum etwas erkennen, bis mir auffiel, dass ich noch die Sonnenbrille auf der Nase hatte. Ich schob sie mir auf den Kopf, und es ward Licht. Jedenfalls war es jetzt so hell, dass ich einen langen Tresen mit einer Zapfanlage auf der einen und einer Palette Eier auf der anderen Seite erkennen konnte. Dahinter nahm ein deckenhohes Regal die ganze Wand ein. Neben und über einer breiten Kaffeemaschine samt Kaffeemühle stapelten sich Zigarettenstangen, Waschmittel, Shampoo, verschiedene Kekspackungen, Zucker und Getränkedosen, auf weiteren Brettern standen Schnapsflaschen, Werkzeuge und Schrauben, Glühbirnen und Klopapier. Oben im Regal entdeckte ich sogar Hundefutterdosen. Eine alte Waage in der Ecke sah aus, als hätte sie schon zu Zeiten der Mauren gute Dienste geleistet. Aber auch ohne die Waage hatte ich das Gefühl, in einer anderen Zeit gelandet zu sein.

Ich drehte mich um und sah mir den restlichen Raum an, der nicht größer war als mein früheres Schlafzimmer. Zu meiner Überraschung war ich nicht allein. Es war so still hier, dass ich geschworen hätte, die einzige Kundin zu sein. Aber gegenüber dem Tresen rechts und links von der Tür drängten sich vier kleine Tische und einige Stühle aus Metall, und dort saßen zwei Leute. Direkt unter einem kleinen Fenster hockte ein alter Mann und hielt eine Tageszeitung nah an das Licht und gleichzeitig nah an seine Augen. Neben ihm döste ein weiterer Alter unter einem schwarzen Hut. Vielleicht schlief er sogar, sein Kinn war auf die Brust gesunken. Vor den beiden standen kleine, leere Kaffeetassen. Keiner von ihnen achtete auf den großen Fernseher, auf dessen Bildschirm sich gestylte junge Leute tonlos anschrien. Der Apparat krönte einen sichtlich neuen hohen Kühlschrank. Es roch nach kaltem Rauch und nach Schinken. Der Qualm ungezählter Zigaretten hatte eine gelbliche Patina auf dem Weiß der Wände hinterlassen und bildete jetzt den farblichen Hintergrund für eine Kollektion nebeneinanderhängender Kalender, von denen jeder ein anderes verschnörkeltes Madonnenbild zeigte. Außer dem Brummen des Kühlschranks und dem wütenden Summen einer verirrten Wespe, die immer wieder gegen die Fensterscheibe prallte, ohne dass der lesende Alte sich stören ließ, war noch immer kein Geräusch zu hören.

Ich hüstelte. Der Alte mit der Zeitung sah auf und musterte mich interessiert, als hätte er mich erst jetzt bemerkt. Ich lächelte ihn an. Lächeln ist immer gut. »*Bom dia*«, grüßte ich ihn zaghaft. »*Boa tarde*«, brummelte der Alte zurück. Es war schon nach eins, und nachmittags sagt man in Portugal nicht mehr guten Tag, sondern guten Nachmittag. Wir schwiegen beide wieder. Dann machte der Alte den Mund noch mal auf und zeigte mir drei braune Zähne. »Ana!«, rief er in Richtung Tresen und wandte sich wieder seiner Zeitung zu.

Die Frau, die in der Tür links hinter dem Tresen erschien, mochte sechzig, vielleicht auch siebzig Jahre alt sein. Sie war klein und rund, hinter dem wuchtigen Holztresen wirkte sie sogar winzig, und hatte feines graues Haar, ordentlich zu einem tief sitzenden Knoten frisiert. Über langen Hosen aus dunklem Stoff und einem roten T-Shirt trug sie eine Kittelschürze mit feinen Karos. Dunkle Augen guckten mich freundlich interessiert an. »*Sim, Senhora?*«

Unsicher lächelte ich. »*Boa tarde, eu preciso estas coisas.*« Damit legte ich meinen Einkaufszettel auf den Ladentisch. »*Você e turista?*«, fragte die Frau, von der ich annahm, dass sie Ana war. Sie nahm den Zettel und guckte aufmunternd. O Gott, hoffentlich wollte die nicht viel plaudern, das gab mein Portugiesisch nicht her. Aber für ein paar einfache Sätze reichte es schon. »*Não, não sou. Eu moro aqui, na Quinta Pereira.*« Nein, ich bin keine Touristin, sondern lebe auf der Quinta Pereira. Ana zog erstaunt die Augen-

brauen hoch, sagte aber erfreulicherweise nichts mehr –
vielleicht hatte mein Akzent sie verschreckt –, sondern begann kommentarlos, meine Sachen zusammenzusuchen
und in Plastiktüten zu packen. Ich bedankte mich, zahlte
und schleppte die Tüten nach und nach zu meinem Bus,
nicht ahnend, dass jeder Gang von dunklen Augen in greisen Gesichtern genauestens verfolgt wurde. Ich sah die
knorrigen Hände nicht, die Vorhänge zur Seite schoben,
um freien Blick zu haben auf die Fremde, die bei Ana eingekauft hatte.

Ich war kaum wieder zu Hause, da wussten alle in Hortinhas, dass die Quinta Pereira eine neue Bewohnerin hatte.
Während ich mich mit frischen Wein- und Zigarettenvor-
räten wieder meiner Selbstzerstörung hingab, war ich offenbar *das* Thema im Dorf.

In Hortinhas sprechen sich Neuigkeiten schnell herum.
Erstens, weil es so selten Neuigkeiten gibt. Und zweitens,
weil in Hortinhas Dona Isabella lebt. Am späten Nachmittag, wenn die Sonne an Kraft eingebüßt hat und der kleine
Dorfplatz im Schatten liegt, dann sitzt Dona Isabella auf
der Bank beim Brunnen. Sie ist immer froh, wenn sie es
von ihrem Haus bis hierher geschafft hat, und seufzt tief,
sobald sie sich auf die Bank fallen lassen und die schmer-
zenden Beine strecken kann. Diese Beine lassen sie immer mehr im Stich. Dona Isabella zählt siebenundachtzig
Jahre. Sie ist nie besonders groß gewesen, aber mit den
Jahren und der harten Arbeit auf dem Land ist ihr Körper
so krumm geworden und so sehr geschrumpft, dass ihr ein

Zehnjähriger auf den Kopf spucken könnte. Wenn es denn Zehnjährige geben würde in Hortinhas. Aber hier gibt es nur noch Alte wie sie selbst.

Normalerweise fummelt sie, wenn sie bequem sitzt, mit ihren gichtigen Händen ein großes Stofftaschentuch aus den Tiefen ihres schwarzen Kleides. Seit zweiundvierzig Jahren schon trägt sie Schwarz, seit ihr Ricardo sie allein gelassen hat, um viel zu früh vor den Herrn zu treten, wie sie nicht müde wird zu sagen. Dona Isabella schnäuzt sich geräuschvoll die Nase, die auffallend groß in dem winzigen Gesicht sitzt. Ist der Staub des Tages in das Taschentuch gewandert, fühlt sich Dona Isabella bereit. Dann blitzen ihre kleinen Äuglein wie schwarze Opale in dem Gesicht, das von faltigem Pergamentpapier überzogen scheint. Ihr Körper ist alt, aber ihr Geist wasserklar. Ihrem scharfen Blick entgeht so schnell nichts.

Natürlich hat sie die Ausländerin gesehen, die durch das Dorf ging. Eine große Frau ist das gewesen, groß und schrecklich dünn. Wenn man Dona Isabella fragt, ist die Frau krank. Und man fragt Dona Isabella. Fast jeder in Hortinhas kommt früher oder später an ihrer Bank vorbei, um ein Pläuschchen mit ihr zu halten. Das gehört zum guten Ton. An jenem Tag ist die große dünne Fremde das Gesprächsthema Nummer eins und kommt sogar noch vor Luis' krankem Schafsbock, von dem niemand weiß, was genau ihn quält, wenn er kläglich schreit. Selbst die feine Dona Rita lässt sich an diesem Tag blicken, wie immer gekleidet in Rock und Bluse, an den Füßen Pumps, das silbergraue Haar toupiert und behängt mit Schmuck, als ginge sie in ein schickes Café in der Hauptstadt und wäre nicht auf dem Weg zum Laden von Ana.

Dona Rita hat die Fremde zwar nicht gesehen – nichts und niemand kann sie vom Fernseher weglocken, wenn ihre geliebten Telenovelas und Talkshows laufen –, aber nach ein paar Minuten auf der Bank mit Isabella würde sie jederzeit schwören, dass die Frau unglaublich blass und dürr gewesen ist. Anämisch vielleicht, auf jeden Fall krank, *pois não?*

Bei ihrem allabendlichen koffeinfreien Kaffee mit Mandellikör – aber bitte nur einen winzigen Schluck! – erfährt Dona Rita von Ana, dass diese bedauernswerte Kranke auf der Quinta Pereira eingezogen ist, und gibt diese Neuigkeit sofort an Dona Isabella weiter. Auf der Quinta Pereira? Ganz allein? *Mae do Deus!* Die Spekulationen wachsen wie Bohnen auf dem Feld nach einem warmen Frühjahrsregen. João, Gatte von Ana und Mitinhaber des Geschäfts, setzt dem Tratschen in seiner trockenen Art ein Ende. Man wird ja sehen, wer das nächste Mal zum Einkaufen kommt, vielleicht ja der Ehemann der Frau.

João und Ana waren es auch, die mir von dem Eindruck erzählten, den ich im Dorf hinterlassen hatte. Aber das war viel später.

Am nächsten Tag war ich als Thema schon nicht mehr ganz so interessant, und in den kommenden zwei Wochen ging das Leben in Hortinhas seinen normalen Gang. Der Schafsbock wurde auf wundersame Weise gesund, der alte Esel von Nuno tat seinen letzten Atemzug, aus Kanada kam ein Brief von João junior, in dem er schrieb, dass er Vater werden würde, und Zé Manuel schlug zwölf Welpen tot, die seine Hündin geworfen hatte.

Dann kam ich wieder ins Dorf – allein, blass und mit einer langen Einkaufsliste. Ich sagte freundlich Guten Tag und Danke und Auf Wiedersehen, lächelte, sprach ansonsten kein Wort und fuhr wieder davon. Kein Wunder, sagten am Abend alle, dass sie krank aussieht. Ich hatte wieder kein Gemüse gekauft, keinen Salat, nur Zigaretten, Wein, Kaffee, Käse, Eier und abgepackte Sachen. Wieder wurde eifrig diskutiert, auf Dona Isabellas Bank und in der kleinen Ladenkneipe. Vielleicht baut die Fremde auf der Quinta selbst Gemüse an? Ach was, habt ihr denn nicht die Hände gesehen? Solche Hände arbeiten nicht auf dem Land. Dabei ist es gutes, fruchtbares Land, gar nicht so viele Steine. Überhaupt, eine Schande, dass die Pereira-Kinder das Terreno verscherbelt haben! Aber so ist es eben heutzutage, *pois não*? So redeten die Alten. Noch mehr redeten sie, als ich nach weiteren zwei Wochen nicht wieder zum Einkaufen kam. Und dann schickten sie mir João.

Ich hörte ihn nicht kommen. Wie meistens in den vergangenen Wochen hatte ich mich in einen angenehm benebelten Zustand getrunken, in dem kein Nachdenken nötig und das Leben einfach war. Ich war nicht betrunken, aber auch nicht nüchtern und schlief halb. Erst als Tom aus der Hütte schoss und vor der Tür wie rasend bellte, schreckte ich auf. Der anhaltende Lärm vor der Tür machte mich endgültig wach. Hörte ich da eine Stimme?

Ich rappelte mich auf und ging nachsehen. Neben meinem Bulli stand ein staubbedeckter Motorroller, und neben dem Roller redete ein alter Portugiese leise auf den aufgebrachten Hund ein. Angst vor Tom schien der Mann nicht zu haben, obwohl der jetzt tief knurrte und aussah wie ein ungemein gefährlicher Hund. Als der Alte mich bemerkte, blickte er auf. Im ersten Moment sah ich nur seine Augen. Braune Augen, in denen ein unglaublich warmes Lächeln stand. »Aus, Tom, ist gut!«, sagte ich automatisch. Der Hund verstummte und kam zu mir. »Fein aufgepasst, guter Hund«, beruhigte ich ihn weiter und ließ dabei die faszinierenden Augen meines Gegenübers nicht aus dem Blick. »*Sim?*« Der Alte kam näher und begann mit dem Tempo eines Maschinengewehrs zu reden:

»*Boatarde.SouJoãoomaridodeAnaquetemalojanasHortin- haspreocupamonoscomvocê?*« In meinen Ohren rauschte eine Aneinanderreihung von Zisch- und E- und I-Lauten, ich verstand kein Wort. Wenn das ein Satz gewesen war, und wenn der Mann immer so schnell sprach und immer so nuschelte, dann würde das ein verdammt einseitiges Gespräch werden (auf dem Markt in Portimão hatte ich meinen Gemüsestand nicht etwa nach der Qualität des Gemüses oder dem günstigsten Preis ausgesucht, sondern danach, welche Marktfrau einigermaßen langsam und deutlich sprach. Und um ehrlich zu sein, war die Marktfrau auch so ziemlich die Einzige gewesen, mit der ich Portugiesisch gesprochen hatte). Dies war zweifelsohne die klassische Situation für meinen besten portugiesischen Satz: »*Podia falar mais devagar, faz favor?*« Würden Sie bitte langsamer sprechen? Ich hoffte, dass der Mann seinerseits mich verstanden hatte, trotz meines Akzentes und trotz meines trockenen Halses, der meine Aussprache noch kratziger machte.

Die warmen Augen schauten mir aufmerksam ins Gesicht, und das Lächeln in den Augen bekam einen kleinen Bruder, der hinunter zum Mund des Alten wanderte und dort hängen blieb. Der Mann begann wieder zu reden – betont langsam kamen jetzt wunderbar unterscheidbare Worte von seinen Lippen.

»*Chamo-me João. Sou o marido da Dona Ana, que tem a loja nas Hortinhas. Tudo bem com você?*«

Er hieß also João, war der Mann von Ana mit dem kleinen Laden und fragte, ob mit mir alles in Ordnung sei. »*Sim, todo bem, obrigada*«, doch, doch, alles bestens, danke der Nachfrage. Mein Anfängerkurs Portugiesisch hatte sich eben doch gelohnt. Über diesen Kurs war ich nie hinausgekommen. Die portugiesische Sprache ist eine ziemliche Zumutung für eine deutsche Zunge – von der Grammatik ganz zu schweigen. Na ja, und unsere Bekannten waren samt und sonders zugezogene Ausländer wie wir selbst. In unserem Wohnviertel gab es schlicht und ergreifend keine Portugiesen (selbst die Gärtner und Putzhilfen waren Rumänen oder Bulgaren, die allerdings nach kürzester Zeit Portugiesisch sprechen konnten), weshalb ich in Portimão auch ohne die Landessprache gut klargekommen war und mir den Fortgeschrittenenkurs geschenkt hatte.

Jetzt guckte João an mir vorbei in die Hütte – ganz schön

neugierig, dachte ich –, und dann sah er wieder mich an, mit diesem kristallklaren freundlichen Blick. Ich wurde gründlich gemustert, und es war mir alles andere als angenehm. Unwillkürlich strich ich mir über die Haare. Fettig und strähnig. Wann hatte ich eigentlich zuletzt geduscht? Oder mich umgezogen? Meinen Jogginganzug hatte ich bestimmt seit zwei Wochen an, und so sah er auch aus. Ich war barfuß und meine Füße nicht gerade sauber. Mit meinem Atem konnte ich vermutlich eine ganze Armee in die Flucht schlagen. Ein Königreich für ein Pfefferminzbonbon! Und wenn ich mich nicht täuschte, dann musste mein Besucher einen hervorragenden Blick auf einen Haufen leerer Flaschen und Hundefutterdosen in der Ecke der Küche haben, über dem diverse Fliegen kreisten. Wie eine Serie von Blitzen schossen mir diese Gedanken und Bilder durch den Kopf. Plötzlich war mir das alles ungeheuer peinlich. Bestimmt hatte ich jetzt rote Flecken am Hals, wie immer, wenn ich mich schämte. Am liebsten hätte ich die Tür zugeschlagen und mich wieder in meiner Hütte vergraben. Aber meine gute Erziehung stand mir so unverrückbar im Weg wie der Olivenbaum vor meinem Haus. Schließlich war der Mann extra hier herausgekommen, um nach mir zu sehen.

Also bot ich ihm höflich ein Glas Wein an, in der Hoffnung, dass er die Einladung ebenso höflich ablehnen würde. Aber nein. Immer noch lächelnd sagte João: »*Porque não?*« Warum nicht? Und blieb einfach stehen, wo er war. Was blieb mir übrig? Ich holte eine Flasche Wein und zwei Stühle aus der Küche. Eher hätte ich mir einen

Finger abgehackt, als den Alten in meine schmutzigen vier Wände zu lassen. Während ich zwei Gläser ausspülte, hoffte ich, dass dieser João nicht allzu viel Sitzfleisch haben würde. Ich hatte keine Ahnung, was und wie ich mit ihm reden sollte. Schließlich saßen wir unter dem Olivenbaum und schwiegen.

Wir prosteten uns wortlos zu. Wieder schenkte mir der alte Mann sein herzliches Lächeln, und ich musste einfach zurücklächeln. Er trank einen Schluck Wein und blickte in die weite Landschaft. Wir saßen da wie ein altes Ehepaar, das gemeinsam den Tag bei einem Glas Wein beschließt. Es war das erste Mal, dass ich unter der großen Olive saß und bewusst auf das Land sah, das ich gekauft hatte. Es war ein Blick über sanfte Hügel in allen denkbaren Rot-, Gelb- und Brauntönen, über knorrige Korkeichen und Olivenbäume, die im weichen Licht des späten Nachmittags silbern wirkten, in einen unendlich weiten Horizont. Einen Wimpernschlag lang glaubte ich, wieder das Meer zu sehen. Aber hier gab es nichts als eine trockene und dennoch erhaben schöne Landschaft mit einem endlosen blauen Himmel, den nicht eine Wolke bedeckte. João fing wieder an zu reden. Er zeigte auf einen Baum, dann auf einen anderen. Nannte Namen, die ich nicht kannte. »*Boa qualidade, boa terra*«, sagte er dann, gute Qualität, gute Erde. Das verstand ich. Wieder saßen wir schweigend da. Dann trank der Alte unvermittelt sein Glas aus, stellte es neben den Stuhl, bedankte sich und ging zu dem Motorroller, dessen ursprüngliche Farbe unter dem braunen Dreck nicht mehr auszumachen war. Röchelnd sprang der Motor an. João winkte und verschwand, so plötzlich wie er erschienen war, in einer Staubwolke.

Ich war verblüfft, verwirrt und irgendwie enttäuscht. Ich blieb unter dem Olivenbaum sitzen, rauchte noch eine Zigarette und trank langsam mein Glas aus. Schließlich ging ich zu einem der Bäume, auf die João gezeigt hatte. Lange dunkle Schoten hingen im vollen hellgrünen Laub, sie sahen aus wie große, alt und schwarz gewordene Bohnenhülsen. Was hatte der Mann gesagt, wie der Baum hier hieß? Irgendwas mit A. Ich brach eine der Schoten auf und schnupperte, sie roch ganz leicht süßlich, ein bisschen nach Kakao. Langsam wanderte ich weiter über das Grundstück, während Tom beglückt vor mir herlief. Es gab viele Olivenbäume und einige Eichen und, soweit ich das einordnen konnte, drei Feigen und noch mehrere andere Bäume, die ich für Obstbäume hielt. An einem klebrigen Busch stieß ich auf einen Grenzstein, der noch die Kürzel meiner Vorgänger trug. Neugierig geworden, suchte ich nach anderen Grenzsteinen, bis ich einmal um mein ganz schön großes Land herumgelaufen und nach der ungewohnten Bewegung ganz erschöpft war. Sechs Hektar sind schließlich keine Kleinigkeit, in Deutschland hätten sie darauf eine ganze Siedlung von Einfamilienhäusern gebaut, jedes mit kleinem Garten.

Neben großen und kleinen Steinen, trockenen Büschen, einem ebenso trockenen Bachlauf und den schon erwähnten Bäumen hatte ich die Reste von kleineren Gebäuden, wahrscheinlich Ställen, und in den Büschen hinter dem Badezimmeranbau eine alte rostige Badewanne entdeckt, die wohl vor langer Zeit als Schafstränke gedient hatte. Mit einem Küchenmesser hackte ich, so gut es ging, die Büsche weg, bis die Wanne frei stand, und legte mich dann völlig fertig ins Bett. Erst im Einschlafen fiel mir ein, dass ich dem alten Mann nicht einmal meinen Namen genannt hatte.

Als mich die Vögel am nächsten Morgen weckten und Tom vom Bett sprang, um draußen den einen oder anderen Baum zu bepinkeln, reckte ich mich ausführlich, angelte nach meinen Badelatschen, setzte Kaffee auf und ging nach draußen. Mein Land empfing mich im ersten Tageslicht feucht schimmernd vom Tau. Unter dem Olivenbaum standen noch die beiden Stühle. Ich setzte mich, und mir war, als säße der alte Mann wieder neben mir. Ich hörte ihn sagen: *Boa qualidade, boa terra.* Und zum ersten Mal seit langer Zeit begrüßte ich die Welt mit einem Lächeln.

An diesem Tag kaufte ich in Hortinhas Tomaten und Salat. Natürlich auch Wein und Zigaretten und Hundefutter. Ich erstand einen Besen und einen Aschenbecher. Und ich führte ein kleines Gespräch mit Ana, der Frau von João. Es war nicht viel mehr als ein kurzer Austausch von Höflichkeiten, aber ich glaube, sie begriff, dass ich mich für Joãos Besuch bedanken wollte. Und sie wusste jetzt meinen Namen. João selbst war nicht im Laden, aber auch Anas Lächeln tat mir gut. Wieder zu Hause, scheuerte ich die alte Wanne und füllte sie eimerweise mit Wasser. Die Sonne war mein Boiler, am Abend nahm ich ein warmes Bad.

Im Nachhinein kommt es mir so vor, als hätte ich damals die Verzweiflung und den Kummer aus mir herausgeschrubbt, die mich so lange in ihren Fängen gehalten hatten. Ich war danach kein neuer Mensch, aber ich fühlte mich neu. Und als João mich das nächste Mal besuchte, gab es keine roten Flecken an meinem Hals. Wieder tranken wir Wein unter dem Olivenbaum. Wieder sprach er wenig, und wenn, dann langsam und deutlich. Ich wusste es damals nicht, aber dieser alte Mann von vierundsiebzig Jahren, der weder lesen noch schreiben konnte, dessen Gesicht von tiefen Furchen durchzogen war und der zehn Zentimeter kleiner war als ich, wurde mein Lehrer.

3

Seit geschlagenen zwei Stunden saß ich schon auf einem Stein und beobachtete Ameisen. Es waren sehr kräftige Exemplare, jede so groß wie der Fingernagel meines Daumens, und jede einzelne war entschieden fleißiger als ich. Ich sann darüber nach, ob die kleinen Viecher glücklich waren in ihrem endlosen Hin und Her zwischen dem Bau und dem momentanen Ziel ihrer Strebsamkeit – einem kleinen Berg von Brotkrümeln, den ich für sie mitgebracht hatte. Ich hatte auch Hindernisse für sie gebaut, hatte große Zweige in ihren Weg gelegt und kleine Steine. Aber diese Ameisen waren durch nichts von ihrem Weg abzubringen. Woher wussten sie so genau, was sie zu tun hatten? Sie konnten doch nicht intelligenter sein als ich? Oder glücklicher?

Mein Rücken und mein Hinterteil taten mir weh. Außerdem wurde es zu heiß, um hier draußen herumzusitzen. Ich ging zurück in meine einigermaßen kühle Hütte, um die Mittagsstunden dösend und schlafend zu verbringen. Und das, obwohl ich schon seit geraumer Zeit tagsüber keinen Wein mehr trank. Es war nicht so, dass mir ein rettender Engel erschienen wäre, um mich mit deutlichen Worten darauf aufmerksam zu machen, dass ich dabei war, meine Leber und mein Leben durch übermäßigen Alkoholgenuss zu ruinieren. Nein, ich war ganz allein darauf gekommen, dass es besser war, wenn ich mich vor mir selbst nicht mehr ekeln musste. Ich duschte auch wieder regelmäßig. Und ich hatte angefangen, die Hütte zu putzen. Ich war zwar nicht so fleißig wie die Krabbeltiere auf meinem Grundstück, aber immerhin glänzte der Herd wie neu. Ich hatte den Kühlschrank von der Wand weggezogen und die viele Jahre alten Dreckschichten dahinter beseitigt. Die Regale waren staubfrei. Ich wollte sie noch mit Papier auslegen. Und vielleicht konnte ich im Dorf jemanden finden, der den Putz an den Schlafzimmerwänden ausbesserte. Im Vergleich zu den vergangenen Wochen war ich schon fast hyperaktiv. Von außen betrachtet hatte mein Leben natürlich den Unterhaltungswert eines Zimmerspringbrunnens, aber für mich war es genau richtig so. Gerade jetzt interessierte mich die Welt der gemeinen Feldameise deutlich mehr als der Rest des Universums.

Am Abend fuhr ich nach Hortinhas zu Anas Laden. Schon vor der Tür hörte ich Stimmen durcheinanderbrummeln, dann plötzlich ein meckerndes Lachen. Bei Ana herrschte anscheinend Hochbetrieb. Um diese Zeit war ich noch nie hier gewesen. Wie schrecklich, jetzt würden alle mitkriegen, wie ich versuchte, das Thema Wandverputzen anzusprechen.

Als ich durch den Fliegenvorhang trat, unterhielt eine mit Schmuck behängte alte Frau in Kostüm und Pumps gerade die versammelte Runde von zehn Greisen mit einer offenbar komischen Geschichte. Jedenfalls hatten alle, die ich im Raum sah, ein Lachen im Gesicht, das bei meinem

Erscheinen allerdings einzufrieren schien. Zwölf Augenpaare starrten mich an. Die Alte hörte mitten im Satz auf zu sprechen. Ich wurde sofort unsicher. Hatten sie über mich geredet, über mich gelacht? Ich zwang mich weiterzugehen zum Tresen, wo Ana wie immer ein freundliches Lächeln für mich hatte. Ich bestellte einen Kaffee. In meinem Rücken setzte das Gebrummel wieder ein, und nach ein paar Minuten schien es mir, als würde die Frau ihre Geschichte weitererzählen. Jedenfalls wurde wieder gelacht, also war ich wohl doch nicht das Thema gewesen. Ich holte den Zettel mit den Vokabeln für »verputzen« und »Putz« aus der Tasche und sagte dazu, dass es um mein Haus ginge. »João!«, rief Ana in die Tiefe des Hauses. Er versprach, in den nächsten Tagen vorbeizukommen. Ich trank meinen Kaffee aus und verabschiedete mich von Ana. Wieder verstummten alle Gespräche, als ich den Laden verließ.

Vier Schippen Sand, eine Schippe Zement. Dazu Wasser und kräftig mischen. Das war nicht schwer. Ich mixte also den Putz, João schmierte ihn in die Löcher an den Wänden. Von Verschönerung konnte noch keine Rede sein, aber João hatte auch Kalk mitgebracht, mit dem ich in den nächsten Tagen das Schlafzimmer streichen sollte. Mein Bett und die Kommode standen mitten im Zimmer, auf dem Bett stapelten sich wackelig die Schuhkartons, bei deren Anblick João die Augenbrauen hochgezogen hatte. »*Todos sapatos?*« – Alles Schuhe? – hatte er gefragt, und ich hatte verlegen lächelnd genickt. Jetzt drehte er sich zu mir um und grinste mich an. »*Pronto*«, fertig. Wir wuschen uns die Arme und setzten uns zufrieden mit einem Glas Wein unter die Olive. Das hatte schon fast Ritualcharakter.

Es war nach neun Uhr und immer noch warm. Die Luft schien zu stehen. Ab und an wirbelten ein paar Meter von uns entfernt kleine braune Staubwolken auf, wahrscheinlich krabbelte da irgendein Tier. Inzwischen schien auch noch das letzte Fitzelchen Grün verdorrt, selbst die Olivenbäume sahen braun aus. Sogar die Luft roch trocken. João wartete auf Regen und hatte Angst vor Bränden. Unter dem Olivenbaum stand immer ein Marmeladenglas mit Wasser für meine Kippen.

»Wie lange leben Sie schon in Portugal?«, fragte João nach einer Weile. Es war das erste Mal, dass er mir eine direkte Frage stellte. Eine ganz harmlose Frage ohne Zweifel, nicht mal besonders persönlich. Bestimmt wollte er nur nett sein und Konversation machen. Wieso also fiel mir die Antwort schwer? Ich musste doch nur sagen: *quinze anos*, fünfzehn Jahre. Ich trank noch einen Schluck, lächelte. Vielleicht sollte ich einfach lügen? Nach nur einem Jahr wäre es nicht so besonders peinlich gewesen, dass mein Portugiesisch schlecht war und ich das Land, in dem ich schon so lange lebte, kaum kannte. Wie oft hatte ich mich in einem früheren Leben darüber aufgeregt, dass es in Münster Ausländer gab, die auch nach zehn Jahren in Deutschland nicht die Sprache beherrschten? So was von integrationsunwillig, diese Leute! Ich fühlte das dringende Bedürfnis, mich zu verteidigen, obwohl mich niemand angegriffen hatte.

»*Quinze anos*«, sagte ich endlich. »Im Alentejo?«, fragte João nach. »Nein, in Portimão, an der Algarve.« João murmelte: »Hm, *na cidade*.« In der Stadt. Was sollte das denn heißen? Erklärte ihm das irgendetwas? Aber er sagte nichts weiter. Tatsächlich wäre João nie auf die Idee gekommen, mich (oder irgendjemanden sonst) zu kritisieren. João nahm die Menschen so, wie sie waren. Und schon gar nicht erwartete er, der selbst keine Schule besucht hatte, dass jemand eine Fremdsprache beherrschte. Aber das konnte ich ja nicht ahnen.

»Und du, kennst du die Algarve?«, fragte ich zurück. Kaum hatte ich die Frage gestellt, als ich mich hastig korrigierte: »Entschuldigung, waren Sie schon mal an der Algarve?« Mit der korrekten Anwendung der Höflichkeitsform hatte ich immer Probleme. João lachte und meinte, ich solle doch beim Du bleiben. »*Sim*«, sagte er dann, »ich war einmal am Meer, bei Tavira. Mit Ana, kurz nach unserer Hochzeit.« Angesichts seines Alters musste das schon eine geraume Weile her sein. Er trank einen Schluck Wein, ehe er weitersprach. »Ja, das war ein schönes Wochenende.« Seine Runzeln vertieften sich, als er bei der Erinnerung vor sich hin schmunzelte. »Aber hier bin ich lieber.« Er beschrieb mit einer Handbewegung das Land um uns herum. »Aber warum?«, platzte es aus mir heraus. »Ich meine, hier gibt es doch nichts!« João sah mich erstaunt an. »Nichts?«, fragte er dann ganz ruhig. »Nein, das stimmt nicht. Hier gibt es alles, was wichtig ist.« Damit stand er auf und verabschiedete sich. Ana wartete sicher schon. Es gab mir einen Stich. Da saß ich schon wieder allein unter meinem Baum, vor mir die Landschaft, die so schön und so leer war.

»Hier gibt es alles, was wichtig ist«, hatte João gesagt. Vielleicht für ihn. Aber für mich? Meine Augen wurden wässrig. Nein, jetzt nicht. Ich wollte jetzt nicht weinen, sondern nachdenken. Was war für mich wirklich wichtig? Freunde? Offensichtlich nicht; ich kam jetzt schon ganz schön lange ohne aus (tut mir leid, Heike, aber du bist so weit weg). Ein schönes Haus? Nicht mehr. So ein Haus war offensichtlich nichts Verlässliches. Bloß nicht das Herz daranhängen. Geld? Schon eher. Doch, Geld war mir wichtig. Ein Mann? Sehr witzig, Clara. Was andere Lebewesen anging, fiel mir im Augenblick tatsächlich nur mein Hund ein. Ganz schön armselig. Wupp, jetzt war's passiert. Ich heulte, bis Tom mir seine dicke Pfote aufs Knie legte, besonders nett guckte und ein kleines Wuffen von sich gab. Er fand offenbar, es sei jetzt kühl genug für seinen Spaziergang. Dieser Hund wurde im Alentejo auf seine alten Tage tatsächlich noch bewegungssüchtig. Also raffte ich mich auf. Zusätzlich zu meinen Tränensäcken bekam ich so wenigstens kräftige Waden und einen schlanken Hund.

Ein paar Tage später strahlte mein Häuschen in hellem Weiß, die Fenster waren frisch gelb umrandet. Ich war müde. Mein rechter Arm fühlte sich an, als wäre er doppelt so groß und doppelt so schwer wie sonst. Ich wollte nur noch ins Bett. Aber das war mir nicht vergönnt, Staubwolken kündigten Joãos Roller an. Ich hatte eigentlich keine Lust zu reden. Aber João: »Wo ist eigentlich dein Mann?«, fragte er mich knapp zwanzig Minuten später. Na bestens, diese Frage besserte meine Laune auch nicht gerade. Wieso ging er einfach davon aus, dass ich einen Mann hatte? Ich trug keinen Ring (den hatte ich am letzten Tag in der Villa in Portimão dem Abwassersystem überantwortet). Aber vielleicht gehörten alleinlebende Frauen über dreißig nur als schwarz gekleidete Witwen in Joãos Weltbild? Ich verkniff mir eine gereizte Antwort. »Mein Mann«, fing ich an – und griff zum Wörterbuch. João kannte das schon und wartete geduldig, bis ich mich zu »V« durchgeblättert hatte. »V« wie »Verlassen«. *Deixar* stand da und *abandonar. Deixar* hatte ich noch nie gehört. Aber Straßenhunde waren *»abandonados«*, das wusste ich. Verlassene Hunde. Wenn das nicht passend war! *»Abandonar«*, sagte ich also. O Schiet, so ging das nicht. Wie konnte ich sagen: Er mich? Schließlich sagte ich: »Er hat eine andere Frau.« Bravo, Clara, es geht doch! Joãos nächstes Wort war leicht zu verstehen: *»Idiota.«*

Idiota? Wer? Ich? Wieso ich und nicht Werner? Das war ja wohl das Letzte! Da war ich so ehrlich, die Peinlichkeit einzugestehen, dass Werner mich wegen einer anderen Frau verlassen hatte, und musste mich auch noch beschimpfen lassen?! Eine betrogene Frau war also eine Idiotin, weil sie sich hatte betrügen lassen? Das war ja eine feine Einstellung, die der Alte da hatte! Empörung brodelte munter durch meine Hirnwindungen. Gleichzeitig suchte ich verzweifelt nach portugiesischen Worten, um meiner Entrüstung Luft zu machen. João bekam nichts von alledem mit. Er schaute wie üblich gelassen in die Landschaft. *»Eu estão* *idiota?*« Ich bin eine Idiotin? Mangels anderer Möglichkeiten wiederholte ich seine Bemerkung als Frage und versuchte, meiner Stimme einen möglichst empörten Klang zu geben. Jetzt sah João mich erstaunt an. »*Tu? Não, não. Ele! Ele é idiota!*« *Ele* hieß eindeutig er, also doch Werner? Aber »*idiota*« hatte doch eine weibliche Endung? Ich griff zum Wörterbuch. »*Idiota*« hieß zwar nicht Idiot, sondern idiotisch, aber idiotisch konnte männlich oder weiblich sein.

Ich war umgehend versöhnt. Mehr als das, ich hätte João küssen können. Genau! Werner war der Idiot! Darauf stießen wir an. »Wie lange wart ihr verheiratet?« – »Dreißig Jahre.« João zog nur die Augenbrauen hoch. »Hast du Kinder?«, fragte er nach einer Weile. Mein Gott, das war wirklich der Abend der schwierigen Themen. »Nein.« Meine Antwort kam kurz und bündig. Sie wäre auch in meiner Muttersprache nicht länger ausgefallen. »Warum nicht?«, hakte João nach. Natürlich, die Frage kam ja immer. »Ich wollte keine«, antwortete ich. Sein erstaunter Blick traf meine Augen. Bei aller Sympathie für João, und auch wenn er gerade so treffend über meinen Exmann geurteilt hatte, darüber wollte ich nicht mit ihm reden. Darüber wollte ich noch nie gerne reden, egal mit wem. Ich war mir selbst nicht so ganz darüber im Klaren. Babys fand ich ja ganz niedlich, aber nur für ein paar Minuten, dann konnte ich nichts mehr mit ihnen anfangen. Und je größer sie wurden, desto nerviger wurden sie auch. Und dann verschwanden die Väter. Jedenfalls war mein Vater verschwunden, als ich fünf gewesen war. Wie auch immer, bei meiner Programmierung war der Mutterinstinkt offenbar unter den Tisch gefallen – ich wollte schon immer lieber einen Hund. Einmal, mit Anfang zwanzig, hatte ich geträumt, ich sei schwanger. Als das Baby dann zur Welt kam, war es ein Welpe. Ich kann mich noch genau erinnern, dass ich das im Traum auch völlig in Ordnung fand.

Trotzdem wäre ich beinahe im Kindbett gelandet, Werner zuliebe. Er wollte so gern einen Stammhalter, der sein Nachfolger auf dem Chefsessel werden würde, so wie er selbst seinem Vater nachgefolgt war. Ich gab schließlich nach und setzte die Pille ab. Nichts passierte. Werners Spermien schafften den Eignungstest nicht. Damit war das Thema vom Tisch und unsere Ehe angeknackst. Aber von all dem sagte ich João nichts.

»Hast du Kinder?«, fragte ich stattdessen zurück. Auch so eine alte Erfahrung: Wenn du nicht über deine Kinderlosigkeit reden willst, lass die Leute von ihren eigenen Kindern erzählen. João strahlte über das ganze Gesicht. »*Sim*, zwei Söhne, Rui und João junior! Und eine Tochter, Maria Gloria, und drei Enkelkinder, bald sind es vier!« Unglaublich, wie diese schönen Augen in dem alten Gesicht leuchten konnten. »Aber wo sind deine Söhne und deine Tochter?«, fragte ich ihn. »Ich hab in Hortinhas noch nie jüngere Leute oder Kinder gesehen.« Noch immer lachten Joãos Augen. »Rui arbeitet in Deutschland, schon seit langer Zeit, und João junior lebt in Kanada. Einmal im Jahr kommen sie uns besuchen.« Er machte eine Pause. Dann sprach er langsam weiter. »Das Dorf stirbt mit uns«, sagte er, »für junge Leute gibt es hier nichts, keine Arbeit, keine Schule, nichts. So ist es eben.« War da Trauer in seiner

Stimme? Nein, er redete ruhig und gelassen wie immer, auch wenn sein Lächeln einem nachdenklichen Ausdruck Platz gemacht hatte. »Und deine Tochter, wo lebt die, auch im Ausland?«, fragte ich weiter. Was für eine traurige Vorstellung, dass jemand Kinder wollte und bekam und dann alle ins Ausland gehen mussten!

»Nein, nein, unsere Maria ist in Évora, ihr Mann arbeitet bei der PT.« Die PT ist die portugiesische Telefongesellschaft, und Évora war die nächstgelegene große Stadt. »Sonntags sind wir fast immer bei ihnen«, setzte João noch hinzu und lächelte wieder. Als er schließlich auf seinen Roller gestiegen und nach Hortinhas aufgebrochen war, blieb ich wieder mit nagenden Gedanken zurück. Wäre ich heute noch glücklich mit Werner, hätten wir Kinder gehabt? Hätte er mich mehr respektiert, wäre ich die Mutter seiner Söhne gewesen? Waren wir je wirklich glücklich gewesen? War ich glücklich gewesen? Was bedeutete das überhaupt: Glück? Ich versuchte mir vorzustellen, eine Tochter zu haben, die jetzt für mich da wäre. Ich sehnte mich nach einem Gespräch. Nach einem Gespräch mit jemandem, der mich kannte und verstand. Heike fehlte mir, meine kinderlose Freundin. Zehn Minuten später wusste ich, dass ich auf meinem Grundstück keinen Handyempfang hatte.

Évora, Stadt der Kultur, Stadt der Geschichte, Stadt der Touristen, Stadt der Geschäfte, der Telefonzellen, Postfilialen und knappen Parkplätze. Es roch nach Abgasen, es war laut, es war herrlich lebendig. Aber schon nach einer Stunde zwischen all den Menschen und Autos war ich fix und fertig. In einer Nebenstraße, nicht weit entfernt von den Säulenresten eines Tempels, den die Römer hier irgendwann hinterlassen hatten, fand ich eine kleine ruhige Bar und ließ mich auf einen Stuhl fallen. Der Wirt war ein ungeheuer dicker und dennoch erstaunlich attraktiver Mann von vielleicht fünfunddreißig Jahren. Ich schätzte sein Gewicht auf zwei Zentner und wunderte mich, wie schnell er an meinem Tisch war. Der Kaffee, den er mir brachte, schmeckte großartig. Genau die richtige Mischung aus Espresso und aufgeschäumter heißer Milch.

Es war nicht viel los; eine Gruppe Polizisten stand am Tresen, an einem Tisch plauderten, den lauten Fernseher über ihren Köpfen ignorierend, Mutter und Tochter. Eine alte Dame am nächsten Tisch verfolgte die Show auf dem Schirm umso gebannter, während sie langsam ihren Kuchen aß. In einer Ecke gleich hinter der Tür stand ein kleiner Tisch mit einem Computer, an dem eine dunkelhaarige Frau in edlem Hosenanzug eifrig tippte. Erst jetzt sah ich das kleine Schild: »*Internet, 15 minutos 1,50 €.*« Sehr gut. Damit war meine Verbindung zu amazon.de endlich wiederhergestellt. Ich kann nur schlecht ohne Bücher leben. Besser gesagt: ich lese Bücher nicht, ich sauge sie auf. Und da ich meine Tage nicht mehr im Halbkoma verbrachte, brauchte ich dringend neuen Lesestoff.

Ich bestellte mir erst noch Kaffee, dann Bücher, dann noch ein Wasser und zog schließlich meinen ersten Einkauf des heutigen Tages aus der Plastiktüte. »*Português sem Fronteras*«, ein Portugiesisch-Lehrbuch für Ausländer. Dazu hatte ich eine Grammatik erstanden. Ich blätterte ein bisschen darin. Mit dem Lernen würde ich morgen anfangen. Als der dicke Wirt mein Wasser brachte und die Bücher sah, schenkte er mir ein Lächeln, das ich als aufmunternd interpretierte. Ich zahlte, packte meine Lektüre wieder in die Tüte und suchte mir eine Telefonzelle.

»Reiseredaktion, Heike Harms am Apparat.« Heike nannte immer ihren Vornamen, weil Anrufer sie sonst aufgrund ihrer Stimme oft für einen Mann hielten. Als ich diese Stimme hörte, tauchte unmittelbar das Bild von ihrem chaotischen kleinen Büro auf. Ich sah meine Freundin wie einen großen Farbklecks inmitten von Büchern und Zeitschriftenstapeln sitzen, ich hatte die Bilder an der Wand ihres Büros vor Augen und sah die angestaubten halbtoten Topfpflanzen auf dem Fensterbrett. Mein Kopfkino zeigte mir Heike mit ihren kurzen Haaren in feurigem Kastanienrot mit einem giftgrünen eckigen Brillengestell und zinnoberroten Lippen. Heike liebt es bunt. Aber vielleicht hatte sie inzwischen schwarze Haare, bei ihr wusste man nie.

»Hallo Süße, ich bin's, Clara.«

Ein entrüstetes Schnaufen am anderen Ende der Leitung antwortete mir. Dann kam, in einem Ton, der mich innerhalb einer Sekunde in meine Jugendtage zurückversetzte: »Clara! Ich fass' es nicht, wo zum Teufel steckst du?! Wieso ist dein Handy nie an? Ich bin fast wahnsinnig vor Sorge!«

Ich fühlte, wie ich rot wurde, genauso wie damals, wenn meine Mutter mich ausgeschimpft hatte, weil ich nicht nach Hause gekommen war. Also wirklich! Ich war schließlich nicht mehr siebzehn und Heike nicht meine Mutter. Ich legte extra große Gelassenheit in meine Stimme.

»Hey, beruhige dich, ich bin in Portugal, im Moment in Évora, mir geht's gut!« Und das stimmte sogar. Aber natürlich reichte so ein Sätzchen nicht für Heike (für meine Mutter hätte es auch nicht gereicht). Sie lief gerade erst warm.

»Du egoistisches Weib, was glaubst du eigentlich, was du deinen Freunden antun darfst? Du hast ja keine Ahnung, was ich mir alles ausgemalt habe! Ich dachte, du schwimmst tot im Atlantik oder hast dich an irgendeinem Olivenbaum erhängt! Oder sie haben dich in eine Nervenklinik gesteckt! Ich hatte deinetwegen Alpträume, die Stephen King vor Neid erblassen lassen würden! Und dein Anwalt lässt sich schon verleugnen, wenn ich ihn anrufe, so hab ich den genervt!« Jetzt holte sie Luft, und ich konnte ihre Tirade unterbrechen.

»Heike, wirklich, das tut mir leid. Ich hab nicht gedacht, dass du dir solche Sorgen machen würdest, ich hatte doch gesagt, ich will eine Zeitlang allein sein. Außerdem sind Olivenbäume nicht hoch genug, um sich daran aufzuhängen.« Es half nichts. Meine – bisher? – beste Freundin ließ weiter Dampf ab.

»Eine Zeitlang? Zwei Monate nennst du eine Zeitlang? Nachdem dein ganzes Leben auf den Kopf gestellt worden ist, meldest du dich zwei Monate bei niemandem und nennst das eine Zeitlang? Ich sag dir, was eine Zeitlang ist, das ist eine Woche, höchstens! Du musst wirklich verrückt geworden sein – wahrscheinlich rufst du aus der Anstalt an

81

und hast jetzt bloß Freigang!« Mehr fiel ihr nicht ein. Jetzt durfte ich wieder etwas sagen.

»Heike, jetzt komm mal wieder runter, ich bin im Alentejo, da hab ich mir ein Grundstück gekauft mit einer Hütte.« – »Eine Hütte?«, fiel sie mir ins Wort, »was meinst du mit Hütte? Du hast ein neues Haus? So schnell? Wo hast du denn das Geld her, hast du nicht immer behauptet, du müsstest verhungern, wenn du dich von Werner trennst? Nicht, dass ich das je geglaubt hätte. Aber ihr seid doch noch nicht mal geschieden, oder?« Eine interessante Frage, ich wusste es nicht. Es war wirklich an der Zeit, auch Dr. Schneider anzurufen.

»Heike, wenn du mich mal zu Wort kommen lassen würdest, könnte ich dir alles erklären, okay?« Ich brauchte eine ganze Weile und reichlich Münzen, um ihr zu erzählen, wie es mir ergangen war. Und wie es mir jetzt ging. Besser nämlich, viel besser. Heike am anderen Ende der Leitung blieb hörbar skeptisch.

»Also ich weiß nicht, aber ich kann mir die Clara Backmann, die ich kenne, nicht in der Pampa vorstellen, und schon gar nicht zufrieden. Du musst doch durchdrehen da! Und einen netten alten Herrn mit schönen Augen hast du kennengelernt, der dir guttut? Wirst du jetzt gerontophil?« – »Ich weiß nicht mal, was das ist!« – »Das Gegenteil von pädophil, aber egal.« Sie machte eine kurze Pause. »Hast du getrunken?«

Ich fand, das reichte jetzt, und steckte keine Münze mehr in den Schlitz des gefräßigen Telefonapparates. »Heike, mein Kleingeld ist so gut wie weg, gleich piepst es.

Ich melde mich wieder, du musst dir wirklich keine Sorgen mehr machen, okay? Bis ganz bald, tschüs.« Ich hängte den Hörer in die Gabel. So viel also zum Gedankenaustausch mit einer Seelenverwandten.

Ich zwang mich, auch noch mit Dr. Schneider zu telefonieren. Das Gespräch war deutlich kürzer, allerdings war offenbar auch Dr. Schneider der Meinung, dass ich mich schon früher hätte melden sollen. Jedenfalls war alles in Ordnung, die Villa verkauft, das Geld – abzüglich Dr. Schneiders Rechnung und des Geldes für das Grundstück – auf meinem Konto. Die Scheidung lief noch. Deshalb war auch das Grundstück noch nicht offiziell meins. Ich würde es erst nach der Scheidung auf meinen Namen eintragen lassen. Ich versprach, mir ein Postfach einzurichten, damit er mir die Unterlagen schicken konnte.

Eineinhalb Stunden später konsultierte die Dame hinter dem Schalter der Hauptpost zum soundsovielten Mal ihren Computer. Ich war seit geschlagenen fünfundfünfzig Minuten hier, und noch immer war das Formular zur Eröffnung eines Postfachs nicht fertig ausgefüllt. Ich schwöre: An mir lag es nicht! Ich hatte brav meine Nummer gezogen und zwanzig Minuten in der offenbar frisch renovierten und hochmodernen Schalterhalle gewartet, bis ich an die Reihe kam. Ich hatte den Satz »Ich möchte ein Postfach eröffnen« mehrfach geübt und schließlich offenbar verständlich gesprochen, ich hatte einen vorbereiteten Zettel mit meinen Daten in Blockschrift über den Schalter gereicht, dazu meinen Personalausweis und die kleine Karte mit meiner portugiesischen Steuernummer. Ich war ja schließlich kein totaler Neuling in Portugal. Bis hierher gab es also keine Probleme. Aber die Dame von der Post war die Langsamkeit in Person. Sie las langsam, schrieb langsam, ging langsam, sprach langsam, dachte langsam. Sie lächelte sogar langsam. Sie hatte alle Zeit der Welt. So allmählich verstand ich die Anekdote, die ich über den Alentejo gehört hatte. Demnach soll Jesus, bevor er in den Himmel auffuhr, zu den Alentejanern gesagt haben: Bewegt euch nicht, bevor ich wieder da bin! Diese Dame hier schien sich an dieses Gebot halten zu wollen.

Hinter mir hatte sich eine beachtliche Schlange gebildet. Aber kein Mensch regte sich auf. Ich musste dringend etwas von meiner deutschen Ungeduld loswerden, wenn ich hier klarkommen wollte. Endlich hatte ich unterschrieben, und endlich gab mir Mrs. Alle-Zeit-der-Welt zwei kleine Postfachschlüssel. Ich unterzeichnete noch ein weiteres Formular und verließ fast fluchtartig das Etablissement. Hatte ich mich gestern Abend nicht noch gefragt, was Glück bedeutet? Das war doch ganz einfach: Glück hieß, sich nach siebzig Minuten in der Post auf einen Café-Stuhl fallen zu lassen, eine Zigarette zu rauchen und einen Kaffee zu trinken!

Nach diesem ersten Besuch in Évora gönnte ich mir mein ganz persönliches Alentejo-Entdeckungsprogramm. Mein grüner Bulli rumpelte mit mir erstaunlich zuverlässig Kilometer um Kilometer durch die Landschaft. Ich schwamm in einem riesigen glasklaren Stausee, streifte durch kleine und größere Orte, besichtigte sämtliche Sehenswürdigkeiten in Évora und Umgebung und scheuchte Tom durch ausgetrocknete Flussbetten. Ich sammelte Steine, die mir gefielen, pflückte die letzten Wildblumen und bizarre trockene Gräser. Die meiste Zeit war ich eigentlich ziemlich glücklich. Na ja, manchmal hätte ich schon gern jemanden gehabt, mit dem ich hätte reden können. Jemanden, dem ich hätte sagen können: Guck mal, wie schön! Oder einfach ein bisschen mehr Abwechslung mit menschlicher Beteiligung. Aber im Großen und Ganzen war ich mir selbst genug. Zu diesem erfreulichen Ergebnis einer kritischen Selbstprüfung war ich gerade gekommen, als ich die Fata Morgana sah.

Am Rand einer einsamen Landstraße – mir war schon seit mindestens einer Dreiviertelstunde kein anderes Auto mehr begegnet – blinkte eine rote Kelle. Die Kelle verlängerte einen blauen Polizistenarm, der sie auf und ab schwenkte. Das konnte doch nicht sein! Nicht hier! Wozu sollte die Polizei Verkehr kontrollieren, wo kein Verkehr war? Ich hielt natürlich trotzdem an – direkt vor dem sehr grimmigen Gesicht eines offenbar real existierenden Mitgliedes der örtlichen Polizeitruppen.

Im Hintergrund stand, an einen Polizeiwagen gelehnt, noch ein zweiter Polizist – viel jünger und viel sympathischer. Aber, wie gesagt, leider im Hintergrund. Der gestrenge Uniformierte vor mir sah aus, als wäre er noch aus den Zeiten der portugiesischen Diktatur übriggeblieben. Die war schließlich erst seit gut dreißig Jahren vorbei. Ein kleiner, grauer Schnurrbart zierte eine schmale Oberlippe, die nicht aussah, als könnte sie sich gelegentlich zu einem Lächeln verziehen. Ich fand seine dunklen Augen stechend. Jetzt kam er mit kerzengeradem Rücken und steifen Schritten in kniehohen Stiefeln an mein Seitenfenster. »*Os papeis, por favor!*«, bellte er mit halb geschlossenem Mund.

Wie kommt es bloß, dass ich immer Angst habe, wenn ich einen Polizisten sehe, selbst wenn ich mir keines Verbrechens bewusst bin? Übrigens teile ich meine Abneigung gegen jegliche Art von Uniform mit Tom, der sich im Wagen gerade gebärdete wie toll. Wahrscheinlich musste ich nur deshalb nicht aussteigen.

An der Frontscheibe meines Bullis steckten ordnungsgemäß die in diesem Jahr aktuellen grünen Papierschildchen in ihren Plastikhüllen, die nachwiesen, dass ich sowohl die Versicherung als auch die Steuern für den Wagen pünktlich bezahlt hatte. Ich gab dem Gestrengen meinen Führerschein und alle anderen Papiere, die mir der Vorbesitzer des Wagens überlassen hatte. Schweigend und ernst nahm der Arm des Gesetzes den kleinen Stapel entgegen, um alsdann schweigend und ernst mein Auto zu umrunden.

Ich grübelte inzwischen darüber nach, ob die Jungs sich wohl absichtlich an einer Straße aufgebaut hatten, an der sie sich garantiert nicht überarbeiten würden. Wahrscheinlich hatte der Auftrag für den Tag »Verkehrskontrolle« geheißen, und so einen Auftrag konnte man schließlich mit oder ohne Stress ausführen. Wenn dann aber doch eine arme Seele wie ich das Pech hatte vorbeizukommen, dann musste natürlich auch mit ganzer Härte kontrolliert werden. Dazu war eine Verkehrskontrolle ja da. Jedenfalls blieb der Mann in Blau für meinen Geschmack ein bisschen zu lange hinter dem Bulli. Was gab's denn da zu sehen?

Endlich tauchte er wieder auf, und ich stellte mir spontan die Frage, was die Steigerung des Begriffes grimmig ist. Böse? Doch, er guckte jetzt eindeutig böse und vorwurfsvoll, und er bellte auch wieder. Dazu pickte er mit spitzem Finger auf den Papierstapel. Stammelnd versuchte ich ihm zu erklären, dass ich nicht verstand, was los war. Er bellte einfach weiter. Und irgendwann kapierte ich: Der TÜV, oder wie auch immer das portugiesische Gegenstück hieß, war abgelaufen. Und zwar vor einem Monat. Es half kein Lächeln. Es half kein Betteln und kein Flehen. Es gab keinen Ausländer- und keinen Frauenbonus. Nur einen Zettel, auf den mein reizendes Gegenüber gerade die Zahl 250 und ein Euro-Zeichen geschrieben hatte. Offenbar musste ich Strafe zahlen. Und zwar sofort. Und weiterfahren durfte ich mit meinem schwer verkehrsgefährdenden Fahrzeug auch nicht. Das müsse sofort – mit drei Ausrufezeichen – in die Inspektion. Es dauerte eine Weile, bis ich mir alles zusammengereimt hatte. Und noch länger, bis der Mini-Diktator seinerseits kapiert hatte, dass ich wirklich nicht wusste, was ich jetzt machen sollte. Dass ich nicht mit 250 Euro in der Handtasche durch die Landschaft fuhr, dass ich nicht den Hauch einer Idee hatte, wo der nächste TÜV war, und dass ich erst recht nicht wusste, wie ich mit einem Wagen, der nicht weiterfahren durfte, zu diesem TÜV kommen sollte, von dem ich nicht wusste, wo er war. Zwei Stunden später rumpelten mein Bulli, mein Hund und ich auf einem Abschleppwagen gen Évora. Der Abschied von meinem Kontrolleur, dessen einzige freundliche Tat in dem Telefonat mit dem Abschleppunternehmer bestanden hatte, war ausgesprochen frostig ausgefallen. Ich fand es ziemlich erwachsen von mir, dass ich Tom an die Leine genommen hatte, bevor ich ihn aus dem Auto ließ.

Natürlich hätte ich eigentlich nicht sauer sein dürfen. Schließlich hatte ich mir doch Abwechslung mit menschlicher Beteiligung gewünscht!

Meinen Führerschein hatte jetzt die Polizei; ich durfte ihn gegen Zahlung von 250 Euro und unter Vorführung des Wagens mit neuem TÜV-Zertifikat wieder abholen. Als wir nach schier endlosem Geruckel endlich beim TÜV ankamen, schlossen dort gerade die Pforten. Wir konnten zwar noch auf den Hof fahren, aber alles andere war zu. Der Bulli rollte vom Hänger des Abschleppwagens. Ungerührt ließ sich der Fahrer meine letzten achtzig Euro geben und zog mit einem »*Boa tarde*« von dannen. Sehr schön. Und was jetzt? Jetzt musste ich nur noch zu Fuß aus diesem Industriegebiet hier wegkommen und ein hundefreundliches Hotelzimmer finden. Meine Gedanken in diesem Moment sind schnell zusammengefasst: Scheiß-Tag. Scheiß-Polizei. Scheiß-Leben. Scheiß-Portugal. Scheiß-Werner! Wütend und fluchend lief ich los. Nicht ohne Tom noch in aller Ruhe an die TÜV-Türen pinkeln zu lassen.

Wir kamen etwa zweihundert Meter weit. Dann bremste plötzlich ein weißes Auto, das gerade an uns vorbeigefahren war, setzte zurück und hielt direkt neben mir an. »*Can I help you?*«, fragte durch das offene Seitenfenster ein besorgt lächelnder älterer Herr mit starkem Akzent. »*Are you lost?*« Ja, doch, das konnte man so sehen – ich wusste nicht genau, wo ich war und fühlte mich verloren. Natürlich weiß ich, dass man nicht zu wildfremden Männern ins Auto steigt, auch mit fast zweiundfünfzig nicht. Aber fünf Minuten später hatte ich in groben Zügen meine Autogeschichte erzählt und saß auf dem Beifahrersitz, während Tom auf dem Rücksitz thronte und unserem neuen Freund, der sich als Filipe Guerreiros vorgestellt hatte, zum Dank in den Nacken hechelte.

Während der Fahrt in die Innenstadt konnte Felipe gar nicht oft genug betonen, wie unangenehm es ihm sei, dass mir in seinem Heimatland solch Ungemach geschehen war. Ich musste ihn regelrecht trösten mit dem Hinweis, dass immerhin ich diejenige sei, die nicht rechtzeitig zum TÜV gefahren war. »Ja, aber Sie als Ausländerin konnten doch gar nicht wissen, wie streng das bei uns gehandhabt wird!«, meinte er und war nach wie vor nicht gut auf meinen Verkehrspolizisten zu sprechen. Ich fand, dass ich den jetzt auch genug verteidigt hatte, und akzeptierte das Mitgefühl meines Fahrers. Um nicht zu sagen: Ich suhlte mich darin.

Felipe weigerte sich strikt, mich zu einem Hotel zu fahren. »Nein, nein, das kommt gar nicht in Frage, Sie übernachten bei mir und meiner Frau. Meine Frau liebt Gäste! Und morgen fahre ich Sie zurück zum TÜV, ich bin Rentner, ich habe Zeit genug.« Wunderbares, freundliches Portugal! Aber ich hatte Bedenken: »Und Hunde, liebt Ihre Frau auch Hunde?«, fragte ich. »*Sim, sim, dogs as well!*« Ich hatte nicht mehr die Kraft, mich gegen Felipes Freundlichkeit zu wehren, und ließ mich einfach mitnehmen. Eine halbe Stunde später bezweifelte ich stark, dass seine Frau Margarida wirklich so gern Überraschungsgäste hatte. Ganz sicher konnte sie Hunde nicht leiden. Mit Toms und meinem Erscheinen war eine schwere Gewitterfront über dem Haupt von Felipe aufgezogen. Der pensionierte Geschichtsprofessor selbst allerdings schien nichts zu bemerken. Vielleicht war seine Frau ja auch immer so. Ich fluchte im Stillen, dass ich nicht in ein Hotel gegangen war, stand den Abend mit der mürrischen Margarida und dem freundlich plaudernden Felipe irgendwie durch und war morgens um neun Uhr wieder beim TÜV. Nachmittags hatte ich zwar keine Nerven mehr, aber neue Reifen, neue Bremsscheiben und eine frische TÜV-Bescheinigung. Ich bezahlte bei der Polizei meine Strafe, bekam meine Papiere, war abends um neun Uhr endlich wieder in meiner Hütte, und mein Bedarf an Abwechslung war restlos gedeckt.

Trotzdem freute ich mich ungeheuer, als mich João am nächsten Tag zum Essen zu sich nach Hause einlud.

Ein herrlich würziger Duft wehte mir entgegen, als ich mit ihm in die kleine Küche kam, in der Ana gerade den Tisch deckte. Ich schnupperte. Knoblauch auf jeden Fall, und Koriander. Mehr konnte meine Rauchernase nicht unterscheiden. Ana stellte einen Brotkorb ab und kam auf mich zu. Küsschen rechts, Küsschen links. Oder umgekehrt? Ich entschied mich falsch, sodass Ana beinah meine Nase erwischte. Wir lachten beide, und sie komplimentierte mich auf einen der kleinen Stühle am Tisch. Dann wuselten meine beiden Gastgeber um mich herum, und ich bewunderte fasziniert ihre Fähigkeit, sich dabei nicht auf die Füße zu treten.

Hatte ich gesagt: »kleine Küche«? »Winzig« trifft es eher. Oder sah alles nur so klein aus, weil der Raum so voll war? João ging hinter mir an einen hohen Kühlschrank, der wirkte wie eine deutsche Eiche in einem Bonsai-Garten. Ein mit einer bunten Decke bedecktes langes, schmales Sofa füllte unmittelbar neben meinem Stuhl die Längswand fast komplett aus, dann kam die Ecke mit besagtem Riesenkühlschrank, gefolgt von einem schweren Büfett an der Wand daneben. Dem Sofa gegenüber stand eine altersschwache Kommode mit Nippes, Fotorahmen und einem überraschend kleinen Fernseher, über dem eine Keramikuhr mit der Aufschrift »Tavira« tickte. Gleich daneben lächelte beseelt die offenbar unvermeidliche Madonna auf uns herab. Nachdem ich bei der vorausgegangenen Hausbesichtigung schon ungefähr fünfhundert Fotos von sämtlichen Kindern, Kindeskindern, Onkeln, Tanten und Großeltern bewundert hatte, war es eigentlich nicht weiter verwunderlich, dass mich auch in der Mini-Küche zahnlose Babys aus prächtigen Rahmen angrinsten. Zwei goldgeränderte Vasen mit angestaubten Stoffblumen verfeinerten die Ausstellung auf der Kommode.

Zum Kochen und Abwaschen blieb Ana der Platz zwischen Tür, Wand und Tisch. Das Wasser kam per Eimer von draußen. Der Gasherd stand direkt neben der Spüle unter einem gemauerten Abzug, der aussah, als hätte vor gar nicht langer Zeit noch ein offenes Feuer darunter gebrannt. Wäre Ana auch nur fünf Zentimeter größer gewesen, hätte sie beim Kochen ständig den Kopf einziehen müssen. Aber sie hatte für den Raum die idealen Maße. Über ihrem Kopf – sie rührte gerade in dem großen Topf, aus dem der Duft kam – hingen an Nägeln weitere Aluminiumtöpfe und eine schwere Pfanne.

João stellte frischen Ziegenkäse und Schinken auf den Tisch, setzte sich und schenkte aus einer großen Plastikwasserflasche Wein ein. Dann kam auch Ana zu uns, und wir stießen an. »A *nossa saúde*«, auf unsere Gesundheit. Ich lobte den Wein, er war wirklich gut, hellrot und leicht. João sagte stolz, ja, den mache er selbst und seine Ana würde keinen anderen Wein anrühren, gekaufter Wein schlüge ihr immer auf den Magen. Na fein, ich hatte als Gastgeschenk einen guten Roten mitgebracht. Hoffentlich war wenigstens Joãos Magen nicht so empfindlich. Dann fiel mir zu meiner Erleichterung ein, dass er bei mir zu Hause ja auch gekauften Wein trank. Wir tranken und aßen und schwiegen.

Ich glaube, uns war allen ein bisschen unbehaglich zumute. Mir ganz bestimmt. Für mich war es schließlich die erste private Einladung in ein portugiesisches Haus. Die Übernachtung bei Felipe konnte man nicht zählen. Ich hätte nicht mal mehr sagen können, welche Farbe sein Sofa hatte, so müde und genervt war ich gewesen. Aber jetzt bei meinen Freunden Ana und João wollte ich alles richtig machen. Und wenn ich schon nicht gut Portugiesisch sprechen konnte, sollte wenigstens mein Benehmen keinen Anlass zur Klage geben. Gehemmt saß ich auf meinem Stühlchen, und allmählich taten mir die Gesichtsmuskeln weh. Wir lächelten alle drei, was das Zeug hielt. Gelegentlich tauschten wir ungeheuer tiefsinnige Bemerkungen aus wie »Hoffentlich regnet es bald« und »Ja, der Sommer war sehr trocken«. Ana nippte an ihrem Wein und stand dann auf, um das Hauptgericht zu holen. Ich hätte sehr, sehr gern in ganz kurzer Zeit die ganze Flasche Wein ausgetrunken, aber dann hätte ich kaum die Bestnote für gutes Betragen bekommen.

Die dicken Bohnen mit Koriander, Fleisch, Wurst und Reis waren köstlich. Ehrlich. Ich aß und aß. Auch, weil Ana mir den Teller wieder füllte, sobald er leer war (erfreulicherweise tat João das Gleiche mit meinem Weinglas, und mir war die Sache mit dem Benehmen schon nicht mehr ganz so wichtig). Und natürlich hat Essen den Vorteil, dass man mit vollem Mund nicht sprechen darf, beziehungsweise muss. Aber es kam der Moment, an dem wirklich nichts mehr in mich hineinpasste. Ich legte mein Besteck in einen Bohnenrest und wedelte mit beiden Händen in Anas Richtung. War das jetzt unhöflich? Ich spülte die Frage mit einem weiteren Schluck Wein weg.

Insgesamt brauchte ich fünf Gläser vom guten Hausgemachten und einen Schnaps, den João zum Kaffee einschenkte, bis ich ganz aufhörte, mir Sorgen zu machen. Es war ein höllisch starker Klarer namens Medronho, gebrannt aus Baumerdbeeren – natürlich von João selbst. Sobald also dieser Medronho durch meine Blutbahnen kreiste, wandte ich mich mutig an Ana: »Macht es dir gar nichts aus, dass João so oft bei mir auf der Quinta ist, um mir zu helfen?« (Na ja, in Wahrheit sagte ich in etwa: »Du nicht haben Probleme mit deinem Mann helfen mich?«) Ana verstand mich trotzdem. »Nein, nein, João hilft immer anderen; das ist so seine Art. Und alle kommen immer mit ihren Problemen zu ihm!« Dabei sah sie ihren Mann zärtlich an. João strahlte, was aber auch daran liegen konnte, dass er genauso viel getrunken hatte wie ich. Wieso Probleme? Was meinte sie? Ich hatte eigentlich an meine frisch verputzten Schlafzimmerwände gedacht. »Probleme?«, fragte ich also nach. »Meinst du mit dem Häuschen?« Ana schüttelte den Kopf. »Nein, nein. Er kommt doch nicht wegen des Häuschens zu dir!« Nicht?

Und dann erzählten mir die beiden Alten nach und nach, welchen Eindruck ich im Dorf hinterlassen hatte, als ich im Alentejo angekommen war. Ich musste oft nachfragen, und sie wiederholten mit Engelsgeduld viele Sätze, bis ich sie verstanden hatte. »Du warst krank, krank an der Seele. Das hat mein João gleich gesehen, deshalb ist er zu dir gekommen!«, verkündete Ana stolz. »Und jetzt geht es dir schon viel besser. João sagt, dass du eine große Stärke in dir hast, du brauchtest nur ein bisschen Unterstützung. Weißt du, wenn mein João hätte zur Schule gehen können, wäre er bestimmt Arzt geworden!«

Das schien mir eine gute Gelegenheit, das Thema zu wechseln. Ich mochte nicht noch mehr über die blasse, magere Clara hören, die immer nur Zigaretten, Alkohol und Hundefutter gekauft hatte und seelenkank war. »Und eure Söhne, was machen die beruflich?« Sehr gut, Clara! Die nächste Stunde war ganz und gar Rui und João junior gewidmet. Ich erfuhr, dass der ältere Sohn, Rui, in Osnabrück bei einer großen Autofabrik arbeitete, und dass der jüngere Altenpfleger in Toronto war. Als Ana von Rui sprach, wurde sie ganz ernst. Zum ersten Mal sah ich einen traurigen Ausdruck in ihren Augen. »Der Junge ist nicht glücklich in Deutschland«, sagte sie. »Er sagt es nicht, aber ich kann das fühlen. Er verdient gut dort, sicher, aber glücklich ist er nicht.« Sie seufzte. »Und Rui hat nie geheiratet!« Noch ein Seufzer. »Er war damals so schrecklich verliebt in Rosa, die Tochter von Luis. Aber unser Rui war der ja nicht gut genug. Die wollte ja unbedingt etwas Besseres als einen Mechaniker. Ha!« – jetzt schnaubte Ana verächtlich – »Und wen hat sie geheiratet? Luçio aus Corvo, der war ja Pilot bei der TAP. Und jetzt? Jetzt hockt er den ganzen Tag in der Kneipe und säuft, und sie sitzt da mit ihren Kindern. Rausgeflogen ist er bei der TAP, der Herr Pilot, wegen Alkohol.« Bei ihren letzten Worten sah sie fast zufrieden aus. Meine Güte, so einen Ausbruch hatte ich der kleinen freundlichen Ana gar nicht zugetraut. Sie beruhigte sich wieder und meinte, dass ich Rui und João jr. ja bald kennenlernen würde, weil sie zu Besuch kämen.

Ich hatte natürlich Fotos von den Söhnen gesehen. João junior mit Frau und Koalabären. Rui allein vor einem imposanten Dom. Der jüngere Sohn, João jr., hatte ein klassisch schönes Gesicht mit großen Augen und schien für einen Portugiesen ziemlich hochgewachsen (oder seine Frau und die Koalabären waren extrem klein). Der Ältere, Rui, war unscheinbar. An seine Gesichtszüge konnte ich mich kaum erinnern. Und vor dem großen Dom hatte er ausgesehen, als wäre er höchstens einen Meter sechzig groß. Vielleicht hatte die junge Rosa damals einfach nur keine Lust auf einen schmächtigen Langweiler gehabt. Natürlich sagte ich nichts dergleichen.

João fand offenbar, seine Ana hätte jetzt genug geredet. Er selbst hatte schon eine Weile nichts mehr gesagt. Er stand auf, holte einen angejahrten Kassettenrekorder aus dem Schrank, stellte ihn auf den Tisch und schob eine Kassette ein. Sekunden später dröhnte in voller Lautstärke Akkordeonmusik durch die Küche. Ana und João wippten im Takt mit den Köpfen und mit den Füßen. Ich wippte auch ein bisschen und machte mir Gedanken darüber, dass die Küche eigentlich genau die richtige Größe hatte. Sie war nämlich eindeutig zu klein zum Tanzen. Dankbar schickte ich einen Blick zur lächelnden Madonna.

Nach zwei Kassetten portugiesischer Volksmusik schaffte ich es trotz Wein und Schnaps heil zurück zu meiner Hütte. Mein Lieblingspolizist war gottlob anderswo im Einsatz.

Tom, den ich ausnahmsweise allein zu Haus gelassen hatte, umkreiste mich glücklich wedelnd, sobald ich durch die Tür war. Ich revanchierte mich, indem ich mich mit ihm aufs Bett setzte und ihm ausführlich von meinem Abend berichtete. »Weißt du, Tom, das ist schon verrückt. Ich hab das Gefühl, das war mein nettestes Abendessen seit Jahren. Kannst du dir das vorstellen?« Tom legte den großen

Kopf schräg und sah mich aufmerksam an. »Ja, Dicker, du kannst das, oder?« Leider war Tom auch der Einzige in meinem Dunstkreis, bei dem ich Verständnis erwarten durfte. Früher hätte ich zum Telefon gegriffen und den Abend haarklein Heike geschildert. Aber jetzt? Ich würde Heike nicht von dem Abend erzählen. Und das lag nicht an der mangelnden Logistik.

Wir hatten inzwischen ein paarmal miteinander telefoniert, wenn ich in Évora war. Aber anders als früher hatte ich nach diesen Gesprächen nie ein gutes Gefühl. Wir redeten zwar, aber die alte Vertrautheit war verschwunden. Ich erzählte ihr, was gerade in meinem Leben passierte, und sie erzählte mir, was sich bei ihr tat: Sie plante eine neue Reise (»Nichts Großes diesmal, nur zwei Wochen Gomera – auf den Spuren der Hippiekultur«), sie überlegte, sich als Redaktionsleiterin zu bewerben (»Ich weiß aber noch nicht so recht, da müsste ich so viel Verwaltungskram machen«), sie war beeindruckt von dem oder dem neuen Film, sie hatte sich einen todschicken neuen Hosenanzug gekauft (»Stell dir vor – Jil Sander, total edel und runtergesetzt auf fünfhundert Euro!«), oder sie hatte mal wieder Streit mit Klaus, ihrem derzeitigen Freund (»Der geht mir mit seiner Dauerpotenz total auf die Nerven – wer bin ich denn – Domenica?«).

Meine Beiträge zum Gespräch klangen etwa so: »Ich hab endlich die unregelmäßigen Verben drauf, noch nicht in der ersten Vergangenheit, aber immerhin« oder »Neulich war ich mit Tom in einem total trockenen Tal, und plötzlich war da mitten in dieser Steinwüste ein kleiner Bach mit einer Quelle und mit ganz knallig pinkfarbenen Oleanderblüten, unglaublich schön!«.

Heike hörte höflich zu, mehr nicht. Und dann fragte sie regelmäßig: »Clara, wann hörst du auf mit diesem Zurück-zur-Natur-Scheiß?« Sie fand das vermutlich witzig, aber mir tat es weh. Warum, zum Teufel, konnte sie nicht verstehen, dass mir mein Leben gefiel, so wie es gerade war?

Ich saß, eingekuschelt in meine Decke, mit Tom auf dem Bett, trank noch einen Kaffee und grübelte. Sie hatte mich doch früher immer verstanden. Wir kannten uns schon ewig, seit dem Abi. Ich war mit Heike auf Mallorca im Urlaub gewesen, als ich Werner kennenlernte. Sie war, wenn auch unter Protest, meine Trauzeugin geworden. Sie wäre heute die Patentante unserer Kinder, wenn wir denn welche gehabt hätten. Sie hatte mich bei jeder neuen Ehekrise mit ihrem trockenen Humor getröstet. Ich war so sicher gewesen, dass sich zwischen uns nie etwas ändern würde. Vielleicht sollte ich sie beim nächsten Telefonat einfach darauf ansprechen. Oder sie einladen herzukommen. Warum eigentlich nicht? Über diesen Gedanken schlief ich schließlich ein und träumte von rotem Haar, das unter einer geschlossenen Eisdecke im Wasser trieb.

»*Boa tarde, esta cadeira está vaga?*« Eine Frauenstimme. Ich sah überrascht von meinem Buch auf. War ich gemeint? Ich saß wie oft in letzter Zeit in dem kleinen Café in Évora. Inzwischen wusste ich, dass der dicke Wirt Joaquim hieß, und er wusste, dass ich immer einen Galão, also einen

Milchkaffee, und ein Wasser ohne Kohlensäure trank. Sobald ich hereinkam, brachte er mir beides.

Mein Blick huschte schnell durch die Bar – fast alle Tische waren frei. Aber hier bei mir stand die Computerfrau, wie ich sie bei mir nannte, und zeigte auf den Stuhl neben mir. Ich nickte verblüfft, und sie setzte sich. Lächelte mich ohne jede Unsicherheit an. So wie sie schon ein paarmal vom Computer aus zu mir herübergelächelt hatte.

Ihr schöner voller Mund war dunkelrot. In demselben Farbton geschminkt, mit dem sie auch ihre Fingernägel lackiert hatte. Oder hatte lackieren lassen. Diese Nägel waren in jeder Hinsicht perfekt. Vielleicht sind die nicht echt, dachte ich hoffnungsvoll. Die schmalen Schultern steckten in einer hellen Seidenbluse, um den Hals trug sie ein dezent gemustertes Tuch, das von einer kleinen, aber mächtig teuer aussehenden Brosche zusammengehalten wurde. Aus dem Tuch ragte ein Audrey-Hepburn-Hals, dann kam dieser unglaubliche Mund, gefolgt von einer feinen kleinen Nase, hellbraunen Augen und kurzen dunkelbraunen Haaren mit rötlichen Strähnchen. Ein paar Fältchen um die Augen und auf der Stirn. Kein Make-up. Ich schätzte sie auf Mitte vierzig. Sie war elegant, sie war gepflegt, sie hatte Stil. Ich kann das beurteilen, ich hatte auch mal welchen. Jetzt hatte ich Dreck unter den Nägeln. Aber immerhin teure italienische Slipper an den Füßen unter dem Tisch. Ich schaukelte spontan mit dem linken, um mein Selbstbewusstsein zu stärken.

Joaquim kam, und sie bestellte mit einem fragenden Blick auf mich ein Wasser. Ich orderte noch einen Kaffee.

Ihr Portugiesisch klang komisch, anders als das von Joaquim und erst recht anders als das von João. »Entschuldigen Sie, dass ich Sie einfach so anspreche«, sagte sie jetzt, »aber ich habe Sie jetzt schon ein paarmal hier sitzen sehen, immer allein, genau wie ich. Da dachte ich mir: Geh doch einfach mal hin. Und hier bin ich!« Der große rote Mund verzog sich, und sie lachte laut. »Ach so, Entschuldigung, ich heiße Maria Celeste, aber meine Freunde nennen mich Celeste.« Sie gab mir die Hand. »Clara Backmann, sehr erfreut.« Eigentlich war ich weniger erfreut als überrascht, aber das sagte ich natürlich nicht. »Also«, fragte Celeste, »wo kommen Sie her?«

»Äh, aus Deutschland, und ich spreche nur wenig Portugiesisch, Entschuldigung!« Dank meines fleißigen Selbststudiums und der Gespräche mit João verstand ich zwar inzwischen deutlich mehr, aber das Sprechen machte mir nach wie vor Angst. Celeste wechselte sofort ins Englische. Auch noch polyglott, die Dame. »Ich bin zwar in Portugal geboren«, erzählte sie dann, »aber ich bin in Angola und Frankreich groß geworden und noch nicht lange hier. Mein Portugiesisch ist auch nicht das Beste, aber das wird schon«, lachte sie.

Ich fand, dass ich auch etwas sagen sollte. »Machen Sie hier Urlaub?« Sie dachte kurz nach. »Irgendwie schon, aber irgendwie auch nicht. Ich überlege, ganz nach Portugal zu ziehen, bin mir aber noch nicht sicher. Hier ist vieles so fremd für mich.« Ja? Das interessierte mich, vielleicht fand sie dieselben Dinge seltsam wie ich. »Was denn?«, fragte ich nach. »Schwer zu sagen. Ich weiß oft nicht, worüber ich mit den Leuten hier reden soll. Als käme ich von einem ganz anderen Stern. Alle haben Familie, ich nicht, also fallen Kinder als Thema schon mal aus. Na ja, nicht ganz, wissen Sie, ich bin Französischlehrerin. Also über Schule kann ich mich unterhalten, auch wenn das Schulsystem hier anders ist als in Frankreich. Aber von Fußball habe ich keine Ahnung und von portugiesischer Politik erst recht nicht. Na ja, und Reisen oder Mode oder französische Küche scheinen hier keinen zu interessieren. Das soll jetzt nicht arrogant klingen, ich kenne ja auch noch kaum jemanden hier.« Sie trank von ihrem Wasser, während ich mir vorzustellen versuchte, mit João über französische Küche zu plaudern, wozu ich allerdings noch nie auch nur das geringste Bedürfnis verspürt hatte.

Celeste redete schon weiter. »Es reicht wohl nicht, portugiesische Wurzeln zu haben, um hierher zu gehören. Wissen Sie, Clara, eigentlich weiß ich über Portugal nur das, was mir mein Vater immer erzählt hat, und das waren halt seine Erinnerungen. Und mein Vater war mehr als vierzig Jahre nicht hier.« – »Wo lebt Ihr Vater denn?« – »Er ist vor einem Jahr gestorben. In Toulouse.« – »Oh, das tut mir leid!« Sie nickte nur. »Eigentlich bin ich hier, weil er es nicht mehr geschafft hat, zurückzukommen. Es war immer sein Traum, aber dann wurde er krank. Parkinson. Und jetzt habe ich das Gefühl, dass das mein Erbe ist. An seiner Stelle zurückzukommen, meine ich. Klingt verrückt, ich weiß. Niemand kann an eines anderen statt etwas tun. Aber besser kann ich nicht erklären, warum ich hier bin.

Und hier bin ich!« Der große rote Mund lachte wieder. »Und ich rede viel zu viel. Noch dazu mal wieder nur über mich! Das ist eine meiner Schwächen, einfach schrecklich. Also, reden wir über Sie, was hat Sie nach Portugal getrieben? Sie sind doch nicht in Eile?«

Das wäre die Gelegenheit gewesen, wahnsinnig wichtige Termine vorzuschieben, dass ich meinen Hund füttern müsste, einen Arzttermin hätte, irgendwas. Aber zu meinem eigenen Erstaunen wollte ich bleiben. Diese Frau strahlte eine Energie aus, der ich mich nicht entziehen konnte oder mochte. Vielleicht war es auch nur meine uneingestandene Sehnsucht nach einem Gespräch in einer Sprache, in der ich mich ohne große Probleme ausdrücken konnte. Oder der Wunsch, sie weiterhin lachen zu sehen. Außerdem war ihre Offenheit einfach ansteckend.

Habe ich behauptet, dass ich nicht zu den Leuten gehöre, die jedem ihr Herz ausschütten? Da saß ich nun und erzählte einer wildfremden Frau von der verlorenen Villa in Portimão, von Werner, von Laura, von meiner Hütte. Ich redete und redete. Wie Forrest Gump mit seiner Pralinenschachtel. Celeste hörte einfach nur zu und bekam ganz große Augen.

Als ich schließlich den Mund hielt und einen Schluck von meinem längst kalten Kaffee trank, fragte sie: »Ihr Mann ist wirklich nach dreißig Jahren Ehe einfach zu seiner Brasilianerin gegangen und hat Sie gezwungen, alles, was Sie hatten, aufzugeben?« – »Na ja, was heißt gezwungen, ich habe ja der Scheidung zugestimmt«, korrigierte ich. »Ha!«, spuckte Celeste. »So wie ich das verstanden habe, hat er Sie ja wohl ganz schön unter Druck gesetzt!«

Hatte Werner das? Natürlich hatte er. Ganz tief in meinem Inneren begann ein Gefühl zu rumoren, das ich mir in all den Wochen seit der Entdeckung des Handys nicht zugestanden hatte. Ich war verzweifelt gewesen, traurig, verlassen, enttäuscht, beschämt. Aber nicht wütend. »Also«, sagte Celeste, »ich glaube, ich an Ihrer Stelle hätte ihm wahrscheinlich ein Messer in den Bauch gerammt!«

Es war, als hätte diese fremde Frau auf einen Knopf gedrückt. In meinen Eingeweiden loderte die Wut jetzt lichterloh. »Ja, Sie haben ganz recht, das hätte ich tun sollen«, zischte ich. »Erschießen wäre auch schön gewesen, erst in die Eier und dann ins Herz!« Oh, oh, Clara.

Mein Gegenüber war keineswegs entsetzt über meinen Ausbruch, hatte aber Einwände. »Dann säßen Sie jetzt wahrscheinlich im Knast, ich meine – welcher Einbrecher schießt schon zuerst in die Weichteile?« Da hatte Celeste recht. Ich gab es zu. »Aber dann ist das Messer auch keine gute Idee – die klassische Waffe der eifersüchtigen Frau.« – »Stimmt. Sie hätten ihn langsam vergiften sollen, so langsam, dass es gar nicht aufgefallen wäre, wenn er schließlich tot in der Badewanne gelegen hätte.«

Das Thema begann mir zu gefallen. Ich dachte nach. »Nein, das wäre auch nicht gegangen, Werner ist zwar fünfundsechzig, aber kerngesund und rennt bei jedem Wehwehchen sicherheitshalber zum Arzt.« – »Hm. Ein Unfall? Was meinen Sie zu einem netten kleinen Unfall wie in diesen ganzen Thrillern?« – »Schon besser. Aber ich weiß nichts über Autos, über Bremsenmanipulieren und so.« – »Schade!« – In meinem Kopf ging ich sämtliche Krimis durch, an die ich mich erinnern konnte. Das hier war natürlich ein absolut albernes Gespräch, aber es machte mir höllisch Spaß. »Jetzt hab ich's: Ich hätte die Villa in die Luft jagen sollen, mit Werner drin. Ein netter kleiner Gasunfall. Dann wäre ich jetzt Witwe und hätte das Geld von zwei Versicherungen!«

Celeste nickte und lächelte ein ausgesprochen zufriedenes Lächeln. Dann winkte sie Joaquim und bestellte zwei Piccolos. Nachdem wir angestoßen hatten – »Auf Werner und dass er bald in der Hölle schmoren möge!« –, fragte Celeste: »Und, haben Sie schon jemand Neues kennengelernt?« Meine Güte, die Frau war wirklich direkt. Wir kannten uns jetzt vielleicht eineinhalb Stunden, und sie benahm sich, als wäre sie meine beste Freundin. Als wäre sie Heike, dachte ich einen traurigen Moment lang.

»Nein, wie denn? Ich lebe in der totalen Einöde und außerdem bin ich nicht mehr fünfunddreißig.« – »Na und?«, konterte sie sofort. »Sie sind doch attraktiv und intelligent und witzig, Sie müssen doch nicht versauern!« Sie fand mich attraktiv, intelligent und witzig? Schade, dass sie eine Frau war. Ich wurde ein bisschen rot. »Äh, danke. Aber selbst wenn das stimmte, wüsste ich nicht, welcher Mann das bemerken könnte.« Sie guckte nachdenklich in ihr Sektglas. »Hm, Sie müssten mehr unter die Leute!« – »Unter welche Leute denn? Ich spreche noch nicht gut Portugiesisch, und Ausländer, die hier leben, habe ich bisher nicht getroffen. Nur jede Menge Touristen.« João hatte zwar erzählt, dass es ein paar Holländer und Engländer in der Gegend von Hortinhas gab (Familienstand ungewiss), aber für mich waren diese Leute wie Phantome. Gesehen hatte ich noch keinen von ihnen.

Ich kam nicht mehr dazu, dieses Thema mit Celeste zu vertiefen. Sie guckte auf die Uhr und fluchte. »*Merda!* Tut mir leid, ich muss los, ich habe einen Termin mit einem Makler wegen einer Wohnung. Es war total nett, mit Ihnen zu reden«, sagte sie, schon im Aufstehen, »bis zum nächsten Mal hoffentlich!« In Rekordzeit hatte sie ihre Sachen zusammengerafft, gezahlt und war verschwunden. So fühlte es sich also an, wenn ein Wirbelwind über einen hinwegzog und dann die Welt ganz plötzlich wieder stillstand. Langsam nahm auch ich meine Sachen und ging.

Nach dem Gespräch mit Celeste fühlte ich mich wie eine rückfällige Süchtige nach dem ersten Schuss. Ich wollte mehr! Mehr Gespräche, mehr sympathische Menschen um mich herum, mehr Freunde. Mehr Unterhaltung. Mehr Leben. Einen netten Mann. Viele nette Männer. Mehr, mehr, mehr! Wieso war ich in meiner Hütte je zufrieden gewesen? Bekümmert fragte ich mich unter meinem Baum, ob ich für immer und ewig allein oder mit João unter dieser verdammten Olive hocken würde. Ob ich in die Stadt ziehen sollte. Ich sah in die Ferne. Von wegen erhaben-schöne Landschaft. Nichts gegen João und seine Philosophie vom einfachen Leben. Aber da war einfach nur viel leeres Land mit ein paar Bäumen und ohne Telefonleitung. Sollte doch Daktari hier leben und Ameisen zählen! Aber nicht mal Daktari war allein gewesen. Vielleicht wäre es jetzt doch an der Zeit, mir einen Strick zu kaufen, dachte ich in einem akuten Rückfall ins totale Selbstmitleid. »Und alles wegen diesem Mistbeutel Werner«, murmelte ich Tom zu, der ergeben neben mir auf seinen Spaziergang wartete.

Wenigstens gab es jemanden, den ich für mein schweres Schicksal verantwortlich machen konnte (es ist bestimmt noch gar nicht aufgefallen, aber ich habe eine winzig kleine Neigung dazu, die Schuld an meinem persönlichen Ungemach auf gar keinen Fall bei mir zu suchen). Um mich von meinen trüben Gedanken abzulenken, ließ ich Werner in meinem Kopf noch einige hässliche Tode sterben. Allein machte das Spiel zwar nicht halb so viel Spaß wie mit Celeste, aber es war immer noch besser, als über einen Strick für den eigenen Hals zu brüten. An meinem eigentlichen Problem änderte sich so natürlich nichts.

»Think pink, Clara«, sagte ich mir also. »Immerhin läuft in Évora ein Mensch herum, der dich für attraktiv, intelligent und witzig hält.« Celestes Worte kreisten durch meinen Kopf wie die Jeans in meiner Waschmaschine. Natürlich glaubte ich ihr nicht. Sie hatte eben nett sein wollen. Ich war weder attraktiv noch witzig und schon gar nicht intelligent. Oder womöglich stark, wie João anscheinend glaubte. Ausgerechnet ich!

Wäre ich stark gewesen, wäre ich schließlich nicht so lange bei Fiesling Werner geblieben. Stark war nicht ich, stark war Werner. Und eine starke Frau hätte schließlich nicht so eine lächerliche Angst wie ich vor dem einen oder anderen einsamen Jahrzehnt in der Pampa. Womit ich wieder beim Thema und in finsterer Stimmung war. Grübel, grübel, grübel. Was könnte ich tun? Ein Inserat in der ESA aufgeben vielleicht? »Wer will mit alternder Schachtel Hütte im Alentejo teilen?«

4

Mit sauberen Fingernägeln, in einem hellgrünen Leinenkleid und mit edlen weißen Pumps kam ich in Joaquims Bar. Aber leider war niemand da, um die Verwandlung von Garten-Barbie in City-Barbie gebührend zu würdigen. Celestes Platz am Computer war verwaist, ich sah kein einziges bekanntes Gesicht. Außer dem runden Kopf von Joaquim natürlich. Aber der brachte mir meine Getränke mit dem gleichen Lächeln wie immer. Enttäuscht ließ ich meine Einkaufstüten neben einen Stuhl fallen und steckte mir eine Zigarette an. Vielleicht tauchte Celeste ja noch auf.

An zwei zusammengeschobenen Tischen saß eine Gruppe von jungen Leuten und unterhielt sich angeregt und ziemlich lautstark. Soweit ich es mitbekam, redeten sie über eine Ausstellung, die sie vorbereiteten. Interessant. Schließlich hatte ich vor Lichtjahren mal ein paar Semester Kunstgeschichte studiert. Celeste hätte das sicher auch interessant gefunden. Da hätte sie vielleicht mal ein Thema gehabt, über das sie hätte reden können. Aber sie war ja nicht da. Ich trank meinen Kaffee und mein Wasser, versuchte eine Weile der Nachmittagsshow im Fernsehen zu folgen und zahlte schließlich.

Ungewohnt klapperten die Pumps auf dem Asphalt. Ich

musste über mich selbst lachen. Na, Clara, was hast du denn erwartet? Große Augen von Joaquim? Celeste in Dauerwartestellung am Computer für den Fall, dass du wieder auftauchst und sie dich mit Lob überschütten kann? Was bist du doch für ein dämliches Weib! Ich ging noch bei der Touristeninformation vorbei und holte mir ein Veranstaltungsverzeichnis für den laufenden Monat. Die einzige Vernissage, die ich finden konnte, fand zwei Wochen später in einem kleinen Ort bei Évora statt.

»Clara, sind Sie das?« Mein Autoschlüssel steckte schon im Schloss, als ich plötzlich Celestes Stimme hörte. Ich schaute auf, und da stand sie, neben einem schwarzen Alfa Romeo. Ihre Augen funkelten, und natürlich lachte der rote Mund. »Wenn das kein Zufall ist! Haben Sie Lust auf einen Cafésinho?« Und wenn ich die ganze Nacht mit Herzrasen wach liegen würde – selbstverständlich hatte ich Lust auf einen kleinen Kaffee! Es war schon fast peinlich, wie froh ich war, diese Frau zu sehen. Ich ließ meine Tüten und Pakete im Wagen, und wir gingen zusammen zurück zum Café.

Unterwegs kicherte Celeste plötzlich los: »Gucken Sie mal den an!« Das sagte sie auf Portugiesisch. Ich folgte ihrem Blick und musterte einen dicken Touristen in kurzen Hosen, Socken und Sandalen, der einen feisten weißen und vor allem nackten Bauch vor sich hertrug. »Garantiert ein Engländer«, meinte Celeste, »die laufen noch im November so rum. Igitt, ist der eklig!« Jetzt kicherten wir beide wie zwei Fünfzehnjährige.

»Und«, fragte ich, als wir vor unserem Kaffee saßen, »hat

es mit der Wohnung geklappt?« Wir sprachen wieder Englisch. »Nein, die war viel zu groß und viel zu teuer. Ist nicht schlimm. Die Pension, in der ich jetzt wohne, ist schon okay. Aber ich denke mir: Wenn ich eine Wohnung finde, die zu mir passt, dann nehme ich das als Zeichen. Und wenn nicht, dann nicht, dann gehe ich wieder nach Frankreich. *C'est la vie!*« – »Wollen Sie kaufen oder mieten?« – »Mieten. Das ist ja das Problem.« Wieso war das ein Problem? »Wenn hier vermietet wird«, erklärte Celeste, »dann meistens an Urlauber. Da soll ich dann dreihundert oder fünfhundert Euro pro Woche zahlen – für eine Wohnung, die bis obenhin mit Betten und Mamas ausrangierten Möbeln vollgestopft ist. Möbliert ist sowieso immer alles. Und wenn eine Wohnung nicht als Ferienwohnung vermietet wird, dann hat sie garantiert feuchte Wände oder die Küche ist völlig marode und im Bad fallen die Kacheln von den Wänden. Anscheinend gibt es vernünftige Wohnungen nur zu kaufen. Und natürlich sind die auch nicht gerade billig. Ich frage mich wirklich, wie die Portugiesen das machen!« Sie zuckte die Achseln und spielte mit einem goldenen Armreif, den sie trug. Er hatte lauter kleine Anhänger, und auf jedem war eine winzige Madonna abgebildet. Ob sie den von ihrer Mutter hatte? Oder war sie selbst überzeugte Katholikin? Ich weiß nicht, warum, aber ich konnte sie mir schlecht in einem Beichtstuhl vorstellen. Eigentlich nicht einmal in einer Kirche. Aber ich mochte sie nicht danach fragen. Religion war schließlich etwas sehr Privates.

»Wieso sind Sie eigentlich in Angola aufgewachsen?«, fragte ich stattdessen. Das hatte sie mir selbst erzählt, also konnte ich danach fragen. Und ich wollte mehr über diese Frau wissen, die mir so fremd und gleichzeitig schon so vertraut vorkam.

Ein Schatten fiel über Celestes feine Züge. Einen Moment lang schien sie zu überlegen, ob sie überhaupt antworten sollte. »Mein Vater war Bootsbauer«, erzählte sie dann aber doch. »Er hat Fischerboote gebaut. In den Sechzigern beschloss er, nach Angola zu gehen, weil da gutes Geld zu verdienen war.« – »Ausgerechnet in Angola?«, wunderte ich mich. Den afrikanischen Kontinent verband ich mit den Bildern aufgeblähter Bäuche von hungernden Kindern. »Ja, Angola war damals noch portugiesische Kolonie. Na, jedenfalls hat er die Familie, meine Mutter, meine beiden Brüder und mich, dann nachgeholt, und wir haben dort gelebt, bis der Bürgerkrieg in die Städte kam und es zu gefährlich für uns wurde. Bis 1975. Dann sind wir raus aus dem Land, so schnell es ging. Wir haben alles zurückgelassen, bis auf zwei Koffer. Damals war ich elf. Ich war nie wieder in Angola.« Ihr Blick verlor sich in der Ecke zwischen dem Kneipentresen und dem Eingang zu den Toiletten. Endlich sah sie mich wieder an und lächelte ein kleines trauriges Lächeln. »Tja, so war das. Die nächste Station war dann Frankreich. Aber da hat mein Vater keine Boote mehr gebaut, sondern in einer Fabrik gearbeitet, bis er krank wurde.« – »Und Ihre Mutter?« – »Ist auch tot. Vor fünf Jahren. Krebs.«

Arme Celeste. Ich hatte selbst meine Mutter vor ein paar Jahren begraben und war nicht erpicht darauf, mich an die Zeit ihres Sterbens zu erinnern. Verzweifelt dachte ich darüber nach, wie ich zu einem leichteren Thema überleiten konnte. Mir wollte partout nichts einfallen. Celeste war mit ihren Gedanken offensichtlich noch in der Vergangenheit. Ihr trauriger Blick war leer. Wer weiß, was sie gerade vor sich sah.

»Wie wär's mit noch einem Kaffee?«, fragte ich sie schließlich. Kaffee war als Allheilmittel gegen Seelenschmerz jeglicher Art fast so gut wie Wein. »Hm?« – »Möchten Sie vielleicht noch einen Kaffee?«, wiederholte ich und sah, wie Celeste langsam ins Heute zurückkehrte. »Ja, natürlich, danke«, meinte sie und gab auch schon Joaquim ein Zeichen. »Komisch«, sagte ich zu Celeste, als der Wirt an die Kaffeemaschine ging, »Joaquim ist noch dicker als der Engländer vorhin, aber überhaupt nicht eklig.« – »Stimmt«, sagte sie und lächelte Gott sei Dank wieder. »Kennen Sie seine Frau?« – »Nein, hat er denn eine?« – »Ja, und zwei süße Kinder!« – »Ach was!« – »Doch, ganz sicher«, lachte Celeste, »ich mache mir aber immer Sorgen um die zarte Christina, wenn ich mir die beiden im Bett vorstelle!«

Zu Hause wickelte ich bestens gelaunt einen großen Spiegel aus seiner Verpackung und stellte ihn im Schlafzimmer in die Ecke. Dann zog ich mich um. Mein neuer Hosenanzug war zwar nicht von Jil Sander, dafür hatte er auch keine fünfhundert Euro gekostet und saß trotzdem perfekt. Ich drehte mich vor dem Spiegel. Das Beige stand mir gut, und das olivgrüne T-Shirt aus Seide, das ich mir zu dem Anzug geleistet hatte, betonte meine Augen. Die meisten roten Flecken im Gesicht waren schon seit Ewigkeiten verschwunden, stattdessen hatte meine Haut dank meiner Spaziergänge einen schönen Braunton und ein paar neue Falten. Ich legte ein ganz leichtes Make-up auf und tuschte mir die Wimpern. Dazu ein bisschen Rouge, ein dezenter Lippenstift. Nicht schlecht, Clara, nicht schlecht! Ich sah frisch aus, fand ich. Aber irgendetwas musste mit meinen Haaren passieren. Sie waren inzwischen reichlich lang. Von meinen hellblonden Strähnen war nichts mehr übrig, dafür hatte sich helles Grau im dunklen Naturblond breit gemacht. Ich steckte das Haar hoch und legte Perlohrringe an. Besser. Attraktiv? Doch, vielleicht. Für Männer um die achtzig bestimmt. Mein Körper gefiel mir. Die Spaziergänge mit Tom waren nicht nur meinem Teint gut bekommen. Ich war schlank, aber nicht mager. Muskulös. Ganz schön knackig für mein Alter. Ich drehte mich lächelnd vor dem Spiegel, von aufmerksamen Hundeaugen beobachtet.

»Hör jetzt gut zu, Tom! Diese attraktive Dame hier wird zu einer Vernissage gehen. Und da wird sie einen tollen Künstler kennenlernen. Wetten?« Es klopfte an der Tür. Ich grinste immer noch, als ich aufmachte. Vor mir stand João (wer auch sonst?). Er starrte mich erstaunt an. Dann ging er langsam einen Schritt zurück und musterte mich von oben bis unten. Lange. Nach dieser Ewigkeit stellte er langsam die Weinflasche ab, die er in der Hand gehalten hatte, lächelte sein berühmtes strahlendes Lächeln und fing an zu applaudieren. Muss ich mehr sagen?

João war gekommen, um Holz für mich zu hacken. Die Wirklichkeit hatte mich wieder. Eine Viertelstunde später stapelte ich in Jeans und Pulli Holzscheite. Das Wetter war umgeschlagen. Abends wurde es jetzt empfindlich kalt, wir konnten nur noch selten unter dem Olivenbaum sitzen, zumal meistens ein gemeiner Wind um die Hütte pfiff. In meinem Kamin brannte abends statt Kerzen ein Feuer.

Als wir mit dem Holz fertig waren, saßen João und ich noch eine Weile in der Küche. Seit seinem spontanen Applaus hatte João kaum ein Wort gesagt. Jetzt griente er mich plötzlich an wie ein Schuljunge. »Hast du jemanden kennengelernt?« Ich tat, als hätte ich keine Ahnung, warum er das fragte, und antwortete mit hochgezogenen Augenbrauen. »Nein, wieso?« – »Na ja« – jetzt war er verlegen – »du sahst schön aus eben. Früher hat sich Ana für mich auch so schön gemacht.« – »Ich mache mich für mich selber schön!«, behauptete ich trotzig. Ich würde doch João nicht meine Sehnsüchte auf die Nase binden! Er feixte immer noch wie ein Clown, wechselte aber das Thema. Am übernächsten Samstag würden João junior und Rui nach Hortinhas kommen. Ana sei schon ganz aufgeregt.

Alle starren mich an. Sogar der dicke Joaquim. Habe ich mich zu sehr aufgedonnert? Trage ich ein Schild auf der Stirn: Mann gesucht? Nur keine Panik, Clara. Ich versuche mich zu beruhigen, obwohl mein Herz klopft. Wie albern. Du siehst gut aus, sage ich zu mir, alles ist normal, abends ist die Bar nun mal voller, als du gewohnt bist, und die Leute kennen dich nicht, du bist Ausländerin, du bist allein, also gucken sie. Joaquim fragt mich etwas. Nein, keinen Kaffee, ich will nur ein Wasser. Und danach werde ich schick essen gehen. Heute werde ich mich verwöhnen.

Der Fisch in dem kleinen Restaurant ist exzellent. Der Wein hervorragend. Das Dessert perfekt. Der Ober zuvorkommend. Schade, dass Celeste keine Zeit hatte, mitzukommen. Ich gebe ein großzügiges Trinkgeld und bin zu allem bereit. Das ist mein Abend! Clara Backmann is back to town!

Die Galerie ist leicht zu finden, das kleine Örtchen hat nur wenige beleuchtete Häuser und Cafés. Ich parke gleich gegenüber der »Galeria Fantastica«, wo aus der offenen Tür ein mildes Licht scheint. Einen Moment bleibe ich noch im Wagen sitzen. Nun trau dich schon, du Feigling, rede ich mir gut zu, das ist schließlich nicht deine erste Vernissage – nein, aber früher kannte ich die meisten Leute und ich bin nie allein hingegangen! Egal, jetzt geh endlich rein!

Und dann bin ich drin. Ich, ich ganz allein. In einem großen leeren Raum. Inmitten weißer Wände mit grellbunten Bildern in Acryl. Verwirrt sehe ich mich um. Wo sind die anderen? Das muss ein Irrtum sein. Vielleicht ist die Eröffnung erst morgen? Andererseits strahlen kleine Scheinwerfer die Bilder an, der Raum wirkt wie ein Theatersaal, in dem die Lampen schon ausgegangen sind und der Vorhang sich jeden Moment heben muss. Jetzt nehme ich in einer Ecke auch einen Tisch mit Getränken und Gläsern wahr; unter Folie warten Platten mit Häppchen. Also doch heute. Ich gucke auf mein Handy. Kurz nach neun. Die Zeit stimmt. Aber ich bin der einzige Mensch hier. Natürlich! Seit wann fängt eine portugiesische Veranstaltung pünktlich an? Wie blöd von mir! Ich werde besser wieder gehen, irgendwo einen Kaffee trinken und später wiederkommen. Andererseits kann ich mir ja, wenn ich schon mal da bin, in Ruhe die Bilder anschauen, bevor es hier voll wird.

Plötzlich höre ich ein leises Rascheln und Schlurfen im Hintergrund. In einer der weißen Wände öffnet sich eine schmale, kaum sichtbare Tür. Ein schlaksiger Mann mittleren Alters mit Bart in einem schwarzen Kaftan kommt herein, in den Händen eine weitere Platte mit Häppchen, die er zielstrebig zum Tisch trägt. Er sieht mich nicht an. Dabei stehe ich unübersehbar mitten im Raum. Bin ich unsichtbar? Ist das hier nur ein Traum? Quatsch. Der Herr Künstler, oder wer immer er ist, ist nur mit seinen Gedanken woanders. Als ich ihn anspreche, zuckt er erschrocken zusammen. Guten Abend, sage ich höflich, wann bitte beginnt die Vernissage? Da teilt sich der Bart zu einem Lächeln. Er stellt schnell die Platte ab und kommt mit ausgestreckter Hand auf mich zu. »*Bem vindo*«, sagt er, herzlich willkommen. Und: »Sie sind ein bisschen früh dran.« Ich zeige ihm meinen Veranstaltungskalender. »*Sim, sim*«, meint er grinsend, »das ist die offizielle Zeit. Die anderen kommen trotzdem später. Aber sehen Sie sich doch schon mal um.« Das hatte ich sowieso gerade vor. »Sind die Bilder von Ihnen?«, frage ich. »Nein, ich bin nur ein Freund des Malers.« Damit dreht er sich um und geht wieder zum Tisch. Ich vermute, dass ihn der Bart älter erscheinen lässt, als er ist, und gebe ihm höchstens fünfundzwanzig Jahre. Mit einem Glas Rotwein für mich kommt der Kaftanträger zurück und verschwindet dann wieder durch die kleine Tür.

Mit meinem Glas in der Hand gehe ich von Bild zu Bild. Ich bin mir nicht so sicher, was die Gemälde darstellen sollen. Abstrakte Landschaften vielleicht? Wenn, dann können die Motive kaum aus der Gegend stammen; so viel Farbe habe ich hier noch nie gesehen. Der Künstler hat eine Vorliebe für schreiendes Gelb, giftiges Grün und kräftiges helles Rot. Ich empfinde die Bilder als kalt und schrill. Falls sie eine Botschaft haben, bin ich offenbar kein Empfänger. Gerade will ich mein noch volles Glas abstellen und gehen, als draußen Autotüren klappen, Leute lachen und die ersten Gäste hereinkommen. Paarweise, einzeln, in Grüppchen füllen sie in kürzester Zeit den eben noch so leeren und stillen Raum. Stimmengewirr, Gelächter, Begrüßungen. Jeder scheint jeden zu kennen. Alle sind jung. Unangenehm jung. Ich verstecke mich in der Ecke mit den Häppchen und beobachte die Szene. Die Frauen tragen trotz der kühlen Temperatur Minikleider mit Netzstrümpfen, nabelfreie Tops über knallengen Hosen oder luftige Gewänder, die Männer meist schwarze hauteng e Jeans und T-Shirts mit irgendwelchen Sprüchen. Einer trägt offenbar Selbstbemaltes. Ich erkenne kein einziges Gesicht wieder; womöglich ist das hier nicht die Ausstellung, über die die Leute bei Joaquim geredet hatten.

Ein paar kurze, neugierige Blicke streifen mich in meiner Ecke, mich, die merkwürdige alte Frau im eleganten Hosenanzug. Aber niemand nimmt sonderlich Notiz von mir oder spricht mich an. Ich stehe da, verloren wie eine

Achtzigjährige bei einem Techno-Konzert, und so ähnlich fühle ich mich auch. Alt, fehl am Platz und einsamer als je in meiner Hütte. Gehen mag ich auch nicht, das würde unhöflich wirken. Erst als endlich der Künstler erscheint – ich schätze ihn auf neunzehn, aber vielleicht tue ich ihm unrecht – und der Mann im handbemalten Anzug zu einer Rede ansetzt, erst als sich aller Augen auf die beiden richten, schleiche ich mich davon.

Bravo, Clara, das war ja der Mega-Erfolg! Ich saß im Auto und versuchte, nicht zu heulen. Ich war so frustriert, dass ich sogar Toms Begrüßung ignorierte. Bloß schnell nach Hause jetzt.

Während der Fahrt ging ich hart mit mir ins Gericht. Vor meinem geistigen Auge erschien ein Richter in schwarzer Robe und mit kaltem, mitleidlosem Blick.

Welchen Vorwurf machen Sie der Angeklagten, Frau Staatsanwältin?

Sie leidet an Selbstüberschätzung und Größenwahn, Herr Richter. Sie glaubt, dass die Welt nur auf sie wartet.

Beweise?

Sie hat an einem einzigen Abend ihre Hütte verlassen und tatsächlich geglaubt, am Ende des besagten Abends einen aufregenden Mann auf ihrer Matratze zu haben.

Widerspruch: Ich wollte nur nette Leute kennenlernen! Na gut, vielleicht einen netten Mann.

Der Hammer knallt auf den Tisch. Schuldig im Sinne der Anklage! Ich verurteile Sie zu einem weiteren Jahr Einzelhaft im Alentejo!

Das Wetter passte zu meiner Stimmung. Ein Wolkenbruch biblischen Ausmaßes prasselte auf die Scheiben, die angenagten Scheibenwischer arbeiteten quietschend und ohne nennenswerten Erfolg gegen die Wassermassen an. Die Sicht war gleich null, der Rückweg erschien mir endlos. Hoffentlich werden die Mädels in den Minikleidern schön durchweicht, dachte ich böse.

Als ich endlich den Weg zur Hütte erreicht hatte, waren die Schlaglöcher voller Wasser, und der Wagen blieb zweimal fast im Schlamm stecken. Widerwillig öffnete ich die Autotür, ich hatte selbstverständlich keinen Schirm mit. Tom, sonst auch kein Freund von nassem Fell, sprang ungeduldig halb über mich weg, raste mit aufgestelltem Nackenhaar auf die Hütte zu und bellte wie wahnsinnig. Ist ja gut, ich komme ja! An der Tür legte Tom noch eine Stufe zu, sein Bellen klang schon fast hysterisch. Was war denn los? Hatte ein Kaninchen bei mir Zuflucht gesucht?

Kaum hatte ich die Tür aufgedrückt, da schoss er auch schon ins Haus und direkt ins Schlafzimmer. Ich hatte die Hütte wie üblich nicht abgeschlossen, weil es bei mir sowieso nichts zu stehlen gab. Außer vielleicht für Schuhfetischisten. Meine wenigen Wertsachen nahm ich immer mit, wenn ich wegfuhr. Toms Bellen war jetzt in ein tiefes Knurren übergegangen. Ich machte Licht, griff mir ein Küchenhandtuch für meine tropfenden Haare, und ging dem ausgerasteten Hund nach.

Der Mann auf meinem Bett hatte riesige blaue Augen. Blonde, strubbelige Haare, ziemlich lang. Schmale Hüften, breites Kreuz. Jeans, Seemannspullover. Wollsocken. Große, kräftige Hände. Gebräunte Haut. Unrasiert. Nicht mehr ganz jung, aber auch nicht alt. Ein Leberfleck neben der Nase.

Im Kamin prasselte ein Feuer, neben dem Kamin stand ein hoher Rucksack. Der Raum war warm und gemütlich. Ich stand wie gebannt in der Tür und nahm jede Einzelheit genau wahr. Wenn ich schon wachträumte, dann wollte ich auch etwas davon haben. Allerdings irritierte mich der Lärm, den Tom veranstaltete. Ich dachte kurz darüber nach, ob es in meinen normalen Träumen Geräusche gab. Oder Gerüche. Ich war mir nicht sicher. Sicher schien mir nur, dass ich allmählich durchdrehte. Aber immerhin auf angenehme Weise. Der Mann war schließlich alles andere als hässlich. Er sah sogar aus wie eine Kreuzung aus Robert Redford und Sting.

Tom hatte die Vorderpfoten auf das Bett gestellt und fletschte die langen, gelblichen Zähne. Dazu knurrte und bellte er im Wechsel. Sehr beeindruckend. Sein Kopf war genau in Höhe des Schritts der Männergestalt, die sich auf dem Bett stehend an die Wand presste, Panik im Blick. »Nehmen Sie den Hund weg!«, bat die Gestalt jetzt mit gepresster Stimme. »Bitte!« Interessant, der Traum-Mann sprach Deutsch, wenn auch mit irgendeinem Akzent.

»Warum sollte ich das tun?«, hörte ich mich gelassen fragen, während ich mit dem Handtuch weiter an meinem Haar herumrubbelte. Die Situation war ganz und gar unwirklich. »Bitte! Ich bin garantiert ungefährlich! Ich kann alles erklären!« Er rollte das R.

Ich glaube, es war das Wort »ungefährlich«, das mich den Tatsachen ins Auge blicken ließ. In meinem Haus, in meinem Schlafzimmer, auf meinem Bett stand ein wildfremder Mann. Das war keineswegs eine Erscheinung, kein Ausbund meiner Phantasie, das war ein Mensch aus Fleisch und Blut. Was machte der hier? Wo kam der her? War er gefährlich, ganz egal was er sagte und wie harmlos er auch aussah? Ich hätte natürlich Angst spüren sollen. Schließlich weiß jedes Kind, dass alle Mörder und Frauenvergewaltiger harmlos aussehen. Aber ich hatte keine Angst. Vielleicht, weil Tom dafür sorgte, dass der Mörder/Vergewaltiger sich keinen Millimeter rührte. Vielleicht, weil der Mann selbst so viel Angst hatte. Vielleicht, weil mein Intelligenzquotient offenbar unterdurchschnittlich ist.

Immerhin ging ich schnell zurück in die Küche und holte mir ein großes Messer. Nur vorsichtshalber. Dann rief ich Tom an meine Seite. Er gehorchte widerwillig, knurrte leise weiter und ließ den Mann nicht aus den Augen. Ich konnte das angespannte Zittern des Hundes an meinem Bein fühlen. Der Fremde rutschte an der Wand herunter auf das Bett und grinste mich erlöst an. »Danke, vielen Dank!«

Ich wusste nicht, was ich sagen sollte. Stand da, mit meinem Hund und mit meinem Messer, und suchte in meinem Gedächtnis nach der richtigen Verhaltensweise für meine Lage. Aber unter allem, das ich in meinem Leben gelernt hatte – ohnehin nicht allzu viel und schon gar nicht viel Nützliches –, fand sich nichts. »Polizei rufen«, fiel mir natürlich ein. Aber das passte nur für Leute mit Telefon.

Und irgendwie hätte ich das auch nicht fair gefunden. Der Mann hatte mich ja nicht bedroht.

»Darf ich Ihnen einen Wein anbieten?« Das war nicht etwa meine Stimme. Ich verstehe ja, wenn jemand mich für naiv und durchgeknallt hält. Aber so weit, einen Einbrecher zum Wein einzuladen, gehe selbst ich nicht. Nein, es war der Einbrecher, der *mir* Wein anbot. *Meinen* Wein. Wäre ich nicht schon ohne Worte gewesen, es hätte mir die Sprache verschlagen. Mein ungebetener Gast hatte sich offensichtlich an meinen Vorräten bedient. Ich sah Joãos Weinflasche und ein halbvolles Glas neben dem Bett stehen.

Plötzlich wurde mir klar, dass ich mit dem Kopf nickte. Das musste ein Reflex sein, ausgelöst durch das Wort Wein. »Ich müsste dann aber aufstehen, um Ihnen ein Glas zu holen. Wenn Sie vielleicht das Messer weglegen würden? Ich bin Pazifist, oder?!« Wenn er nicht gepresst sprach, redete der Mann langsam, fast schleppend. Als müsste jedes Wort erst einer persönlichen Prüfung standhalten, ehe es seinen Mund verlassen durfte. Und er hatte eine sehr angenehme Stimme. Ich liebe schöne Stimmen.

Automatisch ließ ich den Küchendolch sinken. »Bleiben Sie, wo Sie sind!«, sagte ich in dem Versuch, mir einen Rest von Würde zu bewahren. Und: »Tom, bleib! Pass auf!« Sofort wurde das Knurren lauter. Ich huschte in die Küche, griff mir aus dem Regal ein Glas, ging zum Bett zurück und schenkte mir von dem Wein ein. Hastig trank ich aus und schenkte sofort nach. Der Mann folgte jeder meiner Bewegungen mit den Augen. »Ich hatte eigentlich gedacht, wir trinken zusammen, oder?!«, sagte er jetzt in leicht vorwurfsvollem Ton. »Ich bin übrigens der Leo aus der Schweiz!«

Na, dann war ja alles geklärt. Ein Schweizer Pazifist namens Leo mit Hang zu Rotwein. Was sollte mir da passieren? Ich musste plötzlich lachen. »Na gut!« Ich schenkte ihm auch Wein ein, und wir stießen an. »Clara«, stellte ich mich meinem Einbrecher vor. Ich stand noch immer vor dem Bett, während Leo darauf saß. Das war blöd. Auf die Gefahr hin, noch in dieser Nacht einen frühen Tod zu finden, bat ich ihn in die Küche. Toms Nacken sah immer noch aus wie ein ausgefranster Schrubber, als er jetzt an Leos Beinen schnüffelte.

In diesem Augenblick fiel mir auf, dass es in meinem Haus anders roch als sonst. Fremd und gleichzeitig vertraut. Es roch nach Mann. Leo hielt Tom die Hand vor die Schnauze und murmelte: »Feiner Hund, so ein schönes Tier, du musst dich doch gar nicht aufregen, der Leo ist ganz lieb«, bis Tom sich tatsächlich entspannte. Er blieb aber wachsam. Jedenfalls hoffte ich das.

»Das hier muss etwas seltsam auf Sie wirken«, sagte Leo, sobald er saß. Tom legte sich zwischen uns unter den Tisch. »Ich nehme an, die Hütte gehört Ihnen?« – »Beides richtig.« Ich hatte nicht vor, mit ihm zu plaudern. Ich wollte eigentlich nur wissen, was er in meinem Haus verloren hatte, und ihn dann wieder loswerden.

Bevor ich auch nur den Mund aufmachen konnte, fragte er: »Sagen Sie, ist Ihnen nicht kalt?« Sein Blick ruhte vielsagend auf meinem Hosenanzug, der an mir hing wie ein nasser Sack. Ich merkte jetzt erst, dass ich tatsächlich fror. Ganz schrecklich fror sogar. »Nein, alles bestens. Danke der Nachfrage.« Leo lachte. »Warum ziehen Sie sich nicht einfach um?«

Ja, warum nicht? Weil ich nicht wollte, dass er verschwand, sobald ich ihm den Rücken drehte. Oder mir eins auf den Kopf gab. »Ich verspreche Ihnen, brav hier sitzen zu bleiben. Bei dem Wetter will ich sowieso nicht weg.« Ach so. Ich klapperte anstandshalber noch eine Weile mit den Zähnen und rauchte eine Zigarette, bis ich mir eingestand, dass ich deutlich lieber an einem schnell eingeschlagenen Kopf als an einer sich über Wochen hinziehenden Lungenentzündung sterben wollte.

Als ich in meinem Jogginganzug in die Küche zurückkam, saß mein Einbrecher noch artig auf seinem Stuhl und rauchte eine meiner Zigaretten. »Darf ich noch einen Vorschlag machen?« Was wollte der denn noch? Außer meinem Bett, meinem Wein und meinen Zigaretten? Wir waren doch hier nicht bei den sieben Zwergen! Und er sah kein bisschen aus wie Schneewittchen. »Ja?« – »Hier in der Küche ist es ziemlich kalt, und Sie sind doch immer noch durchgefroren. Sollen wir die Stühle vor den Kamin stellen und da weiterreden?«

Sollten wir das? Ich musste zugeben, dass der Vorschlag tatsächlich nicht schlecht war. Und offensichtlich hatte ich in diesem Schauspiel ohnehin nicht die Regie. Ich zuckte mit den Achseln und ließ Leo die Stühle in den anderen Raum tragen, während ich mich der Gläser und Zigaretten annahm.

Vor dem Kamin bekam ich endlich den Mund auf. »Was machen Sie in meinem Haus?!« Ich versuchte, meine Stimme hart und bestimmt klingen zu lassen. »Sie sind mir eine Erklärung schuldig!« Leo lächelte mich an. »Ja, das bin ich wohl. Wissen Sie, eigentlich bin ich mit meinem Zelt unterwegs, aber bei dem Wetter konnte ich das schlecht aufstellen, oder? Und da hab ich Ihre Hütte gesehen, und sie war offen. Leo, hab ich gedacht, da hast du ein Glück! Da kannst du warten, bis der Regen aufhört. Aber der hat nicht aufgehört, oder? Na, und Ihre Stühle sind nicht so bequem, und ich war müde und da hab ich mich ein bisschen hingelegt. Aber auf meinen Schlafsack, sehen Sie? Ich wollte ja nichts schmutzig machen!« Das stimmte, er hatte einen Schlafsack über mein Bettzeug gelegt. »Na ja, und wenn ich ganz ehrlich bin – und das bin ich eigentlich immer –, dann hab ich gehofft, dass keiner nach Hause kommt. Aber jetzt sind Sie ja da, und das ist doch auch nett, oder?«

Nachdem er in aller Ruhe und nicht im mindesten verschämt seine kleine Geschichte erzählt hatte, lächelte er mich wieder an. Er sah aus wie ein kleiner Junge, der gerade stolz vom Fang eines riesigen Hechts berichtet hat und jetzt auf das verdiente Lob wartet. »Verziehen?«, fragte er und hob sein Weinglas. Ich war seinen klaren blauen Augen nicht gewachsen. »Okay«, murmelte ich also, »verziehen. Aber jetzt müssen Sie Ihren Schlafsack nehmen und gehen!«

Leos Blick veränderte sich. Jetzt sah er aus wie ein waidwundes Tier, das auf den Gnadenschuss wartet. »Gehen?

Aber wohin denn bei dem Wetter?« Den Geräuschen nach zu urteilen, herrschte draußen in der Tat noch immer Weltuntergang. »Hören Sie, Leo, das ist nun wirklich nicht meine Sorge. Das hier ist mein Haus, schon vergessen? Hier wohne ich. Ich ganz allein. Es gibt kein Gästezimmer, wie Ihnen ja schon aufgefallen sein dürfte. Also müssen Sie sich etwas anderes suchen. Sie können noch Ihren Wein austrinken, aber dann gehen Sie bitte.«

Leo starrte in den Kamin, dann drehte er sich wieder zu mir um. »Aber Clara, haben Sie denn gar kein Herz! Man schickt doch nicht mal einen Hund vor die Tür bei so einem Regen!« Dann seufzte er. »Wie weit ist es denn bis zum nächsten Ort?« – »Drei Kilometer.« – »Gibt es da eine Pension?« – »Nein.«

Leo sah mich nur an. Mit diesen großen blauen harmlosen Augen. Ich kannte diesen Blick von Tom, wenn er etwas von meinem Schinken wollte. Achtung, Clara, sagte ich mir, auch große blaue Augen können lügen. Ich heftete den Blick fest auf mein Weinglas, um Leo nicht ansehen zu müssen. Schließlich stand er auf, um seinen Schlafsack einzurollen. »Na gut«, hörte ich mich plötzlich sagen, »Sie können Ihren Schlafsack da in der Ecke ausbreiten. Aber nur bis es aufhört zu regnen!« Das Strahlen in Leos Gesicht hätte einen amerikanischen Weihnachtsbaum matt aussehen lassen.

Ich konnte lange nicht schlafen in dieser Nacht. Dauernd schreckte ich hoch. Einen anderen Menschen nachts in meiner Nähe atmen zu hören war ich nicht mehr gewohnt.

Und Leo atmete, gut hörbar, schön regelmäßig vor sich hin. Immerhin schnarchte er nicht. Zwischen ihm und mir hatte sich Tom eingerollt, und wann immer ich aufsah, stand mindestens eines seiner großen Ohren aufrecht. Es muss schon früher Morgen gewesen sein, als ich endlich einschlief – nur um von einem unangenehm nassen Gefühl in meinem Rücken wieder geweckt zu werden. Das Dach war undicht.

Eine Woche später sah es so aus, als hätte ich einen zweiundvierzigjährigen Schweizer adoptiert. Seit es nicht mehr regnete, stand sein Zelt hinten auf dem Grundstück. Selbstverständlich hatte ich tausend gute Gründe, ihn noch nicht ganz vor die Tür zu setzen.

Leo dichtete das Dach ab, Leo hackte Holz, Leo reparierte meinen wackligen Küchenstuhl und die Klospülung. Leo machte Frühstück. Abends brachte er mir den Wein unter den Olivenbaum. Und Leo erzählte Geschichten, die mich zum Lachen brachten. Er schaffte es sogar, dass ich über mein eigenes Leben lachte – und über Werner.

»Aber Clara, hast du denn gar kein Mitleid mit deinem armen Mann? Da kommt er plötzlich in die Wechseljahre ...« – »Was? Werner ist in den Wechseljahren?« – »Ja, das sind die Jahre, in denen der Mann alt wird und die Frau wechselt«. Aha. »Und jetzt sitzt er in Brasilien, geht auf die siebzig zu, muss jede Nacht Sex machen, sonst rennt ihm das Mädchen weg – ich weiß das, ich war in Brasilien! –, und dazu muss er garantiert ihre ganze Familie versorgen, Mutter, Papa, Tanten, Onkel, Cousinen, einfach alle! Ich schwör dir, die sitzen ihm alle auf dem Geldbeutel.

Und wahrscheinlich muss er auch noch Forro oder Samba tanzen, und du glaubst gar nicht, wie anstrengend die Hüftkreiserei ist. Nein, wirklich, der arme alte Mann!«

Aber Leo konnte auch ernst sein. Er war ein guter Zuhörer. Und er konnte Fragen stellen, die mich nicht verletzten, aber zum Nachdenken zwangen. »Wenn du von deiner Ehe redest«, sagte er zum Beispiel, »dann erzählst du immer, was Werner gemacht hat und nicht gemacht hat, oder?« – »Ja, und?« – »Na, aber was hast du gemacht?« – »Wie, was hab ich gemacht?« – »Na, zu so einer Beziehung gehören doch immer zwei. Glaubst du wirklich, dass du immer die nette Ehefrau warst und er der böse Mann? Das kommt mir zu einfach vor.« – »Du kennst eben Werner nicht!« – »Sicher. Aber ich hatte auch schon ein paar Beziehungen. Und ich denke immer: Man kann mir nur antun, was ich mir antun lasse.« – »Was soll das denn nun heißen?« – »Na, dass du deine Anteile hast an allem, was passiert ist. Dass du auch irgendwas daran gut gefunden hast, das Opfer zu sein.« – »Das ist doch Küchenpsychologie!« – »Na und? Wenn's doch stimmt!« – »Was hätte ich denn schon tun können?« – »Ihn verlassen, zum Beispiel, ihm mal zeigen, dass er eben nicht alles machen kann, was er will. Konsequenzen ziehen. Das hast du doch nie gemacht, oder? Vielleicht warst du wirklich gern das Opfer. Abgesehen davon ist es doch sowieso Blödsinn zu glauben, dass Beziehungen für die Ewigkeit taugen. Das wird doch alles total überbewertet.« Tom, der Verräter, saß stets zu Leos Füßen.

Und ich? Ich hing an Leos Lippen. Ich wartete auf das Lächeln seiner Augen. Konnte mich nur knapp davon abhalten, ihm die widerspenstigen Strubbelhaare aus dem Gesicht zu streichen, wenn sie sich mal wieder aus dem Gummi gelöst hatten, mit dem er sie zusammenband. Das musste mein unausgelebter Muttertrieb sein. Abends ging ich mit einem Lächeln ins Bett, und morgens stand ich lächelnd wieder auf, um mit meinem blauäugigen Einbrecher Kaffee zu trinken.

Ich verstand mich selbst nicht mehr. Noch nie in meinem Leben hatte ich auch nur einen Tramper mitgenommen. Niemals hätte ich einem Fremden ein Gästezimmer in unserer Villa angeboten. Und jetzt lebte ich mehr oder weniger mit einem zeichnenden, schreibenden und Lebensweisheiten verbreitenden Globetrotter zusammen.

Was war Leo für mich? Ich dachte nicht darüber nach. Er war gekommen, er war geblieben. Fertig. Das Leben konnte so einfach sein! Leo fand das natürlich auch. Seiner Ansicht nach machten sich die meisten Menschen das Leben sowieso viel zu schwer. Zum Beispiel durch zu viel Arbeit. Er selbst war freier Graphiker und Schriftsteller. Sechs Monate im Jahr lebte und arbeitete er in der Schweiz, den Rest des Jahres verbrachte er mit Reisen. Immer zu Fuß und per Anhalter, um möglichst viele Menschen kennenzulernen. Das konnte alles stimmen oder auch nicht. Aber wenn das Wetter es zuließ, saß Leo oft unter dem Olivenbaum, zeichnete oder schrieb in ein kleines Notizbuch.

Es war schon so normal, dass er da war, dass ich keine Bedenken hatte, ihn auf der Quinta allein zu lassen. Ich nahm meine langen Spaziergänge mit Tom wieder auf. Nach einer dieser Wanderungen empfing mich Leo mit Neuigkeiten. »Da war so ein kleiner alter Portugiese, der hat Wein gebracht. Der hat sich ein bisschen gewundert, dass ich hier bin, oder?« Ja, das konnte ich mir gut vorstellen. Musste João auch ausgerechnet dann auftauchen, wenn ich nicht da war? »Kein Problem«, sagte ich, »er ist ein Freund aus Hortinhas. Ich fahr nachher mal rüber.«

Während ich den Abwasch machte, überlegte ich, wie ich João und Ana die Anwesenheit von Leo erklären könnte. »Alter Freund der Familie?« Das ging nicht, sie wussten, dass ich kaum Kontakt zu Leuten aus meinem früheren Leben hatte. Genauso wie sie wussten, dass es in meinem Leben einen beklagenswerten Mangel an eigener Familie gab: keine Eltern, keine Geschwister. Zu Tanten, Onkeln oder Cousinen hatte ich keinen Kontakt. João und Ana hatten nicht schlecht gestaunt, als ich ihnen das erzählt hatte. Familie wurde bei ihnen großgeschrieben – und zwar bis ins letzte Glied. João und Ana waren in Hortinhas und Umgebung mit fast jedem irgendwie verwandt. Lauter Tios und Primos und Sobrinhos, Onkel, Cousinen und Neffen.

Es war mir nicht mehr vergönnt, mir eine zu Leo passende Geschichte auszudenken. Ich hörte einen Motor knattern, und dann rief Leo auch schon nach mir. João war zurückgekommen. Und nicht allein. An seiner Seite hatten sich Rui und João junior aufgebaut, die auch ohne Dom und Motorrad im Hintergrund leicht zu erkennen waren. Alle drei standen unter der Olive und richteten grimmige Blicke auf den Eindringling Leo. »*Tudo bem*, Clara?«, fragte João mich, als ich aus der Tür kam. Es fehlte nur, dass er eine Machete oder so etwas schwang. »*Sim*«, beruhigte ich ihn schnell, »*tudo bem.*«

Ich stellte Leo vor – ohne nähere Erklärung. Sagte nur: »Leo aus der Schweiz« und merkte, wie ich rot wurde. Wie blöd war das denn? Schließlich war João nicht mein Vater, der mich bei einem verbotenen Date erwischte. Dummerweise fühlte ich mich genau so. Höflich begrüßte ich Joãos Söhne, die mir zunickten, und lud die drei auf einen Wein ein. Die Männer gaben sich kurz die Hände und zogen sie so schnell zurück, als hätte der jeweils andere eine ansteckende Hautkrankheit. Zum ersten Mal hörte ich Joãos Familiennamen, Ramos.

»Setzt euch doch«, sagte ich mit falscher Fröhlichkeit. João zog die Augenbrauen hoch. Ich holte gemeinsam mit Leo Stühle und Wein aus der Küche. Der schien sich prächtig zu amüsieren. »Ist das deine Leibwache?«, raunte er mir zu. »Die sind aber ein bisschen spät dran!«

Wir setzten uns. Leo strahlte die drei Männer aus dem Dorf munter an, hob sein Glas und versuchte auf Englisch Konversation zu machen. Er hätte genauso gut auf meinen VW-Bus einreden können. Ich wusste natürlich, dass zumindest der junge João des Englischen mächtig war. Ob Rui Englisch verstand, wusste ich nicht. Es war auch egal. Offenbar hatte keiner der beiden vor, auch nur ein Wort zu sagen. Auch João schien nach seinen ersten Worten unter die Taubstummen gegangen zu sein. Steif saßen die drei auf ihren Stühlen und starrten den grinsenden Fremdling miss-

trauisch bis feindselig an. Ich hätte zu gern gewusst, was
João seinen Söhnen erzählt hatte.

Ich saß ihnen gegenüber und konnte mir Anas und Joãos
Nachwuchs in aller Ruhe ansehen. Junior war ein wirklich
gutaussehender Mann. Die gerade Nase, die dunklen Augen, die schwarzen Haare, die an den Schläfen erstes zar-
tes Grau ansetzten. Ein Mund mit vollen Lippen, umgeben
von tiefen Lachfalten. Als er da so neben seinem Bruder
saß, wurde mir einmal mehr bewusst, dass ich damals recht
gehabt hatte: Nicht die kanadischen Koalabären waren
extrem klein, sondern João für einen Portugiesen ziemlich
groß. Ich schätzte ihn auf mindestens eins dreiundachtzig.
Es musste da Gene in der Familie geben, die nur bei ihm
durchgeschlagen hatten.

Rui hatte in jeder Hinsicht den Kürzeren gezogen. Er
war gerade so groß wie ich, also eins zweiundsiebzig, und
das einzig Besondere an ihm waren die grauen Augen mit
den extrem langen Wimpern. Wenn man Rui von der Seite
ansah, standen diese Wimpern in eleganter Kurve vor, als
wären sie angeklebt. Jede Frau musste ihn darum beneiden,
und ich war mir ziemlich sicher, dass er selbst sie furchtbar
und unmännlich fand.

»Rui arbeitet in Deutschland«, sagte ich zu Leo, um
ihm eine zweite Chance zu geben. Vielleicht ließ ja Rui auf
Deutsch mit sich reden. Aber nein. Rui sagte keinen Ton.
Es war ziemlich offensichtlich, dass Leos blaue Augen und
sein Naturcharme an dieser Front rein gar nichts ausrichten
konnten. Ich wurde allmählich sauer. Immerhin war Leo
mein Gast. Als ich meine Versuche, allein ein Gespräch zu

führen, aufgab, entstand eine peinliche Pause, in der das Trio aus Hortinhas seine Gläser austrank. Dann verabschiedeten die Männer sich. Das heißt: Sie nickten mir zu. João murmelte noch: »Sei vorsichtig mit dem Ausländer!« Worauf sie auf den klapprigen dreirädrigen Mini-Lastwagen stiegen, mit dem sie gekommen waren, und verschwanden.

Leo wollte sich ausschütten vor Lachen. »Ha, ha, ha«, brüllte er, »die drei Musketiere kommen, um die Jungfrau zu retten!« Ich fand es nicht witzig. Immerhin hatte sich jemand Sorgen um mich gemacht. Übrigens erzählte mir Ana später, dass sie João die Hölle heißgemacht habe, weil sie fand, dass mein Privatleben ihn nichts anging. Wie wahr!

Am Tag darauf fuhr ich nach Évora. Ich wollte zur Post. Und wenn ich ehrlich war, brannte ich darauf, Celeste von Leo zu erzählen. Vielleicht würde ich auch Heike anrufen. Endlich hatte ich mal was zu berichten, was ihr gefallen würde.

Celeste lachte Tränen. Sie hörte gar nicht mehr auf. »Und seitdem schläft er im Schlafsack?«, schniefte sie schließlich. »Ja, bist du denn blöd? Was glaubst du denn, wie viele Gottesgeschenke dieser Art im Alentejo vom Himmel fallen? Zerr ihn in dein Bett!« Die Frau war unmöglich. »Celeste, so ist das nicht!« – »Ach nein?« Sie prustete schon wieder los.

Ich versuchte, ernst zu bleiben. »Also erst einmal ist der Mann zehn Jahre jünger als ich« – ich sprach schnell weiter, als sie mich unterbrechen wollte – »und außerdem«, sagte ich, »außerdem habe ich nicht dieses komische Gefühl im Bauch, das man hat, wenn man verliebt ist.« Das Wort Kribbeln kannte ich weder auf Englisch noch auf Portugiesisch. »Komisches Gefühl im Bauch? Dazu brauchst du doch kein Gefühl im Bauch! Da brauchst du ganz woanders ein Gefühl!«, kicherte sie. Es half nichts, ich musste auch lachen. »Jetzt hör aber auf«, glückste ich, »so bin ich nicht!« – »Wie schade!«, meinte Celeste.

Als ich sie so ansah, konnte ich mir gut vorstellen, dass sie nicht erst verliebt sein musste, um sich zu nehmen, was sie wollte. Aber ich war eben anders. Und ich wollte Leo nicht. Nicht so. Vielleicht wollte ich einen jüngeren Bruder. Den hatte ich schließlich nie gehabt. All das erklärte ich Celeste. Sie tippte sich nur an die Stirn. »Erzähl das deinem João«, meinte sie, »mir machst du nichts vor! Komm, lass uns überlegen, wie du ihn wieder aus dem Zelt rauskriegst!« Wir dachten uns Verführungsszenarien aus und waren mal wieder albern wie mit fünfzehn.

Ich war blendender Laune, als ich nach Hause tuckerte. Die Welt war schön! Zu Hause wartete jemand auf mich! Jemand mit zwei Beinen! Jemand, mit dem ich all die leckeren Sachen teilen würde, die ich in der Stadt gekauft hatte. Jemand, auf den ich mich freute. Ich sang vor mich hin, »Leo, wir fahr'n nach Lodz« und ähnlichen Unsinn.

Auf der Quinta erwartete mich ein Bild, das ich »Mann unter Baum, lesend« betitelt hätte. Sehr idyllisch. Meine Ankunft brachte Leben in die Szene. Tom sprang um den Wagen, und aus »Mann, lesend« wurde »Mann, hungrig«. »Hey, da bist du ja wieder. Hast du was Leckeres eingekauft?« Celeste hätte das hören sollen, von einer Romanze gab es hier wirklich keine Spur. Einen winzigen Moment lang war ich enttäuscht.

Ich stieg aus, und plötzlich guckte mich Leo mit schräg gelegtem Kopf an. »Was ist denn mit dir los? Du hast ganz rote Wangen, und deine Augen funkeln! Bleib so – ich will dich zeichnen!« Sprach's und verschwand, um seinen Block zu holen. Ich lachte. Was war dieser Mann für ein Kind! Ich hatte die Arme voller Einkäufe. Dies schien mir ganz sicher nicht der richtige Moment, um Modell zu stehen. »Clara, nun halt doch mal Ruhe!« Leo war mir in die Küche nachgekommen. Ergeben ließ ich Nudeln, Reis und alles andere in den Tüten und drehte mich um. Mit schnellen Strichen füllte Leo sein Blatt und hielt mir kurz darauf den Block vor die Augen.

Was ich sah, war das Gesicht einer älteren Frau mit großen lachenden Augen und dem Ausdruck eines Backfischs. Leo zeichnete wirklich nicht schlecht. Er schrieb: »Clara – fröhlich« unter die Zeichnung und schenkte sie mir mit großer Geste: »Bitte sehr, schöne Frau!« Dann ging er wieder nach draußen. Ich hängte das Bild über mein Bett und sah mein Konterfei lange und nachdenklich an.

Wenn ich schon so strahlte, nachdem ich mit Celeste nur über Verführung und Sex geredet hatte, wie würde ich dann erst leuchten, wenn ich Sex gehabt hatte? Hatte Celeste recht? Machte ich mir etwas vor? Wollte ich Leo vielleicht doch? War es nur Angst oder Schüchternheit, die mich davon abhielten, etwas mit ihm anzufangen? Oder die Tatsache, dass ich total aus der Übung war?

136

Ich weiß nicht, ob es an dem albernen Gespräch mit Celeste lag, an Leos Zeichnung oder vielleicht am Stand der Sterne, jedenfalls gestand ich mir ein, dass ich in Leo mitnichten einen kleinen Bruder sah. Dass ich mit ihm schlafen wollte, verliebt oder nicht. Dass ich endlich wieder meinen Körper spüren wollte – und den eines Mannes. Der Regen hatte mir ein ausgesprochen attraktives Exemplar in die Hütte gespült, das musste doch einen Sinn haben. Warum nicht den, meinen ausgetrockneten Unterleib zu bewässern? Die Frage war jetzt nur noch, wie ich ihn in mein Bett bekam. Wie gesagt, ich hatte in so etwas absolut keine Übung.

Ich setzte mich auf eben jenes Bett, um das sich meine Gedanken drehten, und überlegte. All die Albernheiten, über die ich heute mit Celeste gelacht hatte, kamen natürlich nicht in Frage. Weder konnte ich plötzlich in Dessous unter dem Olivenbaum auftauchen, noch mich unauffällig lasziv vor dem Kamin rekeln oder etwa dem armen Leo unvermittelt den Po tätscheln. Ich wollte ihn verführen, nicht erschrecken.

Und zwar so, wie es mir, einer reifen Frau, entsprach. Erst würde ich mich umziehen, irgendetwas dezent Weibliches. Dann etwas Leckeres kochen. Ich hatte – Glückes Geschick! – Shrimps gekauft, und denen wurde doch eine erotisierende Wirkung nachgesagt. Oder galt das nur für Austern? Dazu würden wir jedenfalls die eine oder andere Flasche Wein leeren, ich würde mit glänzenden Augen und geröteten Wangen Leos Geschichten lauschen und ihm schließlich vorschlagen, an den Kamin umzuziehen. Der Rest musste sich dann von allein ergeben.

Klasse, Clara, du hast echt viel Phantasie! Ich hatte mir gerade einen Abend ausgemalt, der ziemlich genau so war wie all die anderen Abende, die ich schon mit Leo vor dem Kamin verbracht hatte. Neu waren nur die Shrimps und die Glühbäckchen. Ach ja, und natürlich die dezent weibliche Garderobe. Mal sehen, da hatte ich reiche Auswahl zwischen einem Hosenanzug, diversen Jeans und Shirts sowie drei Sommerkleidern, die garantiert sofort für Verwirrung und gleich danach für eine schwere Erkältung sorgen würden. Mir musste noch etwas anderes einfallen.

Auf der Suche nach Anregungen blätterte ich ein paar Romane durch. Aber weder im »Nachtzug nach Lissabon« noch bei »Die Asche meiner Mutter« oder in einem meiner Krimis versuchte eine reife Frau, einen jüngeren Mann zu verführen. Es war ganz klar ein Fehler, dass ich keine Frauenzeitschriften las. Noch dazu besaß ich auch nur einen einzigen Ratgeber: »Sorge dich nicht – lebe!« Aber obwohl ich eindeutig besorgt war und mal richtig leben wollte, war auch dieses Buch im Prinzip eine herbe Enttäuschung. Immerhin stieß ich auf den Satz: »Unser Leben ist das Produkt unserer Gedanken.« Ich würde also heftig an Sex denken, wenn ich mit Leo beim Kamin angekommen war. Vielleicht half das.

Ich konnte ihm natürlich auch einfach sagen, was ich wollte. »Du, Leo, ich hab mir gedacht, wir könnten doch jetzt mal nett miteinander ins Bett gehen, was meinst du?« Was, wenn er dann sagen würde: »Och nööö, du, danke, aber nöö, oder?«

Dieses Risiko schien mir ziemlich groß, immerhin hatte Leo bisher rein gar nicht erkennen lassen, dass er Interesse an mir hatte – ich meine, an mir als Lustobjekt. Andererseits musste das nichts heißen. Er war immerhin ein Mann. Und Männer lassen nicht anbrennen, was direkt vor ihren Füßen schmort. Der Mann an sich ist ein triebhaftes Tier. Das hatte schon meine Oma gesagt.

Auf jeden Fall waren Leos Nächte im Zelt gezählt. Falsch. Nicht gezählt. Vorbei. Heute fühlte ich mich schön und mutig. Also musste es gleich heute sein. Wenn wir erst mit Eiweiß angefüllt vor dem Kamin saßen, würde mir für die entscheidenden Minuten schon etwas einfallen.

Vermutlich war es das Beste, schon mal mit dem Weintrinken anzufangen. Ich war ja schließlich immer noch die gute alte Clara. Wie hätte ich da meine erste Verführung seit ungefähr zweiunddreißig Jahren ohne die wunderbar enthemmende Wirkung von Alkohol hinkriegen sollen?

Ich ging zurück in die Küche und fasste mit sicherem Griff hinter den Vorhang, der schon seit geraumer Zeit nicht nur die Gasflasche, sondern auch meine Weinvorräte verdeckte. Und griff ins Leere. Kein Wein im Haus! Verflucht! Ich war sicher gewesen, dass noch ein paar Flaschen da waren. Wieso hatte ich heute Morgen die Vorräte nicht überprüft? Das war nun wirklich der Beweis, dass ich auch ohne Wein leben konnte (bekanntlich sorgen Alkoholiker stets dafür, dass sie auf keinen Fall trockenfallen). Aber es machte mich kein bisschen froh. Also gut, würde ich eben noch mal schnell nach Hortinhas fahren. Ganz ruhig, Clara, kein Problem. Leo läuft dir ja nicht weg.

Der Gegenstand meiner wollüstigen Hirngespinste saß wieder mit Tom unter der Olive und schrieb im letzten Tageslicht. »Ich muss noch mal los, hab vergessen, Wein zu kaufen!«, rief ich ihm zu. Er hob kurz die Hand und vertiefte sich wieder in seine Notizen.

So schnell war ich noch nie über die Buckelpisten nach Hortinhas gefahren. Nach einer Viertelstunde stand ich in Anas Laden. Es war gerade niemand da, also rief ich ins Innere des Hauses. Schließlich kam Ana. Aber irgendetwas stimmte nicht. Sie war blass wie der frische Ziegenkäse im Kühlfach und hatte Tränen in den Augen. »Ana, *que passa?*«, fragte ich schnell. »*Um acidente* – João.« O Gott!

Ich laufe hinter Ana ins Haus. João sitzt in der Küche. In seinem linken Oberschenkel klafft ein tiefer blutroter Spalt, in den einer der Söhne ein schon durchtränktes Handtuch presst. João ist noch blasser als Ana, lächelt mich aber tapfer an und begrüßt mich. »Er muss ins Krankenhaus«, sagt der Sohn mit dem Handtuch, ohne sich umzudrehen, »sofort.« Offenbar Rui, denn er sagt es auf Deutsch. João junior steht am Telefon. »Aber bis ein Krankenwagen hier ist, das dauert doch ewig!«, protestiere ich.

Wir diskutieren kurz, dann sitzen wir alle in meinem Bulli und rasen gen Évora. Joãos Bein hört nicht auf zu bluten. »Wie ist das passiert?«, frage ich Rui. »Mein Vater hat Holz gehackt und ist ausgerutscht.« Dann sagt er nichts mehr, bis wir im Krankenhaus ankommen.

Grelles Licht, schmutzig weiße Wände. Schmerzverzerrte blasse Gesichter. Menschen auf Stühlen, Menschen auf Tragen, Menschen, die an den Wänden lehnen. Viel zu viele Menschen. Die Notaufnahme im Krankenhaus ist überfüllt. João ist nicht der Einzige, der blutet.

Wir müssen warten, ewig, wie mir scheint. Als schließlich eine Krankenschwester auf uns zukommt, schafft sie es, gleichzeitig freundlich mit João zu sprechen und seinen Sohn zu beschimpfen. Ich verstehe nicht, worum es geht. Überhaupt kommt es mir vor, als hätte ich die Sprache, in der hier durcheinandergeredet wird, noch nie gehört.

Meine Sprachlosigkeit macht mich wütend und hilflos wie noch nie. Wird je der Tag kommen, an dem ich dieses gottverdammte Portugiesisch wirklich verstehe und spreche? Vermutlich nicht, schon weil meine Studien quasi zum Erliegen gekommen sind, seit Leo da ist. Ich schwöre mir, dass ich wieder mit dem Lernen anfangen werde.

Ana weint, João junior nimmt sie in den Arm. Endlich verschwindet die Schwester mit João im Rollstuhl in einem Behandlungsraum, und ich kann Rui fragen, was los war. »Wir hätten die Ambulanz nehmen sollen«, erklärt mir Rui, »dann wäre Vater viel schneller erstversorgt worden.« Wie man's macht, macht man's falsch, denke ich und fühle mich schuldig.

Schließlich kommt die Schwester wieder und holt die Familie. Ich finde einen freien Stuhl und einen Kaffeeautomaten. Der labbrige Kaffee duftet immerhin ein bisschen und vertreibt für einen Augenblick den übermächtigen Geruch von Desinfektionsmitteln. Warten, wieder warten. Diese chaotisch wirkende Notaufnahme macht mir zu schaffen. Wie viele Menschen mögen hier schon gestorben sein, weil nicht früh genug Zeit für sie war? Oder tue ich den Leuten, die hier arbeiten, unrecht? Ich stehe schnell auf, als eine alte Frau mit einer Platzwunde am Kopf in den Raum kommt.

Nach einer endlosen Stunde, die ich rauchend draußen vor der Tür verbringe, kommt Joãos Familie zurück. Seinem Vater gehe es so weit gut, erzählt Rui, einige Muskeln und die Wunde selbst müssten genäht werden. Weil João nicht mehr der Jüngste ist, soll er einige Tage im Hospital bleiben und gründlich durchgecheckt werden. Wir fahren schweigend nach Hortinhas, jeder in seine Gedanken versunken.

Als ich endlich nach Hause komme, läuft mir ein ziemlich besorgter Leo entgegen. »Clara, wo warst du denn so lange?« Abwesend streichle ich Tom, der wedelnd um mich herumspringt. Ich erzähle kurz, und Leo nimmt mich tröstend in die Arme. »Ich wusste gar nicht, wie wichtig João mir ist«, gestehe ich in seiner Armbeuge. Leos Umarmung tut gut. Ich genieße die Berührung und denke einen Moment an das, was hätte sein sollen. »Später«, denke ich, »aber nicht heute.« Ich gehe ins Bett und schlafe erschöpft ein. Im Traum läuft Celeste in schwarzen Dessous hinter Leo her, der wie ein Hase um Olivenbäume rennt. Am Rand der Szene sitzt João auf einer Trage und schwingt seine Axt.

Wintersonnentage im Alentejo haben den Nachteil, mit ihrem gleißend klaren Licht auch die Dinge zu erhellen, die besser im Dunkel oder doch wenigstens in einem zarten, weichen Nebel geblieben wären. Ich stand am nächsten Morgen vor Leos Zeichnung und sah ein Gesicht mit Altersfalten und einem dümmlichen Lächeln. Mit Schrecken dachte ich an das, was hätte passieren können. Schon bei dem Gedanken an die Abfuhr, die ich mir von Leo garantiert geholt hätte, bekam ich einen knallroten Kopf. Wer glaubte ich denn zu sein, fragte ich mich vor dem großen neuen Spiegel – Cher?

Ich ging schnell unter die Dusche, trank mit Leo Kaffee und warf später die Shrimps in den Müll. Alles war wie immer. Ich war doppelt erleichtert – weil ich mich nicht lächerlich gemacht und weil sich zwischen uns nichts verändert hatte. Veränderungen mag ich ganz grundsätzlich ungefähr so gern wie fettes Fleisch, und gerade jetzt konnte ich mir nun wirklich nicht leisten, einen der wenigen Menschen zu verlieren oder auch nur zu verschrecken, die ich hier kannte. Nein, so gesehen war es ganz hervorragend, dass sich João ins Bein gehackt hatte. Natürlich hätte es gern eine andere Art der Störung sein dürfen, vor allem eine für João weniger schmerzhafte. Mit diesen Gedanken fuhr ich nach Hortinhas und von dort aus ins Krankenhaus. So wie an allen folgenden Tagen auch.

Mal fuhr Ana mit, mal einer der Söhne, mal alle drei. Einmal besuchte ich João allein und traf mich anschließend mit Celeste. »Clara«, sagte sie, als ich ihr von dem Unfall und natürlich auch von der geplatzten Verführung erzählte, und rang in gespielter Verzweiflung die Hände, »was bist du doch für ein Feigling.« Sie sagte es auf Portugiesisch, und sie duzte mich zum ersten Mal. »Ja«, antwortete ich, »immer schon gewesen.« Aber es gab auch Neuigkeiten. Celeste wollte mich auf der Quinta besuchen kommen – schon um sich Leo persönlich anzusehen. Ich freute mich. »Wir machen ein Fest«, beschloss ich, »sobald João wieder zu Hause ist, gebe ich ein Fest, dann lernst du sie alle kennen!«

Später an diesem Nachmittag kam Rui kurz auf der Quinta vorbei. Es war nicht das erste Mal. Seit João im Hospital lag, erschien sein Sohn ziemlich oft. Mal brachte er Obst, mal Oliven, mal kümmerte er sich um die Bäume oder sagte, er sei gerade in der Gegend. Wenn Leo in Sichtweite war, verschwand er stets schnell wieder. Sonst setzten wir uns auf ein Gläschen oder einen Kaffee unter den Olivenbaum. Ich fragte ihn nach seinem Leben in Deutschland. »Kalt im Winter, aber die Arbeit ist gut.« Viel mehr war aus diesem wortkargen Menschen nicht herauszukriegen. Also schwiegen wir und guckten in die Landschaft. Ganz wie damals, als sein Vater anfing, mich zu besuchen. Ich mochte diese ruhigen Momente mit dem schweigenden Rui. Sie waren ein angenehmer Gegensatz zu Leos sprühender Art. Und ich fragte mich natürlich, warum Rui eigentlich kam. Auf Unterhaltung war er ja offensichtlich nicht aus. Ich hegte den Verdacht, dass João ihn mit diesen Besuchen beauftragt hatte, weil er Leo misstraute.

Es war ein Donnerstag, an dem ich feststellte, dass Rui durchaus ganze Sätze sprechen konnte. Was sage ich – ganze Sätze? Er war in der Lage, innerhalb von Minuten einen Text in der halben Länge von »Säulen der Erde« vom

Stapel zu lassen, wenn er nur wollte. Oder wütend genug war.

An jenem Donnerstag standen er und ich und ein Arzt in einem langen, kahlen Krankenhausflur. Tragen wurden um uns herumgeschoben, Schwestern klapperten mit Medikamentenwagen vorbei, aus einem der Zimmer drang ein langgezogenes Stöhnen. Essensgerüche hingen in der Luft. Wir waren gekommen, um João abzuholen, der heute entlassen wurde. Fehlte nur noch das Abschlussgespräch mit dem Doktor, und dann nichts wie raus hier. Im Auto warteten Ana und João junior.

Der Arzt war ein netter älterer Herr im weißen Kittel mit dem milden Lächeln eines Heiligen. Jedenfalls lächelte er mild, als er uns begrüßte. Dann wurde sein Blick ernst. Sehr ernst. Als wäre an einem strahlenden Sommertag urplötzlich eine Kaltfront aufgetaucht, umwölkte sich sein Blick. Da konnte nichts Gutes kommen, so viel war klar. Als der Doktor dann sprach, verstand ich mal wieder nicht mehr als ein paar Worte, aber das war auch nicht nötig. *Coração, perigoso, operação, esperar, lista* – Herz, gefährlich, Operation, warten, Liste.

Dann explodierte Rui. Ich erschrak genauso wie der Arzt, als er anfing zu brüllen. Mit einem portugiesischen Wortschwall nagelte Rui den Doktor gleichsam an die Wand. Der hob begütigend die Hände und versuchte, den aufgebrachten Mann mit Worten zu beruhigen. Vergeblich. Rui zeterte und schimpfte, bis schließlich auch der Arzt die Geduld verlor und wütend wurde. Ich glaubte zu verstehen, dass er etwas sagte im Sinne von »nicht verantwortlich für das System«. Dann zuckte er die Achseln und ging. Rui stand mit hängenden Armen in dem grässlichen Flur und starrte vor sich hin.

»Rui? Rui, was ist denn los?«, traute ich mich endlich zu fragen. Er hatte offensichtlich vergessen, dass ich überhaupt da war. Jetzt sah er mich an, mit den Augen eines angeschossenen Rehs. »Mein Vater braucht dringend eine Herzoperation, und sie haben ihn auf eine verdammte Warteliste gesetzt! Eine Warteliste!«, wiederholte er fassungslos. »Es kann ein Jahr dauern, bis er operiert wird!« – »Aber dann ist es doch sicher nicht so dringend, sonst würden sie doch gleich operieren, oder?« – »Seien Sie nicht naiv«, zischte er mich an. Seine grauen Augen schienen Blitze zu schießen. »Der Arzt hat mir gerade erklärt, dass er am besten morgen operiert werden sollte. Aber leider ist Vater nicht privat versichert. Pech.« – »Aber wieso …?« – »Wieso, wieso, wieso?«, schnappte er. »Weil wir hier in Portugal sind und das Gesundheitssystem für Leute ohne Geld scheiße ist, deshalb!« Ich hielt erst mal den Mund.

Auf dem gesamten Rückweg ins Dorf schimpfte Rui vor sich hin, mal auf Deutsch, mal auf Portugiesisch. Ich dachte natürlich daran, der Familie das Geld für eine Operation in einem Privatkrankenhaus zu geben. Aber ich ahnte, dass ihr Stolz das nie zulassen würde. Also sagte ich nichts. Rui schimpfte weiter, bis ihn sein Vater unterbrach. »Was soll das ganze Geschrei?«, fragte der Alte. »Ob ich lebe oder sterbe, wird sowieso an ganz anderer Stelle entschieden.« Ana heulte auf und schluchzte leise weiter. Niemand redete mehr. Im Wagen herrschte eine Atmosphäre wie auf einer Beerdigung. Ich musste spontan an Butterkuchen denken. Dabei fiel mir ein, dass ich geplant hatte, alle für Samstag zu mir nach Hause einzuladen, um Joãos Rückkehr aus dem Krankenhaus zu feiern. Warum eigentlich nicht? Zwar herrschte hier gerade Begräbnisstimmung, aber der Leichnam des Tages saß schließlich hinter mir und war noch ziemlich lebendig. Nach einem öden Krankenhausaufenthalt hatte João garantiert Lust auf ein bisschen Abwechslung.

»Ach, beinah hätte ich vergessen, es euch zu sagen, aber am Samstag seid ihr bei mir eingeladen«, sagte ich tapfer in das von Anas leisem Schluchzen untermalte Schweigen. Wahrscheinlich hielt die Familie mich jetzt für so gefühlvoll wie einen Kühlschrank. »Nichts Großes, nur ein bisschen zusammensitzen, Mittagessen mit Freunden. João muss ja nicht tanzen!« Vom Beifahrersitz traf mich ein Blick aus dichtbewimperten Augen, dessen Botschaft ich mit »Wohl nicht ganz frisch im Kopf!« übersetzte. Anas Reaktion konnte ich nicht sehen, aber zumindest hörte sie auf zu weinen. Der Rückspiegel zeigte zwei grinsende Joãos. »*Uma idea boa*, Clara!«, sagte der Alte mit Nachdruck. Ich sah Rui an. Er zuckte die Achseln. Damit war es abgemacht.

Celeste kam früh. »Hi, Clara – meine Güte, das ist ja wirklich tiefste Wildnis hier!«, rief sie mir entgegen, als sie ihrem staubbedeckten Alfa Romeo entstieg. Ich hatte mir schon Sorgen gemacht, dass der Wagen es gar nicht bis zur Hütte schaffen würde, aber er sah nur dreckig aus, nicht ruiniert. Celeste hatte sich tatsächlich eine Jeans angezogen, eine Designerjeans, klar, aber es war das legerste Kleidungsstück, das ich je an ihr gesehen hatte. Dazu trug sie einen fein gestrickten, seidig schimmernden Pulli und flache Lederschuhe. Vor mir stand die französische Ausgabe von Country-Barbie, natürlich mit tiefroten Lippen und Perlen in den Ohrläppchen. »Los komm, ich zeig dir meinen *palácio*!« Ich nahm Celeste am Arm und ging mit ihr in die Hütte, wo Leo in der Küche Tomaten und Gurken schnippelte. »Leo, darf ich dir Celeste vorstellen? Celeste, das ist Leo.« Mein Mitbewohner hatte Tomatenfinger und reichte ihr ein Handgelenk. »*Hello, nice to meet you.*« Damit wandte er sich wieder den Tomaten zu. Vielleicht war Country-Barbie nicht sein Typ. Oder er war schwul (warum eigentlich war mir diese Möglichkeit nicht früher eingefallen?). Von Celeste kam ein »Hi« und dann eine peinlich lange Musterung Leos. Sie besah ihn sich von oben bis unten, so, wie ein Bauer sein Schwein mustert, um zu entscheiden, ob es schon schlachtreif ist. Gut, dass Leo sich auf seine Schnippelei konzentrierte. Als sich dann langsam ein Grinsen auf ihrem Gesicht ausbreitete, fürchtete ich Schlimmes und dirigierte Celeste ins Schlafzimmer, bevor sie den großen Mund aufmachen konnte. Kaum waren wir außer Sicht, hob sie den Daumen und lachte mich an. Okay, verstanden, schlachtreif also. »Lass uns einen Gang ums Grundstück machen«, schlug ich vor, ehe sie womöglich lautstark ins Detail ging.

Wir hatten Glück mit dem Wetter. Zwar war es nachts bitterkalt gewesen, aber jetzt schien die Sonne, und das Thermometer zeigte zwanzig Grad. Kein noch so kleines

Wölkchen trübte den blassblauen Himmel. Nach meinem Rundgang mit Celeste fuhr ich nach Hortinhas, um meine übrigen Gäste abzuholen. Celeste und Leo wollten inzwischen den Küchentisch unter die Olive tragen. Schon am Tag vorher hatte Leo aus Baumstümpfen und Brettern provisorische Bänke gezimmert. Ich war gespannt, ob das Eis zwischen den portugiesischen Männern und Leo an diesem Nachmittag tauen würde.

João humpelte mir mit einem Gehstock und einem strahlenden Lächeln entgegen. »Clara, du glaubst gar nicht, wie ich mich freue! Ana macht mich noch wahnsinnig mit ihrer Sorge, ich bin froh, dass ich hier rauskomme.« Verschwörerisch grinste ich zurück und raunte ihm zu, dass ich eine Flasche Medronho besorgt hätte. Er zwinkerte und zeigte auf die Plastiktüte in seiner Hand. Als Ana aus der Tür kam, unterhielten mein alter Freund und ich uns angeregt über das Wetter. Die Söhne wollten mit dem Roller nachkommen.

Schon von weitem hörte ich Celeste und Leo in der Küche lachen. Vielleicht war sie doch sein Typ? Ich muss gestehen, dass mir der Gedanke überhaupt nicht gefiel. Ja, ich weiß, dass eine Gastgeberin sich freuen sollte, wenn die Gäste sich sympathisch sind. Trotzdem. Mir wäre lieber gewesen, wenn Leo mit Rui oder João junior gelacht hätte. Oder ausschließlich mit mir.

An eine lachende Männerrunde war aber definitiv nicht zu denken. Trotz Rotwein zum Essen und anschließendem Medronho gab es keine Gletscherschmelze. Anfangs hockten alle Mitglieder der Familie Ramos beieinander und redeten so gut wie gar nicht. Und wenn, dann miteinander. Ich glaube, sie waren unter uns Ausländern einfach schüchtern – und damit eine Herausforderung für Celeste. Nach dem Essen setzte sie sich mit ihrem Glas frech zwischen Ana und João und belegte die beiden sozusagen mit Sperrfeuer. Sie gaben sich in kürzester Zeit geschlagen. Keine Ahnung, worum es ging, Celeste redete wirklich unglaublich schnell, aber sicher nicht über Haute Cuisine, denn die beiden Alten antworteten und lachten sogar. Die beiden Brüder dagegen hockten immer noch stumm nebeneinander wie Shampoo plus Spülung im Sonderangebot.

Leo stieß mich mit dem Ellbogen an. »Ich muss wohl den Anfang machen, oder?« Damit ging er auf die andere Tischseite, hockte sich neben Junior und verwickelte ihn in ein Gespräch über Motorräder. Rui wandte sich demonstrativ Celeste und seinen Eltern zu. Im Hintergrund dudelte Joãos altersschwacher Kassettenrekorder Akkordeonmusik, und trotz des Miesepeters Rui fing ich langsam an, mich wohl zu fühlen. Dies hier waren meine Freunde. Na gut, meine Freunde und ihre Söhne. Ich ließ die anderen reden, beziehungsweise schweigen, und genoss einfach, dass sie da waren.

João hielt nicht lange durch. Bald nach dem Essen und einem kleinen Medronho wollte er nach Hause. Vermutlich hatte er die Nase davon voll, dass Ana ihn beäugte wie eine junge Mutter den frisch geborenen Säugling (»*Olha*, Frau, nun lass mich schon meinen Wein trinken!«). Oder er war einfach müde. Der Unfall, das Herz, wahrscheinlich kam alles zusammen.

Zu meiner Überraschung machten Rui und João junior keine Anstalten zu gehen, als ich die beiden Alten nach Hause brachte. Bei meiner Rückkehr war die erste Flasche Medronho leer, und sie hatten mit Joãos Flasche angefangen. Celeste redete jetzt ohne Punkt und Komma auf Rui ein, der sich natürlich aufs Zuhören beschränkte. Selbst Schnaps brachte diesen Mann offenbar nicht zum Reden. Dafür sprachen seine Blicke Bände. Insbesondere die, die er Leo zuwarf. Okay, die Herren mochten sich also immer noch nicht. Es war mir herzlich egal. Hauptsache, alle mochten mich. »Bescheidenheit ist eine Zier – doch es geht auch ohne ihr!«, hörte ich Heike sagen. Sie fehlte mir in dieser merkwürdigen Runde.

Es war inzwischen dunkel und wurde kalt. Junior machte mit Leo ein Feuer, alle hatten jetzt dicke Pullover angezogen. Außer Celeste natürlich, die sich in eine Lammfelljacke schmiegte. Die Flammen ließen unsere Gesichter mal im orangefarbenen Licht flackern, dann wieder im Schatten verschwinden, und automatisch sprachen wir leiser als vorher. Ich glaube, so hatte ich zum letzten Mal an einem Feuer gesessen, als ich noch zu meiner katholischen Jugendgruppe ging. Fehlten nur Mundharmonika und Gitarre. Celestes ununterbrochenes Geplapper war irgendwie auch Musik. Sie redete schon wieder auf Rui ein. Ich bekam entfernt mit, dass es um Öko-Tourismus und meine Quinta ging. Interessant. Ich hätte ja auch gern zugehört, aber meine Aufmerksamkeit war abgelenkt.

Irgendetwas Seltsames passierte mit meinem Nacken. Etwas sehr angenehm Seltsames. Ich hatte nicht viel getrunken, also konnte das keine Einbildung sein. Jemand streichelte meine oberen Nackenwirbel. Neben mir saß Leo und unterhielt sich mit Junior über Kanada und Auswandern. Aber – das ergab ein schneller Seitenblick – Leos linke Hand führte ein Eigenleben. An meinem Hals. Damit nicht genug. Auch mein Körper führte ein Eigenleben. Leo kraulte ganz oben, und ich glühte an sehr viel tiefer gelegener Stelle. Bestimmt wurde ich auch rot, aber das fiel im Feuerschein sicher nicht weiter auf.

Leo kraulte und kraulte und drückte diskret, aber deutlich sein Knie gegen meins. Nicht diskret genug – ich konnte trotz des schwachen Lichts sehen, wie Ruis Blick sich verfinsterte. Was bildete der sich denn ein? Es war eine Sache, wenn mein alter Freund João sich mit seinem Beschützerinstinkt wie ein Vater aufführte. Aber einen großen Bruder hatte ich ganz bestimmt nicht bestellt. Demonstrativ drehte ich mich zu Leo um und lächelte ihn an. Verführerisch, wie ich hoffte.

Und so sehr ich mich eben noch über meine Gäste gefreut hatte, so sehr wollte ich sie jetzt loswerden. Auf der Stelle. Sonst würde womöglich das Brett, auf dem ich saß, zu brennen anfangen, ehe sie gegangen waren. Mir fiel ein, dass Celeste bei mir übernachten würde. Mist.

So weit war ich mit meinen Gedanken gerade gekommen, als Celeste mitsamt ihrer Lammfelljacke rückwärts von der Bank in den Dreck fiel und kichernd liegen blieb. Rui sprang natürlich sofort auf und gab den Ritter. Das zu rettende Fräulein lallte jetzt ziemlich und konnte sich nicht mehr auf den Beinen halten. »Sie hat ein bisschen viel getrunken, oder?«, kommentierte Leo lakonisch und blieb sitzen, wo er war. Widerwillig löste ich mein Knie und andere Körperteile von ihm und brachte gemeinsam mit Rui Celeste in mein Bett. Sie kicherte noch im Einschlafen. Dann war plötzlich Ruhe, so als hätte man einem Baby den Schnuller in den Mund gesteckt.

Als wir wieder aus der Hütte kamen, hatte Leo das Feuer gelöscht, und innerhalb von fünf Minuten verschwanden Rui und Junior in der Nacht. Ich werde Celeste ewig dankbar sein. Leo und ich brauchten ungefähr zwei Sekunden bis in sein Zelt.

5

Die Wüste lebt!« Mit diesem Gedanken wachte ich auf und lächelte im schummrigen Licht. Ich sah rasend schnell bunte Blumen in eben noch karger Landschaft wachsen. Genauso fühlte ich mich: wie eine plötzlich erblühte Wiese.

Gerade fielen die ersten Sonnenstrahlen auf die dunkelgrüne Zeltwand. Ich lag nackt auf dem Rücken. Langsam wurde mir bewusst, dass ich wach geworden war, weil ich erbärmlich fror. Leo hatte den Schlafsack um sich allein gewickelt. Vorsichtig tastete ich nach meinem warmen Pullover und meinen Leggings. Auf keinen Fall wollte ich Leo wecken.

Es war ausgesprochen schade, dass er eingehüllt war wie eine Mumie. Ich hätte mir so gerne seinen Körper angeguckt, den ich noch in mir und auf mir und an mich geschmiegt fühlen konnte. Ich hatte diesen Körper in der vergangenen Nacht mit all meinen Sinnen erfahren, nur nicht mit den Augen. Aber meine Hände hatten mir bestätigt, was ich immer schon gewusst hatte: Er hatte ein Prachtstück von einem Po. Klein und knackig. Hätte ich mir in einem Katalog einen Männerhintern aussuchen dürfen, dann hätte ich genau so einen genommen. Gesehen hatte ich ihn noch nicht. Sein anderes Prachtstück war auch knackig, aber ganz und gar nicht klein. Glaubte ich jedenfalls. Nach zehn Jahren ohne Sex wäre mir wahrscheinlich auch der allerkleinste Penis vorgekommen wie ein Vorschlaghammer.

Langsam zog ich den Reißverschluss auf, kroch mit meinen Sachen aus dem Zelt und fiel fast über Tom, der genau vor dem Eingang lag und jetzt an meinem Schritt schnüffeln wollte. Ich scheuchte ihn weg und reckte mich trotz der Kälte. Kam es mir nur so vor, oder roch die Erde heute besonders erdig? War das Grün, das nach dem Regen der vergangenen Wochen den Hügel vor meiner Hütte bedeckte, nicht grüner als gestern?

Die Luft allerdings war genauso kalt, wie sich das für einen Dezembermorgen um halb sieben im Alentejo gehört. Aber sie war auch unglaublich klar, die Wiese glänzte feucht und duftete intensiv nach Kräutern. Ich schlüpfte schnell in meine Sachen und ging zum Bad, um mir anschließend einen schönen heißen Kaffee zu kochen. In meinem Bett schnarchte sehr unelegant Celeste.

Ich setzte mich mit einer Wolldecke unter meine Olive an den Tisch, auf dem noch die Reste vom Fest standen. Von mir aus konnten sie da festwachsen, mir war nicht nach Aufräumen. Später vielleicht.

Wenn ich jetzt ausführlich beschreiben wollte, was an diesem Morgen in mir vorging, würde ich ziemliche Langeweile verbreiten. Die Zusammenfassung geht ungefähr so: Leo, Leo, Leo, Leo, mehr, mehr, mehr, geil, geil, geil, Leo, Leo, Leo. Wobei bemerkenswert ist, dass »geil« bis dato nicht zu meinem aktiven Wortschatz gehört hatte.

Ich hatte ja schon Schwierigkeiten, ein Wort wie »Penis« zu denken, geschweige denn es auszusprechen. Aber ich hatte ja auch noch nie so eine Nacht erlebt. Oder so einen Mann.

Keine Ahnung, wie lange das so ging. Irgendwann erschien eine strubbelige Celeste und verlangte mit schwacher Stimme nach Kaffee. Wahrscheinlich stand ein verträumtes Lächeln in meinem Gesicht, wahrscheinlich hatte ich die rosigen Wangen einer frisch befriedigten Frau, wahrscheinlich strahlte ich von innen wie Mahatma Gandhi. Ich hätte auch in Flammen stehen können. Celeste hätte es nicht bemerkt. Sie hatte den Kater des Jahrhunderts.

Mir war das sehr recht. Ich wollte nicht über meine Nacht mit Leo reden. Diese Nacht gehörte nur ihm und mir. Nicht mal Heike hätte ich davon erzählen mögen. Nicht, weil ich mich geschämt hätte oder weil ich geglaubt hätte, Celeste oder Heike könnten mich nicht verstehen. Ich wusste, beide hätten sich für mich gefreut. Aber für mich war diese Nacht etwas so Besonderes, dass ich nicht eine Sekunde davon zerreden wollte. Ich hatte Angst, den Zauber zu brechen, der für mich über diesen Stunden der Zärtlichkeit lag. Denn zärtlich war Leo gewesen, sehr, sehr zärtlich.

Also doch den Tisch abräumen und tun, als wäre nichts gewesen. Ich schaffte es auch, Leo nicht um den Hals zu fallen, als er aus dem Zelt kam. Mein Lieblingseinbrecher ließ ebenfalls durch nichts erkennen, dass wir eine Grenze überschritten hatten. Wir taten beide, als wäre alles wie immer. Wir frühstückten, versorgten Celeste mit Paracetamol und

Kaffee, zwangen sie, ein bisschen etwas zu essen, ließen sie noch zwei Stunden schlafen und erlaubten ihr schließlich, nach Hause zu fahren. Dann gingen wir ohne große Worte wieder ins Bett, diesmal in meins.

Der Mann war schön. Einfach schön. Erst ausgepackt kam sein Körper voll zur Geltung. Ich hatte mich in keinem Punkt getäuscht. Ein Mann wie ein Gott – oder klingt das jetzt ein bisschen übertrieben? Und er fand *mich* schön! Mich, Clara Backmann aus Münster mit dem überschrittenen Verfallsdatum! Unfassbar. Das Beste aber war: Ich fühlte mich selbst jung, und ich fühlte mich schön. Ich glaube, sogar mein Gang änderte sich. Jedenfalls hatte ich den Eindruck zu schweben. In den nächsten Tagen geschah alles irgendwie ohne Bodenhaftung. Ob ich mit Tom unterwegs war oder durch die Gassen von Hortinhas zum Einkaufen ging – ich berührte die Erde nicht wirklich. Für derart profane Dinge wie einen Einkauf hatte ich erst nach etwa einer Woche wieder Zeit. Leo und ich konzentrierten uns erst einmal ganz aufeinander. Er schien fast genauso ausgehungert nach Liebe wie ich.

Am Mittwoch nach dem Fest erschienen Rui und Junior, um sich zu verabschieden. Leo und ich saßen Gott sei Dank gerade beim Kaffee. Sie flogen zurück nach Deutschland und Kanada. Ich gab den beiden die Hand, Leo winkte halbherzig. Kurz hatte ich das Gefühl, dass Rui mir noch etwas sagen wollte, aber der Moment ging wortlos vorüber. Dann waren sie weg und wir wieder allein. Endlich!

Wir waren noch nicht lange zusammen, aber für mich

war es, als hätte es nie einen anderen gegeben. Als wären wir schon ewig ein Paar, nur dass sich noch nichts abgenutzt hatte. Mit ihm konnte ich über Gott und die Welt reden, mit ihm konnte ich zärtlich sein. Wir hatten dauernd phantastischen Sex. Also ehrlich: Mehr kann man von einem Mann nicht erwarten! Plötzlich störten mich die paar Jahre Altersunterschied nicht mehr. Und es gab ja auch niemanden, der über uns hätte tuscheln können (guck mal, die Alte hat sich einen Toyboy zugelegt ...). Selbst wenn jemand getuschelt hätte, ich hätte es in Kauf genommen.

Muss ich eigens erwähnen, dass ich keine Zeit mehr hatte für Celeste, João oder Telefonate mit Heike? Ich hatte Leo – und alles war gut. Weihnachten und Silvester vergingen in trauter Zweisamkeit, ohne dass wir diesen Daten besondere Beachtung schenkten. Ich denke, dass ich ungefähr einen Monat ohne jedes Interesse an der Außenwelt auf meiner rosa Wolke herumschwebte, ehe ich einsah, dass ich zumindest mal wieder mein Postfach leeren sollte. Sonst brachen sich die Leute von der Post noch die Beine, weil sie über den Stapel mit meinen Buchsendungen stolperten.

Im Februar. Im Februar musste ich nach Deutschland. Am 21. Februar, um genau zu sein. Dr. Schneider ließ in seinem Brief keinen Zweifel daran, dass ich bei meiner Scheidung persönlich anwesend zu sein hatte. Noch knapp sechs Wochen. Dann musste ich Werner wiedersehen. Werner, an den ich seit Ewigkeiten nicht gedacht hatte. Noch sechs

Wochen, dann würde ich im Flugzeug sitzen. Wegfliegen aus dem Alentejo. Wegfliegen von Leo. Gerade jetzt, wo es mir so gutging!

Ich fühlte mich wie damals als kleines Mädchen, als Mama mir zum ersten Mal ein großes Marzipanbrot ganz für mich allein gekauft hatte. Stolz war ich damit auf die Straße gegangen, um den Kindern in der Nachbarschaft meinen Schatz zu zeigen. Dann war Hans-Peter Krüger vorbeigekommen, hatte mir das Marzipanbrot aus der Hand geklaut und war damit verschwunden. Ich kann sein Lachen heute noch hören. Und so wie damals war mir nun zumute: zum Heulen.

Das war entschieden kindisch. Ich rief mich zur Ordnung. Schließlich hatte ich mein Leo-Marzipan ja bereits genossen, und niemand nahm es mir weg. Eine erwachsene Frau regt sich nicht auf, nur weil sie sich eine Zeitlang von ihrem Geliebten trennen muss, um von ihrem Ehemann geschieden zu werden. Die erwachsene Frau nimmt die Situation gelassen. Genau. Ich ging also Kaffee trinken. Ich hatte Celeste ewig nicht gesehen. Mit ein bisschen Glück würde ich sie treffen und ihr endlich erzählen, was für einen Hintern Leo hatte. Meine Laune wurde schlagartig besser. Ich beschloss sogar, sie sicherheitshalber anzurufen, damit ich meine Neuigkeiten garantiert loswurde. Aber ihr Handy war ausgeschaltet.

Joaquim kam mir strahlend entgegen. »Clara! Sie waren aber lange nicht hier!« Er begrüßte mich wie eine verlorene Tochter. Nett. Jetzt ging es mir schon richtig gut. Celeste war zwar nicht da, aber ich konnte eben nicht alles haben. Zu meinem Kaffee brachte mir Joaquim aber einen Brief von ihr. Überrascht machte ich ihn auf. Er war schon drei Wochen alt und ziemlich kurz. »*Hi Clara, thanks for the nice party. And sorry that I didn't come along to see you again. But I have to go to France to do some paperwork. Will be back soon! See you, big kisses, Celeste.*« Wann genau sie wiederkommen würde, schrieb sie nicht. Joaquim wusste es auch nicht. Aber »*some paperwork*« konnte ja wohl nicht ewig dauern, und sie war schließlich schon eine Weile weg. Ich ging Heike anrufen.

»Clara, das ist ja der Hammer! Und der Typ ist ganz bestimmt nicht der Alte, von dem du erzählt hast? Ich will Fotos sehen, wenn du kommst!« Durch den Hörer drang das Rascheln von Papier, aber sie redete ununterbrochen weiter. »Und wehe, der ist doch alt und picklig! Warum bringst du ihn nicht einfach mit?! Ach du, ich freu mich so! Willkommen im richtigen Leben!«

So ist sie eben, meine Freundin. Natur taugt nur, wenn sie Teil einer Reportage ist; das wahre Leben machen Männer und Mode aus. Mit Leo hatte ich bei ihr also eindeutig gepunktet. Jetzt verkündete sie, dass sie laut Kalender Ende Februar im Lande sein werde und schon mal darüber nachdenke, welche neuen Läden und Kneipen in Hamburg sie mir unbedingt zeigen müsse. »Und zur Scheidung nehme ich mir frei und komm mit – das ist schließlich meine Pflicht als Trauzeugin!« Ich musste lachen.

Und so allmählich bekam ich direkt Lust auf Deutschland. Ich könnte Leo zeigen, wo ich geboren und aufgewachsen war. Vielleicht würden wir nach der Scheidung zusammen Urlaub machen und auch noch in die Schweiz fahren. Und auf jeden Fall wäre es schön, Heike zu sehen. »Okay, Heike, ich werd mal mit Leo reden, ob er mitkommt. Wir telefonieren die Tage wieder, bis dann!« Fröhlich fuhr ich nach Hause.

Leos Reaktion war, gelinde gesagt, verhalten. Jedenfalls fiel er mir nicht um den Hals vor Freude, als ich ihm von meinen Reiseplänen erzählte. Er sagte nicht nein, er sagte aber auch nicht ja. Eigentlich sagte er gar nichts. Er guckte nur nachdenklich, sogar ein bisschen traurig. Aber vielleicht bildete ich mir das auch nur ein. »Leo, ist alles in Ordnung?« – »Ja, natürlich, Süße, lass uns mal essen.« – »Du bist so still.« – »Nur ein bisschen nachdenklich.« – »Worüber denkst du denn nach?« – »Lass mich bitte einfach in Ruhe, ja?« – »Natürlich.« Ich konnte mir keinen Reim auf seine merkwürdige Stimmung machen, traute mich aber auch nicht nachzubohren. Also ließ ich ihn in Ruhe.

Später am Kamin war er wie immer. Er erzählte von einer seiner Reisen, wir lachten viel, wir redeten über alles Mögliche. Nur nicht über Februar und auch nicht über uns. Aber das tat Leo sowieso nie. Beziehungsgespräche fand er absolut überflüssig, das hatte er mir gleich zu Beginn erklärt. »Wozu über etwas reden, das sich nur gut anfühlen muss, oder?« Selbstredend hatte ich ihm zugestimmt. Ich wollte ihn ja nicht nerven, ich wollte ihn lieben. So wie er war. Wahrscheinlich hätte ich auch nicht widersprochen, wenn er behauptet hätte, der Mond sei grün.

In dieser Nacht liebte er mich mit einer Intensität, die mir den Atem raubte. Noch beim Frühstück spürte ich seine Haut auf meiner Haut, hatte den Duft unserer Liebe in der Nase und war ein bisschen wund. Kurz: Es ging mir großartig. Widerwillig stand ich schließlich vom Tisch auf, um nach Hortinhas zu fahren. João musste zu einem Kontrolltermin ins Krankenhaus, und ich hatte versprochen, ihn zu fahren.

Die Sonne stand schon tief und beschien mit letzter Kraft den Olivenbaum vor dem Haus, als ich Stunden später um die Biegung kam, die zur Hütte führte. Ich hielt kurz an, einfach um diesen Anblick zu genießen. Ich weiß noch genau, dass ich dankbar über den Zufall nachdachte, der mir dieses Zuhause beschert hatte, und dass ich einen Moment irritiert war, weil irgendetwas das Bild störte. Richtig. Normalerweise saß Leo um diese Zeit dort und zeichnete. Jetzt nicht. Vielleicht war er schon drinnen, um den Kamin anzufeuern. In einer knappen Stunde würde es ungemütlich frisch werden.

Tom sprang mir mit großen Sprüngen entgegen und bellte aufgeregt. Ich fuhr weiter, den Hund vor mir. Und erst als ich aus dem Wagen stieg, wurde mir klar, dass nicht nur Leo unter dem Baum fehlte. Da, wo sein Zelt gestanden hatte, gab es jetzt einen gelben Fleck im Grün der Wiese. Wir hatten es stehen lassen, obwohl Leo längst nicht mehr darin schlief. Wieso hatte er das Zelt plötzlich zusammengepackt? Ich dachte noch immer an nichts Böses. Clara, das Schaf.

Der Zettel war nicht groß, aber unübersehbar. Leo hatte

ihn an die Kaffeekanne gelehnt. »*Liebe Clara. Du bist eine wunderbare, eine wunderschöne und eine liebenswerte Frau. Bitte vergiss das nie wieder! Aber ich muss weiter. Wenn ich jetzt bleibe, wird es nur noch schwerer. Denn du suchst, was ich dir nicht geben kann. Ich danke dir für eine traumhaft schöne Zeit! Dein Leo.*«

Was ist die angemessene Reaktion, wenn gerade der Himmel eingestürzt ist?

Erst einmal hinsetzen. Eine Frau sollte auf jeden Fall sitzen, wenn sie feststellt, dass sie gerade von dem Mann verlassen worden ist, mit dem sie gern den Rest ihres Lebens verbracht hätte. Das kann ich nur empfehlen. Dann stört das Zittern der Knie nicht so. Und es besteht auch keine Gefahr, in aller Einsamkeit der Länge nach in Ohnmacht zu fallen. Noch dazu ganz ohne Klammerpflaster für den Notfall. Ich setzte mich also auf einen Küchenstuhl. Erstaunlicherweise blieb mein Kreislauf stabil. War es vielleicht doch schlimmer, den langjährig angetrauten Gatten samt Haus zu verlieren als den Geliebten? Fast musste ich lachen. Das hier war doch ein Witz, oder? Ich meine – wie viele Frauen bekommen schon die Chance, in weniger als zwölf Monaten einen solchen Vergleich anzustellen? Ich war schon etwas ganz Besonderes, o ja!

Ich starrte vor mich hin, dachte wirres Zeug und wartete auf dem Küchenstuhl auf meinen Zusammenbruch. Ich erwartete von mir selbst irgendeine dramatische Reaktion. Eben etwas der Situation Angemessenes, Hysterisches. Aber – nichts. Nicht einmal betrinken wollte ich mich.

Saß nur da wie aus Metall gegossen und rührte mich nicht. Was ich fühlte? Ich weiß nicht, wie ich es beschreiben soll. Wie fühlt sich die Wüste Gobi?

Irgendwann dachte ich: Mir ist kalt. Das war auch kein Wunder, in der Hütte herrschte bestenfalls Kühlschranktemperatur. Außerdem wurde mir bewusst, dass mein Hund vor der Hütte saß und jammerte. Tom hatte ich ganz vergessen. Der musste schrecklichen Hunger haben. Verblüfft stellte ich fest, dass ich selbst auch Hunger hatte.

Mit steifen Knochen stand ich auf, holte Tom in die Küche, gab ihm zu fressen, schmierte mir ein Brot und ging nach nebenan, um Feuer zu machen. In mir drin war immer noch alles ganz leer, aber wie eine Maschine tat ich, was zu tun war. Leo war weg, und ich funktionierte weiter. Ich registrierte es erstaunt. Vielleicht war es möglich, dass ich mich an einstürzende Himmel gewöhnte?

Ich kroch ins Bett und holte das einzige männliche Wesen zu mir, auf das ich mich ohne Wenn und Aber verlassen konnte. Tom roch nach nassem Hund. Die Bettwäsche roch nach Leo. Ich schlief ein. Einfach so.

»Clara!« Großer roter Mund, weißer Hosenanzug und cremefarbene Stiefeletten, ein Lachen wie eine Offenbarung – Celeste war zurück. Strahlend und schöner denn je entstieg sie an einem Mittwochvormittag ihrem Auto und fiel mir um den Hals. »Wo steckst du denn, ich bin schon seit drei Wochen wieder im Lande, und du warst nicht ein einziges Mal bei Joaquim!« Sie schaffte es, gleichzeitig vorwurfsvoll zu gucken und zu lachen. »Los, los, koch uns Kaffee, es gibt soooo viel zu erzählen!« Ihre Augen blitzten. Ich hatte schon fast dieses Wirbelwindgefühl vergessen, das sie in mir auslöste.

Eine halbe Stunde später saßen wir in der Küche, und Celeste sprudelte wie der sprichwörtliche Wasserfall. »Ach, Clara, es ist total schön, endlich bin ich mir sicher, dass ich hier bleibe!« In aller Ausführlichkeit schilderte sie, wie schrecklich sie sich in Frankreich gefühlt hatte. »Alle sind so hektisch da und reden nur über Geld und Autos und Politik. Und dann das Wetter, nur Regen und Kälte und Matsch und Dreck, ich hatte total verdrängt, wie eklig der Winter in Nordfrankreich ist!« Sie redete und redete. Ich selbst kam kaum zu Wort, und ich war auch nicht scharf drauf. Sie hatte bisher nicht nach Leo gefragt, das war mir sehr recht.

»Und seit ich weiß, dass ich doch nach Portugal gehöre, läuft alles ganz anders. Wahrscheinlich habe ich sogar ein Häuschen für mich gefunden! Es hat einem alten Mann gehört, der letztes Jahr gestorben ist, der Sohn will es schnell loswerden. Ich hab's mir gestern angeguckt. Drei Zimmer, Küche, Bad, natürlich alles renovierungsbedürftig, und ein Patio mit Orangen und Zitronen. Und alles ist noch da von dem Vater, seine Medikamente, seine alten Briefe, seine Brille. Ein ganz komisches Gefühl ist das, da durchzugehen, und der Sohn sagt doch glatt, ich soll selbst alles wegwerfen. Stell dir das mal vor! Die persönlichen Sachen von seinem Vater will er von einer Wildfremden ausräumen lassen, das finde ich ganz furchtbar.«

Und so ging es weiter. Ich hörte zu, gab an den richtigen

Stellen kleine Kommentare ab und fragte mich die ganze Zeit, wie ich ihr von Leo und mir erzählen sollte. »Und du?«, fragte sie schließlich. Selbst einer Celeste wird irgendwann bewusst, dass sie allein redet. »Was hast du gemacht, warum versteckst du dich hier?«

Celeste war noch auf dem Stand von vor ein paar Wochen, als Leo einfach nur mein netter Mitbewohner gewesen war. Ich schenkte uns Kaffee nach und erzählte ihrem Rücken, dass ich die Kaffeesorte gewechselt hätte, was sie garantiert brennend interessierte. Als ich wieder saß, waren da immer noch Celestes große fragende Augen. Warum zierte ich mich so? Es war ja nicht so, dass ich noch mit niemandem über Leos Abgang geredet hätte. Ana und João wussten Bescheid. Irgendwo hatte ich mit meinem Kummer einfach hingemusst. Aber bei ihnen hatte ich nicht ins Detail zu gehen brauchen. Das hier mit Celeste war anders. *Sie* war anders. Sie würde einfach alles wissen wollen. Und vielleicht würde sie mich auslachen. Andererseits: Wenn ich in Portugal eine wenigstens annähernd seelenverwandte Freundin hatte, dann sie. Ich räusperte mich und fühlte mich wie vor einer mündlichen Prüfung.

»Weißt du, es ist ziemlich viel passiert seit der Party«, fing ich zaghaft an. Sie guckte immer noch groß. Und dann sprudelte alles aus mir heraus. »Als du damals in meinem Bett deinen Rausch ausgeschlafen hast, hab ich's endlich getan. Ich hab mit Leo geschlafen. Wahrscheinlich wär's nie passiert, wenn er nicht angefangen hätte, aber egal. Und es war so gut! So unglaublich gut! Ich habe mich endlich wieder ganz gefühlt, wieder als Frau, verstehst du?«

Celeste sah mich mit einem Ausdruck an, den ich nicht deuten konnte. Irgendwie ernst, vielleicht sogar besorgt. Ich wunderte mich kurz, weil ich eigentlich ihr breites Grinsen erwartet hatte, redete aber weiter. »Und dann hatten wir eine einfach phantastische Zeit, wir hatten so viel Spaß, und er war so zärtlich, und es ging mir einfach nur super. Du hattest so recht damals im Café, weißt du noch? Ich habe mir echt was vorgemacht; ich wollte Leo, und ich wollte ihn ganz bestimmt nicht als Bruder! Na ja, und dann hab ich ihn ja auch gekriegt, jedenfalls für eine Weile. Ich sag dir, ich war total verknallt, wie ein Teenie!«

Celeste sagte immer noch kein Wort. Wieso fragte sie nicht nach? Wieso guckte sie immer noch so komisch? Als hätte sie plötzlich keine Stimmbänder mehr. Meine dagegen schwangen munter weiter, setzten sich über ihr Schweigen hinweg.

»Aber wie du ja siehst, Celeste, ist Leo nicht mehr da. Ich hab mir schon unsere Zukunft ausgemalt, und er ist verschwunden. Einfach so, von einem Tag auf den anderen, ohne ein Wort. Kannst du dir das vorstellen? Nur einen blöden Zettel hat er dagelassen.« Ich kramte in meiner Handtasche und gab ihr das inzwischen ziemlich zerknitterte Stück Papier mit Leos kantiger Handschrift. Tausendmal hatte ich es inzwischen gelesen, als könnte ich mehr heraussaugen, als draufstand.

Celeste nahm es und guckte mich fragend an. Ach Gott,

sie konnte ja gar kein Deutsch lesen. Widerwillig übersetzte ich und redete gleich weiter.

»Ich kann dir gar nicht sagen, wie beschissen ich mich gefühlt habe, wie verletzt. Ich meine, wovon zum Teufel redet der Mann? Was suche ich denn schon groß? Ein bisschen Liebe und Zuverlässigkeit. Spaß zu zweit – eigentlich nur das, was wir hatten! Zusammenleben eben. Ist das denn schon zu viel, verdammt?« Meine Stimme klang bitter und wütend, selbst in meinen eigenen Ohren. Celeste schien etwas sagen zu wollen, aber ich fiel ihr ins Wort. »Wie würdest du dich denn fühlen, wenn der Mann, mit dem du zusammen bist und in den du verliebt bist, die Flucht ergreift, sobald du mit ihm Urlaub machen willst? Jedenfalls nicht besonders liebenswert, das kannst du mir glauben! Seitdem habe ich nichts mehr von ihm gehört.« So, jetzt war alles raus.

Und Celeste bekam endlich den Mund auf. »Aber Clara, das hat doch nichts mit dir zu tun, Leo ist einfach so ein Typ.«

»Was für ein Typ?«

»Einer, der sich nicht binden lässt.«

Woher wollte sie das denn wissen? Vom gemeinsamen Salatemachen? Aber es stimmte natürlich. In den vergangenen drei Wochen war sogar mir klar geworden, dass man einen Globetrotter wie Leo nicht zur Liebe für die zweite Lebenshälfte ernennen sollte. Zu dieser Erkenntnis – und dazu, dass ich mich nicht mehr fühlte wie ein ungeliebtes Stück Dreck – hatten diverse Gespräche mit João beigetragen. Ich hatte mir (und João) sogar eingestanden, wie viele

Hinweise es darauf gegeben hatte, dass Leos und meine Vorstellungen von Beziehung sich so ähnlich waren wie Yoga und Kraftsport. Ich hatte diese Hinweise nur geflissentlich ignoriert.

»Ja«, seufzte ich, »so weit bin ich inzwischen auch gekommen. Und weißt du was? Als er weg war, ging es mir nicht annähernd so schlecht wie nach der Trennung von Werner. Ist doch schon mal was, oder?«

In der Tat hatte auch die Feststellung, dass ich nicht länger als ein paar Tage am Boden zerstört gewesen war, meine seifenopernverschmierten Augen geöffnet. Schließlich leidet jede anständige Frau, die von einem Gott verlassen wird, gründlich und ausführlich. Sozusagen genussvoll. Wenn ich also nach relativ kurzer Zeit wieder normal weiterleben konnte, mich nicht einmal betrunken hatte und nur gelegentlich heulte, war die Liebe zu Leo nicht so besonders groß gewesen. Und er mitnichten mein Gott.

Zu Celeste sagte ich: »Also, fassen wir zusammen: Ich hatte eine Affäre, und jetzt bin ich wieder allein. Leo und ich, das war viel Spaß und gute Chemie, mehr nicht.« Ich war sehr stolz auf mich, als ich das sagte. Und sehr gespannt auf Celestes Kommentar. Ein bisschen nervös drehte ich meine leere Kaffeetasse in den Händen. Auch meine Freundin schien plötzlich nervös zu sein.

»Clara, ich muss dir was sagen.«

»Ja?«

»Leo ist bei mir.«

Ich hatte mich verhört. Das konnte sie nicht gesagt haben. Ich *musste* mich verhört haben.

»Sag das noch mal.«

»Clara, bitte reg dich jetzt nicht auf, ich hatte doch keine Ahnung! Er ist bei mir aufgetaucht, kurz nachdem ich aus Frankreich zurück war.«

»Aufgetaucht?«

»Ich hab ihm meine Adresse gegeben an dem Wochenende bei dir, und plötzlich stand er vor der Tür.«

Innerhalb von Sekunden lief in meinem Kopf ein ganzer Film ab. Leo und sein Rucksack vor irgendeiner Pension. Celeste, die ihm die Tür aufmachte und sich gleich die Sachen vom Leib riss. Sie hatte mir ja selbst gesagt, dass sie nichts anbrennen ließ. Celeste und Leo im Bett, auf dem Teppich, in der Badewanne. Celeste und Leo beim Frühstück, Celeste und Leo Arm in Arm in Évora, kaffeetrinkend bei Joaquim, sich totlachend über die dumme alte Clara auf ihrer Quinta.

Als ich wieder sprach, muss meine Stimme geklungen haben wie ätzende Säure. »Und jetzt bist du hier, damit ich auch ja mitkriege, wie schnell er mich ausgetauscht hat? Vielen Dank auch, Celeste, vielen, vielen Dank! Auch dafür, dass du eine Weile gewartet hast mit deinem Besuch, damit ich mich erst ein bisschen beruhigen kann, bevor ihr mir den nächsten Schlag versetzt!«

»Nein, Clara, so ist es nicht!« Ihre Stimme wurde ganz schrill, und sie war ins Französische gefallen. Ich hatte sie trotzdem verstanden.

»Willst du sagen, du schläfst nicht mit ihm?« Sie guckte auf die Tischplatte. Auch eine Antwort.

»Ich denke, es ist besser, wenn du jetzt gehst!«

»Clara, so hör doch, er hat mir nichts von euch gesagt, kein einziges Wort!«

»Ja, sicher, deshalb hast du mir heute auch alles Mögliche erzählt und nur die Kleinigkeit Leo weggelassen. Lass mich allein! Raus hier! Sofort!«

Ich wollte nichts mehr hören, ganz egal, in welcher Sprache. Und ich wollte auf gar keinen Fall losheulen, solange Celeste noch hier saß. Offenbar war an meinen Augen abzulesen, dass ich es ernst meinte. Celeste stand auf und nahm ihre Jacke. »Clara, bitte, du tust mir Unrecht!«

So, so. Ich fand, die Einzige, der hier Unrecht getan wurde, war ich. Ich schwieg. Endlich stieg sie in ihr blödes rotes Auto und fuhr davon.

Ich sah ihr nach, bis sie auf der Kuppe um die Ecke fuhr. Dann ging ich Holz hacken. Ich hackte, bis ich die Arme kaum noch hochbekam, und es ist ein Wunder, dass ich mir nicht ebenfalls ins Bein hieb. Ich sah kaum, was ich tat, weil mir die ganze Zeit Tränen übers Gesicht liefen. Aber fast jeder Hieb galt Leo, dem Schwein, und die anderen galten Celeste und dem ungerechten Leben. Ich schlug nicht daneben. Nicht einmal.

Der Flug war langweilig. Ich versuchte, mich auf meinen Roman »Nachtzug nach Lissabon« zu konzentrieren, grübelte darüber nach, wieso ich eigentlich keine intellektuellen Portugiesen kannte, obwohl es davon laut Buch jede Menge zu geben schien, und warum ich nicht alte Sprachen studiert hatte, um dann ebenso wie der Romanheld von einem Tag auf den anderen anspruchsvollste portugiesische Texte lesen zu können. Mal wieder nahm ich mir vor, konsequenter zu lernen, mehr Menschen zu treffen und mir ein Lissabon-Wochenende zu gönnen.

Heike wollte mich in Hamburg vom Flughafen abholen. Ich hatte ihr nur gesagt, dass Leo nicht mitkam, und hoffte, dass sie nicht allzu schnell nach dem Warum bohren würde. Als ich meine Reisetasche vom Band nahm, trieb mich kurz die Sorge um, ob sie wohl pünktlich erschien und ob ich sie erkannte. Bei Heike wusste man nie. Aber da war sie, unverkennbar. Andere trugen Blumensträuße vor sich her, Heike stand direkt vor der Absperrung, brüllte mit ihrer tiefen Stimme »Huhu, Clara, hiiier!« und schwenkte eine Flasche Champagner. Es war mein glücklichster Moment seit Wochen.

Wir gaben bestimmt ein schönes Bild ab, als wir uns lachend in den Armen lagen – eine große dürre Blonde in Jeans und dickem Pullover und eine kleine, pummelige Rothaarige in wallenden bunten Wollgewändern, die versuchte, Umarmen und Flaschehalten zu koordinieren.

Sie hatte zugelegt, meine Heike. Und es stand ihr gut. Ihre braunen Augen strahlten aus einem ziemlich glattem Gesicht. Meine Oma hatte eben recht gehabt. Kind, hatte sie gesagt, irgendwann musst du dich entscheiden zwischen Fett und Falten. »Du siehst klasse aus!«, sagte ich ehrlichen Herzens und bekam zu hören: »Dich kriegen wir auch wieder hin.«

Ich war froh, als wir den Flughafen verließen. Schon im Zubringerbus hatten mich die vielen Handys irritiert. Die ersten klingelten schon, sobald der Flieger aufgesetzt hatte, im Bus schien einfach jeder zu telefonieren. Gesprächsfetzen von Börsenkursen, Geschäftsterminen und Ankunftsmeldungen vermittelten eine Hektik, an die ich mich erst wieder gewöhnen musste. In der Ankunftshalle war es ähnlich. Voll, laut, und alle Menschen schienen es eilig zu haben.

Heike bewohnte jetzt eine Altbauwohnung in Altona und fuhr einen neuen silbernen A4 mit dunkelroten Sitzen. Auf dem Weg von Fuhlsbüttel zu ihrer Wohnung erzählte sie mir von gemeinsamen Bekannten, an die ich lange nicht gedacht hatte, während ich versuchte, mit dem Großstadtverkehr klarzukommen: Sechsspurige Autobahn, dann nervöser Stadtverkehr, jede Menge Ampeln, hupende Autos, Krach, Scheinwerferlicht und Schneeregen. Fremd und unangenehm war auch der Kunststoffgeruch des neuen Wagens. Überhaupt der Geruch. Ich hatte komplett vergessen, wie eine Großstadt stinkt.

Nach nur fünfundzwanzig Minuten Suche hatte Heike einen Parkplatz gefunden, und wir liefen knapp zwei Kilometer bis zu dem Haus, in dem sie wohnte. Meine Reisetasche war glücklicherweise weder besonders groß noch besonders schwer. Das gewichtigste Teil darin war ein Paket von Ana für Rui. Ich hatte versprochen, es ihm nach Osnabrück zu bringen, wenn ich die Scheidung in Münster hinter mir hatte. Ich musste lächeln, weil ich daran dachte, wie glücklich Ana gewesen war, als ich ihr erzählte, dass ich in Deutschland gar nicht weit weg von ihrem Sohn sein würde. Sie hatte portugiesische Würste und was weiß ich noch in das Paket gepackt, an dem ich jetzt schleppte. Ich dachte kurz an Tom, der jetzt bei João und Ana war. Mein Kopf und meine Gefühle waren noch nicht wirklich in Hamburg.

Natürlich spritzte der Champagner munter durch die Küche, kaum dass der Korken in Richtung Decke geknallt war. Heike hatte die Flasche weiß Gott reichlich geschüttelt. Wenig später saßen wir beide in einem tiefen weichen Sofa, umgeben von Heikes ganz speziellem Wohlfühl-Sammelsurium aus aller Herren Länder. Von der gegenüberliegenden Wand starrte mich eine afrikanische Maske an. Wir nippten an dem edlen Tropfen, und ich fing an, mich zu entspannen. Die Fremdheit, die in unseren Telefonaten vorgeherrscht hatte, war irgendwo zwischen Hortinhas und Hamburg verlorengegangen.

»Also, erzähl!«, befahl Heike. »Warum ist dein Kerl nicht mitgekommen?«

Wie gesagt, sie ist keine Frau, die lange um Sachen herumredet. Mir war es recht. Je eher ich das Thema hinter mir hatte, desto besser.

»Weil er nicht mehr mein Kerl ist.«

Sie zog erstaunt die Augenbrauen hoch. »Na, das ging ja schnell – vor allem für deine Verhältnisse.«

»Was heißt hier: für meine Verhältnisse? Ich habe normalerweise keine Verhältnisse!«

»Eben, eben! Du gehörst doch zu den Frauen, die mit einem Typen, der nett im Bett ist, immer gleich ihr Leben verbringen wollen. Siehe Werner. Und so wie du geklungen hast, warst du doch total verknallt. Also: Was ist passiert?«

Ich wurde rot.

»Ach«, lachte das Aas, das meine Freundin war, »lass mich raten: du wolltest einen Ring von ihm, und da stand er nicht drauf! So was in der Art war's, oder?«

»Natürlich nicht!«, sagte ich empört. Aber dann musste ich auch grinsen. »Na ja, ehrlich gesagt, bis zum Ring bin ich nicht gekommen. Er ist schon weggerannt, als ich ihm vorgeschlagen hab, mit hierherzukommen. Jetzt klingt das vielleicht witzig, aber ein tolles Gefühl war das nicht, das kannst du mir glauben. Ich hab nur noch einen Zettel von ihm gefunden.«

Bei der Erinnerung an diesen Moment verging mir jegliches Grinsen. Und als ich dann an Leo und Celeste dachte, war ganz sicher nichts Fröhliches mehr in meinen Zügen.

Heike machte prompt ein passend ernstes Gesicht.

»Arme Clara, da traust du dich mal was und kriegst gleich so richtig einen drüber. Aber immerhin hast du dich mal getraut – war er wirklich so gut im Bett?«

Schon wieder wurde ich rot. Im Gegensatz zu Heike war Sex für mich kein normales Gesprächsthema. Daran hatte auch Leo nichts geändert.

»Ähm, ja. Deshalb hab ich ja auch gedacht, es wäre ernst mit uns. Mit Werner war es nie so. Jedenfalls nicht, soweit ich mich erinnern kann.«

»Gut, Schätzchen, dann lern was aus dem Ganzen. Glaub deiner guten, alten, dicken Freundin Heike: Männer, die das goldene Liebhaber-Zertifikat verdienen, taugen nicht für Dauerbeziehungen. Die sind nämlich nur deshalb so gut, weil sie mit so vielen Frauen schlafen. Der Typ war nichts für dich. Ende der Geschichte.«

»Du wirst es nicht glauben, meine liebe, gute, alte, gar nicht so dicke Freundin, aber so weit bin ich auch schon gekommen. Was mir inzwischen mehr zu schaffen macht, ist die Sache mit Celeste.«

»Moment, ich komm nicht mehr mit! Welche Sache mit welcher Celeste bitte?«

»Na ja, dass Leo gegangen ist, war noch nicht alles. Der Mistkerl ist von mir direkt in das Bett der Nächsten gewandert. Und zwar ausgerechnet in das Bett der Frau, von der ich geglaubt habe, dass sie meine einzige Freundin dort unten wäre oder zumindest meine Freundin werden könnte. Celeste. Ich hab sie ihm sogar vorgestellt.«

»Uhh«, machte Heike, »das ist allerdings bitter. Und woher weißt du das?«

»Sie hat's mir erzählt. Und als ich sie rausgeschmissen hab, hat sie noch behauptet, ich täte ihr Unrecht, wenn ich sauer auf sie bin!«

»Das hat sie gesagt? Interessant. Und wieso?«

»Sie hat gesagt, Leo hätte ihr nicht von ihm und mir erzählt.«

»Na, sie wird es doch wohl gewusst haben, wenn sie deine Freundin ist.«

Etwas umständlich erklärte ich ihr, warum Celeste nicht direkt mitbekommen hatte, dass Leo und ich zusammen waren. Heike zog die Augenbrauen dicht zusammen und griff sich an die Nasenwurzel. Ein sicheres Zeichen, dass sie nachdachte. »Na ja, wenn er wirklich nichts gesagt hat, dann hast du ihr vielleicht tatsächlich Unrecht getan. Dann konnte sie doch gar nicht ahnen, dass er erst in deinem Bett war, bevor er in ihres gekrochen ist.« Heike goss Champagner nach. »Na, wie auch immer, das kann dir ja jetzt egal sein. Du kommst doch zurück, oder?«

»Wie, zurück, wovon redest du?«

»Na, zurück nach Deutschland! Was willst du um Himmels willen noch in Portugal? Glaubst du im Ernst, du findest da einen neuen Mann für dich? Wie viele außer diesem Leo hast du denn bisher da kennengelernt? Du wirst doch nicht ewig allein in der Einsamkeit leben wollen? Mensch, Clara, denk doch mal nach!«

Aber darüber wollte ich gar nicht nachdenken. Ich wollte nachdenken über das, was sie vorher gesagt hatte. War ich wirklich ungerecht gewesen gegenüber Celeste? Heike redete weiter.

»Ich weiß ja nicht, wie viel Geld du nach der Scheidung hast, aber selbst wenn es für immer reicht – irgendwann wird es dir langweilig werden da in deiner Hütte. Was willst du denn tun den ganzen Tag? Nur Bücherlesen und mit Tom spazieren gehen, das kann dich doch auf Dauer nicht ausfüllen! Clara!«

Ich trank mein Glas aus. »Lass gut sein, Heike, ich bin müde. Wir reden morgen weiter, ja?«

»Wie du meinst, Süße, dann leg dich hin. Frühstück um zehn?«

Ich lag noch lange wach. Ob ich Celeste anrufen sollte, um sie noch mal genauer zu fragen, was Leo gesagt hatte?

Umgeben von schicken Möbeln und feinen Stoffen lag ich in Heikes Gästezimmer und dachte an Portugal, bis ich einschlief.

Ich weiß nicht, was ich mir vorgestellt hatte. Sicher nicht, dass eine Scheidung eine feierliche Angelegenheit wäre. Aber jetzt fühlte ich mich wie bei einer Gerichtsverhandlung. Kein Wunder, es war ja auch eine. Der Gerichtssaal ein nüchterner Raum mit einem hohen, langen Podest aus Holz, hinter dem gleich der Richter thronen würde. Ich selbst hockte auf einem ausgesprochen unbequemen Metallstuhl an einem einfachen Tisch und starrte Werner an, der mir gegenüber auf der anderen Seite des Saales saß. Gerade flüsterte er seinem Anwalt etwas ins Ohr. Vorhin, bevor wir alle in diesen Saal gegangen waren, hatte ich meinem Noch-Gatten und Dr. Kogel kurz die Hand gegeben. Mein Gefühl dabei? Ich würde sagen: neutral. So als wäre mir jemand vorgestellt worden, der mich nicht besonders interessierte. Es war schon erstaunlich, wie wenig mich das Zusammentreffen mit dem Mann berührte, mit dem ich den größten Teil meines Lebens verbracht hatte.

»Ich finde, Werner ist alt geworden«, frohlockte mir jetzt Heike ins Ohr, die wie versprochen mit zur Verhandlung gekommen war. Ich konnte ihr nur recht geben. Er war zwar nach wie vor braungebrannt, aber unter der Bräune hatte seine Haut einen fahlen Schimmer. Er sah erschöpft aus. Nicht mal das Apothekermagazin hätte ihn jetzt als Modell genommen. Auch nicht mit Golftasche. »Zu viel Sex und zu viel Samba«, tuschelte ich grinsend zurück,

Leos Prophezeiung im Ohr. Dann ging hinter dem Richter-
tisch eine Tür auf, wir erhoben uns alle, und zehn Minuten
später war alles vorbei. Werner und ich waren so gut wie geschieden. Die Urkunden würden uns zugeschickt werden,
wenn das Scheidungsurteil rechtskräftig war. Ich ärgerte
mich, dass ich eigens hatte nach Deutschland kommen
müssen, nur um ein paarmal »Ja« zu sagen.

»Darf ich die Damen auf ein Glas Sekt einladen?« Werners sonore Stimme hallte durch den grüngrauen Gerichtsflur, in dem wir uns die Mäntel anzogen. Ich drehte mich
zu ihm um und sah direkt in seine müden braunen Augen.
In seinen Mundwinkeln klebte ein falsches Lächeln. Falsch
lächeln kann ich auch. Ich tat es und sagte zuckersüß: »Du
darfst dich verpissen, Werner Backmann.« Sogar Heike
guckte schockiert. Ich hakte meine Freundin unter und
ließ Werner samt Anwalt stehen.

Ich wollte keinen Sekt trinken, auch nicht mit Heike, ich
wollte nur noch weg hier. Weg von Werner, weg von Münster mit seinen Erinnerungen. Am liebsten wäre ich auf der
Stelle nach Portugal geflogen.

Aber es waren noch vier Tage bis zu meinem Rückflug.
Den ich verfallen lassen würde, ginge es nach Heike. Auch
jetzt, auf der Fahrt von Münster nach Osnabrück lag sie
mir in den Ohren, ich solle meine Quinta verkaufen und
nach Hamburg ziehen. Mir einen Job suchen – und einen
Mann.

Und auch jetzt konnte ich ihr nicht klarmachen, dass
mir mein Olivenbaum fehlen würde. Wie es war, ganz

früh am Morgen über mein Land zu schauen, wenn noch leichte Nebelschwaden über der Wiese hingen und darauf warteten, von der Sonne überwältigt zu werden. Wie es roch, dieses Land. Wie es war, mit João zu schweigen. Wie es war, unter Menschen zu sein, deren Leben sich nicht ausschließlich um Geld, Mode, Ansehen und Arbeit drehte. Oder um Männer. Wie es war, das Land zu erfühlen, das ich fünfzehn Jahre lang nur als überdimensionale Sonnenbank benutzt hatte.

Heike begegnete meinen Gefühlen mit Argumenten. »Clara, zweihundertfünfzigtausend Euro sind viel Geld, aber das reicht nicht für dreißig Jahre. Und was willst du machen, wenn du alt und klapprig bist? Deine Hütte rollstuhlgerecht umbauen? Wer wird dich versorgen, wenn du nicht mehr Auto fahren kannst?« – »Dann kann ich immer noch zurückkommen – jetzt will ich nicht. Hör endlich auf damit!«

Ich hatte das Thema gründlich satt. So satt wie Deutschland. So satt wie all die Kneipen und Boutiquen, durch die Heike mich geschleppt hatte. So satt wie die Partys, auf denen ich herumgereicht worden war wie ein Stück angetrockneter Kuchen. So satt wie Heikes handtuchgroßen Balkon, auf dem ich gelegentlich eine Zigarette rauchte und dabei auf die Mülltonnen im nächsten Hinterhof starrte. Ich hatte genug.

Mit Rui war ich vor dem Osnabrücker Dom verabredet. Einfach aus dem Grund, weil der imposante Kirchenbau leicht zu finden war, nicht etwa aus Bösartigkeit. Trotzdem –

als Rui jetzt dastand, so klein, so unscheinbar und so verloren wie auf dem Foto bei seinen Eltern, musste ich lachen. Vielleicht lachte ich aber auch, weil ich mich freute, ihn zu sehen. Da wartete ein bisschen Portugal auf mich! Ich meinte einen Augenblick lang, meine Wiese riechen zu können. Fast wäre ich ihm um den Hals gefallen. Aber Rui war Rui. Und deshalb wäre das so gewesen, als fiele ich Edmund Stoiber um den Hals. »Clara, schön, Sie zu sehen.«

Rui brachte ein strahlendes Lächeln zustande und gab erst mir und dann Heike die Hand. Ein bisschen unsicher standen wir vor dem Dom. »Wie wäre es mit einem Kaffee?«, fragte Rui schließlich, und Heike sagte: »Aber mindestens! Kann man hier in der Nähe auch was essen?« Wir gingen um die Ecke zum Rathausmarkt und setzten uns in eine Crêperie. Kaum dass wir saßen, merkte ich, dass ich den Grund unseres Treffens nicht dabeihatte. Heike gab mir den Autoschlüssel, und ich ging zurück zum Parkplatz, um Anas Paket zu holen.

Es können nicht viel mehr als zehn Minuten gewesen sein, die ich brauchte. Und ich staunte nicht schlecht, als ich zurückkam und durch die Scheibe Rui und Heike sah, die sich lebhaft unterhielten. Beide. Seit wann sprach der Mann so viel? Er kannte Heike doch gar nicht. Mit mir hatte er nie so viel geredet.

»Störe ich?« Heike guckte mich genervt an. »Sei nicht albern, Clara, und setz dich hin.« Ich stellte das Paket auf einen Stuhl und tat, wie mir geheißen. »Wir haben Crêpes bestellt, Rui sagt, die seien hier ausgezeichnet, willst du auch?«

»Nur Kaffee, danke.«

»Also Rui, bitte, ich will die Geschichte unbedingt zu Ende hören! Clara, kennst du die Geschichte von den Mandelbäumen?« Nein, die kannte ich nicht. Und ich musste erst mal verdauen, dass ausgerechnet Rui eine Geschichte erzählte. Unglaublich!

»Okay, Rui, dann bitte noch mal von vorn. Dein netter Bekannter hier versucht mir nämlich gerade zu erklären, wie das ist mit der Sehnsucht nach zu Hause oder, in seinem Fall, nach Portugal«, erklärte mir meine Freundin.

Rui räusperte sich. »Also, in Portugal gibt es eine alte Geschichte über einen maurischen König, der über die Algarve herrschte und sich unsterblich in eine schöne Prinzessin aus dem Norden mit blondem Haar und blauen Augen verliebte: Sie heirateten, und das ganze Land feierte tagelang. Aber die Prinzessin war nicht glücklich. Jedes Jahr wurde sie trauriger. Keine Geschenke und keine Späße konnten sie aufmuntern. Der König war verzweifelt. Schließlich erzählte sie ihrem Mann, dass sie sich schrecklich nach dem Schnee in ihrer Heimat sehne und deshalb so traurig sei. Da hatte der König eine Idee: Er ließ überall Mandelbäume pflanzen. Und als der Februar kam und die Bäume blühten, zeigte er der Prinzessin oben vom Schloss aus die weißbedeckten Felder. Sie war glücklich und verfiel nie wieder in ihre große Traurigkeit. Jedes Jahr im späten Winter dachte sie mit Freude im Herzen an ihre ferne Heimat.« Rui machte eine Pause. »Ja, das ist die Geschichte. Und mir geht es immer so, wenn ich Schnee sehe – dann sehne ich mich nach den Mandelbäumen.«

Aber glücklich bist du dann nicht, dachte ich, sagte aber nichts.

»Clara, ist das nicht eine wunderschöne Geschichte! Wissen Sie was, Rui, vielleicht mache ich nächstes Jahr mal eine Reisereportage über Portugal und verwende diese Sage, was meinen Sie?« Rui machte eine unbestimmte Bewegung. Ich fand immer noch, dass er traurig aussah. Die Mandeln hatten noch geblüht, als ich abgeflogen war. Und ich glaubte nicht, dass selbst der frischeste Schnee Ruis Sehnsucht nach dem Anblick der Bäume und ihrem Duft kurieren konnte.

»Wie seid ihr überhaupt auf das Thema gekommen?«, fragte ich, um ihn aus seiner Verlegenheit zu erlösen. »Ach, ich habe Rui erzählt, dass du partout nicht aus Portugal wegwillst und dass ich das nicht verstehe. Und da kam er auf das Märchen. Aber irgendwie haut das ja nicht hin, oder? Du müsstest dann ja schließlich Sehnsucht nach Schnee haben, du nordische Prinzessin!« – »Gott bewahre! Auf Schnee kann ich bestens verzichten, und auf den grauen Matsch da draußen erst recht!« Auf den Straßen lagen Reste des Schnees von vorgestern, zusammengeschoben zu grauen Haufen mit schwarzen Rändern von den Autoabgasen.

»Aber sagen Sie, Rui, warum gehen Sie denn nicht zurück nach Portugal?«

Wahrscheinlich ist das der entscheidende Unterschied zwischen Heike und mir: Wenn sie etwas wissen will, dann fragt sie einfach. Bis ich eine derart persönliche Frage gestellt hätte, wären noch Jahre ins Land gegangen. So gesehen war es kein Wunder, dass Rui und ich in unserer Kommunikation nicht über die Wetterlage hinausgekommen waren. Aber schließlich war Heike Journalistin, ich hingegen nur eine ehemalige Königin des Party-Smalltalks. Nebenbei bemerkt hegte ich den starken Verdacht, dass jemand wie Heike für einen so zurückhaltenden Menschen wie Rui ziemlich anstrengend war. Nicht zuletzt deshalb wartete ich jede Sekunde darauf, dass er wieder das verschlossene Gesicht zeigte, das ich kannte. Aber seine Miene blieb offen, und er sah Heike mit einem kleinen Schmunzeln an. »Vielleicht tue ich das«, antwortete er dann. Ich war baff. In diesem Moment kamen die Crêpes, und Rui blieb von weiterer Befragung verschont.

»Netter Mensch, dieser Rui«, meinte Heike auf der Rückfahrt nach Hamburg, »'n bisschen klein vielleicht. Aber diese Wimpern! Einfach beneidenswert. Übrigens ist der in dich verliebt.«

»Wie bitte?«

»Na klar, das sieht doch ein Blindfisch.«

»Sicher doch. Rui ist in mich verliebt, und Sven ist in mich verliebt, und dieser schräge Hans-Georg, den du mir letzte Woche vorgestellt hast, ist auch in mich verliebt. Ist dir eigentlich klar, dass du mir in den vergangenen zwei Wochen ungefähr sieben Männer präsentiert hast, von denen mindestens vier nach deiner messerscharfen Beobachtung unheimlich an mir interessiert sind? Nur dass ich bei keinem davon irgendwas gemerkt habe? Ganz zu schweigen davon, dass keiner deiner Kandidaten *mich* interessiert. Wie wär's, wenn du deine peinlichen Kuppelversuche mal sein ließest? Da wäre ich dir echt dankbar!« Mein Ton war offenbar ziemlich scharf, Heike sah mich leicht beleidigt an. »Meine Güte, nun sei doch nicht so empfindlich!«

Vor uns leuchteten plötzlich Bremslichter auf, in der nächsten Sekunde Warnblinker. Heike stieg auf die Bremse. »Scheiße!« Wir standen vor Bremen im Stau. Und es fing an zu schneien. Auch meine Stimmung war auf dem Gefrierpunkt. Ich wollte nur noch eins: endlich in Hamburg ankommen, die Tür zum Gästezimmer hinter mir zumachen und meine Ruhe haben. Mit einem Glas Rotwein als einzigem Gegenüber. Ich wusste selbst nicht so genau, warum ich plötzlich so unleidlich war. Möglicherweise hatte mir die Scheidung heute Vormittag doch mehr zugesetzt, als ich wahrhaben wollte. Vielleicht hatte ich auch nur genug davon, so gut wie immer unter Menschen zu sein. Das war ich nicht mehr gewohnt. Aber egal warum, alles, was ich wollte, war allein sein. Wenn wenigstens Heike endlich den Mund halten würde. Aber es sollte nicht sein. »Hans-Georg ist gar nicht so schräg. Wenn du ihn ein bisschen besser kennen würdest ...« Wenn sie nicht sofort die Klappe hielt, würde die Bildzeitung morgen über einen Mord auf der A1 zu berichten haben. »Tatort Stau: Frau dreht Freundin den Hals um ...«

»... dann würdest du schon merken, dass er seine Qualitäten hat, auch wenn ich zugebe, dass er mein Typ nicht ist, aber ...«

»Halt deine verdammte Klappe! Ich will deine dämlichen Typen nicht! Lass mich endlich in Ruhe, du selbstgerechte Kuh! Du verstehst doch überhaupt nichts! Guck dich doch an mit deinem scheissschicken Auto und deiner scheissschicken Wohnung und deinen scheisslangweiligen Lovern! Was soll denn daran so toll sein? Ich will nicht so leben wie du!«

Ich wusste bis dato gar nicht, dass ich so schreien kann. So laut und so schrill und so böse. Heike auch nicht. Bis Hamburg sagte sie kein einziges Wort mehr. Dafür hingen meine Worte im Auto wie ein Echo.

Immer noch schweigend gingen wir in die Wohnung und ich schnell in mein Zimmer. In mir war eine merkwürdige Mischung aus Gedanken und Gefühlen. Ich schämte mich einerseits, Heike so angeschrien zu haben. Andererseits hatte das ungeheuer gutgetan. Ich fand mich einerseits undankbar und ungerecht, wusste aber andererseits, dass alles stimmte, was ich herausgebrüllt hatte. Auch wenn mir gar nicht bewusst gewesen war, dass ich so dachte und so wütend und genervt war. Ich hatte das Gefühl, mich entschuldigen zu müssen. Und dann auch wieder nicht. Heike rumorte in der Wohnung. Vermutlich kochte sie vor Wut und wusste auch nicht so genau, was sie jetzt machen sollte.

Seufzend gab ich mir einen Ruck. Ich hatte sie angeschrien, also war es wohl auch an mir, den ersten Schritt auf sie zu zu machen. Ich konnte ja nicht ewig hier hocken und den Miró-Druck anstarren, der an der Wand hing. Das hier war auch kein behagliches Alleinsein; Heike hätte ebenso gut neben mir stehen können, so präsent war sie.

Die Geräusche hatten aufgehört. Ich fand Heike in der Küche vor einem Glas Wein. »Kann ich mich zu dir setzen?« Eine Handbewegung zum zweiten Stuhl am Tisch antwortete mir. Okay, sie würde es mir nicht leicht machen. Ich holte mir auch ein Glas und schenkte mir ein, dann setzte ich mich. Wieder schwiegen wir. Jede spielte mit ihrem Glas, fuhr mit den Fingern den Stiel hoch, nahm das Glas in beide Hände, ließ die Finger wieder am Stiel entlangfahren. Ich musste lächeln, als ich merkte, dass wir fast genau die gleichen Bewegungen machten. Keine von uns trank.

»Tut mir leid, wenn ich dich verletzt habe«, brachte ich schließlich heraus. »War nicht meine Absicht.« Ich suchte in ihrem Gesicht nach einer Reaktion. Fand ihren Blick. Aber keine Antwort. Die klugen grauen Augen glänzten hinter den Brillengläsern. Hatte sie etwa geweint? Ich war mir nicht sicher. Was war sie denn nun? Wütend oder verletzt oder was? Fast wäre ich wieder aufgebraust. Sie sollte was sagen, ich hatte schließlich den Anfang gemacht. Sie war dran. Aber sie starrte mich immer noch an. Okay, okay, dann also Wett-Starren. Da hatte ich schon bei meiner Mutter fast immer gewonnen. So auch jetzt. Ein winziges Lächeln schlich sich in Heikes Augenwinkel, ich sah es genau. Stur starrte ich weiter. Gleich würde sie reden, ich wusste es.

»Selbstgerechte Kuh, ja? Und ich versteh überhaupt nichts, ja?«

»Das war vielleicht ein bisschen hart ausgedrückt …«

»Aber in der Sache richtig, meinst du?«

»Wenn ich ehrlich bin – ja.«

»Aha, dann weiß ich ja immerhin, woran ich bin, nicht?«
Sie nahm einen Schluck Wein.

»Heike, die Sache ist einfach die, dass du mein Leben
in einer Tour kritisierst, ohne es wirklich zu kennen. Und
dass du offenbar glaubst, nur ein Leben wie deins wäre interessant. Ich sehe das eben anders, das ist alles. Ich fühle
mich lebendiger denn je, seit ich im Alentejo bin. Aber
du behandelst mich, als käme ich aus der Klapsmühle und
müsste mühsam in die Wirklichkeit zurückgeführt werden.
Aber ich bin nicht verrückt, tut mir leid. Nur anders.«

»Anders bist du allerdings! Mein Gott, Clara, wie kann
ein Mensch sich in so kurzer Zeit so verändern? Wo hast
du plötzlich dein Selbstbewusstsein her? Ich komm damit
nicht klar. Solange ich dich kenne, wolltest du nichts als Sicherheit. Und eine Ehe. Und natürlich genug Geld. Clara
Backmann ohne neue Schuhe und Klamotten? Ohne Partys und Geplauder? Ohne ein bisschen Luxus? Ohne Klimaanlage? Ohne Versorger? Und zugetraut hast du dir doch
gar nichts. Und jetzt will dieselbe Frau mir erzählen, dass
sie damit zufrieden ist, unter einem dämlichen Baum zu
hocken? Dass sie nichts und niemanden braucht? Außer
vielleicht gelegentlich einen Tramp im Bett? Dass alles
Scheiße war, was sie früher gelebt hat – und was, nebenbei
bemerkt, andere Menschen, wie ich, nach wie vor leben
und richtig finden? Tut mir leid, damit hab ich meine Probleme. Ich glaube, dass das eine Phase ist, irgendein Protest
gegen Werner, und ich glaube, dass das nicht lange gut-
geht. Diese Einsiedelei kann auf die Dauer einfach nicht
gut sein. Über kurz oder lang kommst du da um vor Lange-

weile, das kann gar nicht anders sein. So sehe ich das nun mal – du kannst das von mir aus selbstgerecht finden. Verdammt, ich mach mir Sorgen um dich!«

Ich stand auf und schmiegte mich an ihren Rücken, legte ihr die Arme um die Schultern und meine Wange an ihre.

»Das ist ja auch lieb von dir. Und du hast recht, ich hab mich verändert; ich bin mir ja selbst oft fremd. Aber im Moment ist nun mal alles, was ich will, in Portugal. Wenn sich das ändert, bist du die Erste, die es erfährt. Versprochen. Aber so lange sei so gut und versuch nicht, mich zu irgendwas zu überreden, was ich nicht will. Und um Himmels willen, stell mir keine Männer mehr vor!«

»Keinen einzigen?« Meine Freundin grinste. »Dabei habe ich gerade vor ein paar Tagen einen alten Kollegen wiedergetroffen, der total gut zu dir …«

»Keinen einzigen!«

»Na gut.«

Darauf stießen wir an. »Friede?« – »Friede!«

Tom führte sich auf wie ein Irrer, warf mich in seiner Freude fast um und leckte mir quer übers Gesicht. Ich übergab meine Dankeschön-Mitbringsel und einen Brief von Rui an Ana und João, tauschte kurze Grüße mit den alten Kaffeetrinkern in der kleinen Kneipe und verabschiedete mich schnell unter Hinweis auf die lange Reise. Ich merkte, dass Ana enttäuscht war. Sie wollte mehr über ihren Sohn hören. Aber ich wollte nur noch nach Hause.

Endlich hatte ich alles wieder, wonach ich mich gesehnt

hatte: meinen Baum, Natur pur, meine spartanische Hütte. Meine Ruhe. Vor allem von Letzterer hatte ich reichlich. Das Häuschen war kalt und unwirtlich. Und leer. Ich ging wieder nach draußen, setzte mich dem eiskalten Wind zum Trotz unter den Olivenbaum und wartete auf das tiefe Glücksgefühl, das sich von Rechts wegen jeden Augenblick einstellen musste. Stattdessen war mir einfach nur kalt.

Schmerzlich wurde mir bewusst, dass Alleinsein vor allem dann Spaß macht, wenn es eine Wahl gibt. Es ist eine Sache, die Tür hinter sich zuzuschlagen und »Ich will allein sein« zu brüllen, aber eine ganz andere, wenn niemand da ist, dem man das zubrüllen kann. »Frauen sind eben nie zufrieden«, höre ich in meinem Kopf Werner sagen. Das ist natürlich falsch. Gleichwohl neigen wir gelegentlich dazu, genau das haben zu wollen, was wir gerade nicht haben. Jetzt im Moment zum Beispiel hätte ich ziemlich gern in Heikes schicker und vor allem zentralgeheizter Poggenpohl-Küche gesessen und mit ihr einen Wein getrunken. Sie hätte mir sogar erklären dürfen, dass ich ganz falsch lebte. Ich hätte ihr diesmal vielleicht sogar recht gegeben. Warum vergaß ich bei meinen Puderzuckerbeschreibungen von Portugal bloß gern solche Kleinigkeiten wie Holzhacken, Kamin anfeuern und Warten-bis-es-warm-ist? Aber immerhin guckte ich beim Rauchen nicht mehr auf Mülltonnen. Mit einem tiefen Seufzen begab ich mich zum Hackklotz.

Feige, feige, feige! Clara, gib es zu, du bist einfach feige! Mein Spiegelbild schien mich zu verhöhnen. Ich war stadtfein, ich hatte mich geschminkt, ich musste nur noch losfahren. Ich wollte zu Celeste. Wollte mich bei ihr entschuldigen. Aber ich stand immer noch hier vor dem Spiegel, zupfte die Brauen nach, wischte den einen Lippenstift wieder ab, trug einen anderen auf. Steckte die Haare hoch und löste sie wieder. Steckte sie wieder hoch. Mir war nicht so sehr mulmig, weil ich mit Celeste reden wollte. Sondern weil Celeste sehen vielleicht auch hieß: Leo sehen. »Verdammt, Clara, reiß dich zusammen, du bist doch durch damit! Warst das nicht du, die getönt hat: ›Leo und ich, das war viel Spaß und gute Chemie, mehr nicht‹? Also bitte!«

Endlich gab ich mir einen Ruck. Nachdem ich einen Kompromiss mit mir ausgehandelt hatte. Ich würde zu Joaquim fahren, von dort aus Celeste anrufen und sie bitten, sich mit mir zu treffen. Entweder sie kam, oder nicht. Und wenn sie auch nur ein bisschen sensibel war, würde sie allein kommen. Das Dumme war nur, dass ich Celeste im Prinzip für so sensibel hielt wie einen Profikiller.

»Clara!« Auf den portugiesischen Redeschwall, der aus meinem Handy drang, war ich nicht gefasst. Zumal ich selbst nicht mehr gesagt hatte als »Hallo Celeste«. Viel verstand ich nicht, aber ihr Tonfall klang, als sei sie entzückt, von mir zu hören. Ich unterbrach sie, um ihr zu sagen, dass ich bei Joaquim sei. »Gib mir zwanzig Minuten«, sagte sie und legte auf.

Sie brauchte nur eine Viertelstunde. Und sie kam allein. »Ach, Clara, was bin ich froh, dass du dich gemeldet hast!« Da stand sie in der Tür und strahlte mich an. Ihre helle Stimme füllte die Bar, und die paar Leute, die ihren Kaffee tranken, sahen erstaunt auf. Ich hatte keine Ahnung, was ich jetzt tun sollte. Aufstehen und sie in den Arm nehmen? Einfach sitzen bleiben und erst mal gar nichts sagen? Celeste nahm mir die Entscheidung ab. »Ich dachte schon, du würdest noch ewig böse auf mich sein!« Mit diesen Worten setzte sie sich zu mir an den Tisch. »Du bist doch nicht mehr böse, oder?« Zum ersten Mal, seit ich sie kannte, wirkte sie unsicher.

Ich gestehe, dass ich es genoss. Nur einen Augenblick lang, aber immerhin. Dann gab ich mir innerlich einen Tritt. »Nein, im Gegenteil, Celeste, ich denke, ich sollte mich entschuldigen. Ich bin sicher, dass du mir Leo nicht wegnehmen wolltest. Dass er sich mies verhalten hat, nicht du.« Es war schön zu sehen, wie sich der rote Mund wieder zu einem Lachen verzog. Wenn Celeste lacht, geht die Sonne auf, wirklich.

»Und wie geht's Leo so?« Ich konnte mir die Frage einfach nicht verkeifen.

»Keine Ahnung. Ich hab ihn rausgeworfen, sobald ich von dir zurück war.«

»Ach? Wieso?«

»Ich lass mich nicht gern verarschen – entschuldige den Ausdruck.«

»Aber inwiefern hat er das?«

»Na, als er damals plötzlich vor der Tür stand, hat er mir erzählt, dass er nach dem Landleben dringend mal Stadtleben bräuchte, Kultur statt Natur und so weiter. Und dass er deshalb von der Quinta weg wäre. Von euch beiden kein einziges Wort, ehrlich nicht. Er wird schon gewusst haben, dass er sonst bei mir nicht hätte landen können. Na ja, das war's dann. Keine Ahnung, wo er hin ist.«

Wir guckten uns an – und mussten plötzlich beide furchtbar lachen. »Aber er war echt nicht schlecht, oder?«, schniefte Celeste schließlich. »Nee, wirklich nicht!«, gab ich kichernd zurück.

Wir brauchten drei Stunden, um die vergangenen Wochen aufzuholen. Drei Stunden, in denen wir meist Englisch redeten, weil mein Portugiesisch dringend der Auffrischung bedurfte. Celeste war nicht nur in ihr Häuschen gezogen, sie hatte sich auch an einer Schule beworben und gute Aussichten auf einen Job. Ihre Nachbarn hatten sich als ausgesprochen nett und aufgeschlossen entpuppt, und sie fühlte sich mittlerweile deutlich portugiesischer als noch vor drei Monaten. Die Einweihungsparty in ihrem Haus hatte ich verpasst, aber Celeste beschloss, einfach noch ein Fest zu veranstalten, damit ich ihre neuen Bekannten kennenlernen konnte.

Die Natur explodierte. Mir erschien es wie ein Wunder, dass aus dieser trockenen Erde, die im Sommer ausgesehen hatte, als könnte sie sich niemals von ihren Verbrennungen dritten Grades erholen, jetzt winzige Gladiolen, wilde Orchideen und Tausende von Wildkräutern sprossen. Um mich herum blühte es gelb und lila und rot und weiß, umgeben von sattem Grün. Die Feigenbäume hatten riesige Blätter, und die ersten Früchte sahen schon prall aus. Wirklich zu schade, dass ich nicht malen kann. Meine ersten eigenen Tomaten versprachen Rekorde zu brechen, so dick waren sie jetzt schon. Der Olivenbaum vor meinem Haus schien sich unter dem Gewicht unzähliger kleiner Früchte zu beugen.

Acht Wochen war ich jetzt wieder hier. Heikes Einbauküche samt Zentralheizung hatte längst jeglichen Zauber verloren. Dank Celeste kannte ich in Évora ein paar Leute. Ich war sogar im Kino gewesen und hatte ein Konzert gehört! Einmal pro Woche gab mir Celeste Sprachunterricht. Ana lobte meine Fortschritte, und ich war mächtig stolz. Niemand meinte, mich verkuppeln zu müssen.

Ich nahm mir viel Zeit, um über alles nachzudenken, was in den vergangenen Wochen und Monaten passiert war. Mit mir passiert war. So viele neue Erfahrungen. Gute wie schlechte. Obwohl – schlechte? War es denn wirklich schlecht, dass mir Leo begegnet war? Oder, dass er gegangen war? Manchmal versuchte ich mir vorzustellen, er wäre noch bei mir. Das tat dann immer noch ein bisschen weh. Aber inzwischen musste ich auch jedes Mal daran denken, dass es über kurz oder lang sowieso schiefgegangen wäre mit uns, weil wir zu verschieden waren. Die Trennung wäre einfach nur später gekommen und wahrscheinlich noch viel schmerzhafter geworden. Es war gut, dass er gegangen war. Und noch besser, dass er da gewesen war. Ich hatte eine Menge gelernt. Es klingt bestimmt eitel, wenn ich das sage, aber ich kam zu dem Schluss, dass ich einen besseren Partner als ihn verdient hatte. Dass ich es wert war, geliebt zu werden, so wie ich nun mal bin. Ich hatte wahrhaftig lange genug versucht, so zu sein, wie andere mich wollten.

Selbst mit Leo war es so gewesen. Nie hatte ich den Mut gehabt, meinen eigenen Standpunkt beizubehalten, wenn er einen anderen hatte. Aus lauter Angst, nicht mehr gemocht zu werden. »Damit ist Schluss!«, schwor ich mir feierlich. Und wenn mich niemals mehr ein Mann lieben würde, dann war das eben so. Ich selbst mochte mich. Und ich mochte das Leben, das ich mir eingerichtet hatte. Das war genug.

An dem Tag, an dem Joãos Mini-Lkw am Horizont auftauchte und ich zwei Köpfe hinter der Scheibe ausmachte, war es zum ersten Mal richtig heiß. Ich schwitzte bei der Gartenarbeit und überlegte gerade, ob ich mir ein kaltes Bier gönnen sollte, als der Wagen den Weg herunterrumpelte. Ich stellte die Harke an die Wand, wischte mir den Schweiß von der Stirn und wunderte mich. João kam immer allein, wenn er mich besuchte. Wollte ich Ana sehen, fuhr ich ins Dorf. Aber jetzt saß sie unübersehbar neben ihm. Was hatte das zu bedeuten? War jemandem aus der Familie etwas passiert? Aber dann würden sie doch nicht zu mir kommen?

Das Ehepaar Ramos entstieg dem Wagen, als wäre es auf Staatsbesuch. Ana trug ein hellgraues Kostüm mit roter Bluse und einem passenden kleinen Hut, eine große Handtasche und eine feierliche Miene. Sie erinnerte mich spontan an die Königinmutter. João hatte sich nicht ganz so fein gemacht, trug aber saubere Hosen und statt seiner Arbeitsstiefel Halbschuhe. Was war hier los?

»*Boa tarde*, Clara!« Ana lächelte mich an, als würde sie

mir gleich mitteilen, dass ich im Lotto gewonnen hätte. »*Boa tarde*«, grüßte ich zurück, küsste sie korrekt und wartete gespannt. Mit großer Geste öffnete Ana ihre Handtasche und entnahm ihr einen Briefumschlag. Jetzt war ich wirklich verwirrt. Meine wenige Post ging an mein Postfach in Évora. Aber auf dem Umschlag stand handschriftlich mein Vorname. Sonst nichts. »Von Rui!«, sagte Ana bedeutungsvoll. »Für dich!«

Ich wusste nicht so genau, was jetzt von mir erwartet wurde. Ich sagte erst einmal nichts und nahm Ana den Umschlag ab. Natürlich war ich neugierig darauf, warum Rui mir einen Brief geschrieben hatte. Allerdings nicht annähernd so neugierig wie seine Mutter. »Nun mach doch schon auf!«, forderte sie und fing sich von ihrem Mann einen Ellbogenstoß in die Seite ein. »Ana, vielleicht möchte Clara den Brief lieber allein lesen!« Das konnte ich Ana nicht antun. »Schon gut, João, ihr könnt gern bleiben, ich hole schnell was zu trinken.« Kopfschüttelnd ging ich in die Küche, holte Wasser für Ana, Bier für mich und Wein für João. Die Stühle standen jetzt nicht mehr unter dem Olivenbaum, sondern daneben. Zu oft fielen kleine Oliven vom Baum und landeten in den Gläsern. Ana setzte sich, stand aber gleich wieder auf. Sie war richtig zappelig. Schließlich riss ich den Umschlag auf.

Rui hatte eine klare, große Schrift, fast wie Druckschrift. »*Sehr geehrte Clara!*«, begann der Brief sehr förmlich. Ja, das passte zu Rui. Ich war froh, dass er auf Deutsch schrieb.

»*Da ich Ihre genaue Anschrift nicht kenne, bitte ich meine Eltern, Ihnen diesen Brief zu bringen. Und ich möchte mich bei* dieser Gelegenheit noch einmal für Ihre Visite in Osnabrück bedanken.

Sie werden sich sicher wundern, dass ich Ihnen schreibe. Da es nicht meine Art ist, lang um die Dinge herumzureden, möchte ich gleich zur Sache kommen. Auch wenn ich dadurch mit der Tür ins Haus falle, wie man in Deutschland sagt.

Während des kleinen Festes bei Ihnen auf der Quinta im Dezember habe ich mich ausführlich mit Ihrer Bekannten Celeste unterhalten. Wir sprachen über naturverträglichen Tourismus auf dem Land, im Portugiesischen ›turismo rural‹. Celeste war der Ansicht, dass ein Grundstück wie das Ihre hervorragend geeignet wäre, um ein kleines Landhotel zu eröffnen. Seitdem hat mich dieser Gedanke nicht losgelassen. Ich gehe davon aus, dass Celeste inzwischen auch mit Ihnen darüber gesprochen hat. Leider weiß ich bisher nicht, ob Sie der Idee positiv gegenüberstehen. Bei unserem kurzen Treffen in Osnabrück wollte ich nicht darüber sprechen; damals fehlten mir noch zu viele Informationen. Zudem war ja Ihre Bekannte zugegen.

Ich habe seit Dezember viel im Internet recherchiert. Der ländliche Tourismus verzeichnet demnach auch in Portugal steigendes Interesse. Ich habe mir außerdem erlaubt, Erkundigungen einzuziehen über Förderungen durch den portugiesischen Staat und durch die Europäische Gemeinschaft. Zudem habe ich mich über Baugenehmigungsverfahren und dergleichen informiert. Letztendlich bin ich zu dem Schluss gekommen, dass die Einschätzung Ihrer Bekannten richtig ist.

Sie, verehrte Clara, besitzen ein großes Grundstück, auf dem der Bau kleinerer Gästehäuser im portugiesischen Stil möglich wäre (dort, wo früher die Stallgebäude waren). Vielleicht haben

*Sie Interesse an einem solchen Projekt? Wenn nicht, werde ich
mich bei meinem nächsten Besuch im August nach anderen ge-
eigneten Objekten umsehen. Ich möchte Deutschland auf jeden
Fall verlassen und in meinem Heimatland eine neue Existenz
aufbauen.*

*Sollten Sie aber Interesse haben, wäre es mir eine große
Freude, Ihnen die Ergebnisse meiner Recherche, meine Ideen
für ein Konzept und die Finanzierung insgesamt im Einzelnen
zu erläutern.*

Ich würde mich freuen, von Ihnen zu hören.

Ihr ergebener Rui Ramos.«

Unter dem Brief stand seine Telefonnummer. Zwei Paar
dunkler Augen sahen mich gespannt an, als ich den Brief
sinken ließ und den Kopf hob. »Wisst ihr, worum es hier
geht?«, fragte ich Ana. »*Não*«, antwortete João, während
Ana gleichzeitig »*talvez*« sagte – vielleicht. Dabei lächelte
sie verschmitzt. »Euer Sohn Rui will nach Portugal zurückkommen.« – »*Sim, sim!*« Anas Augen schimmerten wie
dunkle Kristalle. »Er schlägt vor, auf meinem Grundstück
ein Hotel aufzumachen.« – »*Que?*« – Was?, fragte Ana
sichtlich irritiert. »Ja, er glaubt, hier würde *turismo rural*
funktionieren, und fragt, was ich davon halte.«

Das Schimmern verschwand aus Anas Augen. »Aber
ich dachte …«, fing sie an und verstummte mit einem hilf-
losen Blick auf João. »Was hast du gedacht, Ana?«, hakte
ich nach. Ausnahmsweise war nicht ich diejenige, die rot
wurde. Sie druckste rum. »Na ja, ich dachte, Rui, also Rui

und du, also dass Rui …« – »Was, Rui und ich?« Allmählich begann ich zu begreifen. Die gute Ana hatte eine Romanze vermutet und wahrscheinlich geglaubt, einen Antrag oder doch mindestens einen Liebesbrief zu überbringen. So viel zum Thema »Niemand will mich mehr verkuppeln«. Arme Ana. Statt Hochzeitsglocken nur eine Geschäftsidee – wie enttäuschend. Ich fühlte mich geehrt, dass sie mich als Schwiegertochter in Betracht zu ziehen schien. Andererseits hätte sie vielleicht auch Frankensteins Tochter akzeptiert, wenn das ihren Rui glücklich gemacht hätte.

Als ich wieder allein war, las ich den Brief noch einmal in Ruhe. Dieser gestelzte Stil! Wer hatte ihm bloß diesen Brief geschrieben? Üblicherweise sprach Rui ein ganz normales Deutsch. Über den Inhalt war ich mindestens so verwundert wie Ana, wenn auch aus anderen Gründen. Rui, der Handwerker, und ein Hotel? Woher nahm er die Überzeugung, dass er so etwas aufziehen konnte? Und was sollte ich dabei? Clara, die Gar-nichts-Könnerin? Das war, als wollten zwei Blinde ein Kino eröffnen. Oder sollte ich nur mein Gelände zur Verfügung stellen und dem Betrieb unbeteiligt zusehen? Dann also Clara, die Großgrundbesitzerin, die ihre Ländereien verpachtet? Eigentlich wäre es ganz interessant, sein Konzept kennenzulernen, dachte ich.

Aber dann machte ich die Augen zu und versuchte, ein Bild entstehen zu lassen. Ich sah Gebäude, wo jetzt freie Natur vor sich hin wuchern durfte. Sah halbnackte Engländer mit sonnenverbrannten Gesichtern über meine Wiese trampeln, angezechte Rheinländer nach der Bildzeitung fragen und gelangweilte Französinnen nach dem Pool, den es nicht gab. Oder plante Rui womöglich auch einen Pool? Ich erweiterte die imaginäre Fotografie um ein großes Schwimmbecken. Das Bild gefiel mir nicht.

Nebenbei bemerkt hatte Celeste keineswegs mit mir über ihre Idee gesprochen. Vermutlich, weil der Rotwein und der Medronho für das Ganze verantwortlich gewesen waren und sie inzwischen rein gar nichts mehr davon wusste. Eben eine Schnapsidee. Und genau das war es auch. Ich würde Rui absagen. Basta.

»Sieh mal einer an, das hätte ich dem Mann gar nicht zugetraut!« Ich hatte Celeste Ruis Brief, so gut ich konnte, übersetzt. Sie war beeindruckt. Das war ich ja auch. Aber damit waren unsere Gemeinsamkeiten in dieser Sache auch schon am Ende. Wäre es nach Celeste gegangen, wäre gleich am nächsten Morgen der erste Bagger auf mein Grundstück gerollt, um den Pool zu graben. »Mensch, Clara, das ist doch eine Weltklasseidee!« Klar, sie kam ja auch von ihr. »Du kannst doch nicht ewig Tomaten pflanzen und Bücher lesen, du brauchst was zu tun!« Der Text kam mir bekannt vor, vielleicht stand sie in telepathischer Verbindung mit einer gewissen rothaarigen Journalistin in Hamburg.

»Celeste, sei doch bitte mal realistisch! Mal davon abgesehen, dass ich mein Land nicht verschandeln will, habe ich von Tourismus so viel Ahnung wie vom Kühemelken, und ich glaube kaum, dass Rui mehr darüber weiß. Über

Tourismus meine ich, Kühe melken kann er wahrscheinlich.«

»Wieso solltest du dein Land verschandeln? Also, ich kann mir das genau vorstellen: kleine Gästehäuser im portugiesischen Stil, je ein – nein besser zwei – Schlafzimmer, Kochnische, kleine Terrasse. Die Leute verpflegen sich selbst, es gibt ein Seminarangebot, Sprachkurse, Ausflüge nach Évora, dazu jede Menge Natur pur …« Sie hatte jetzt einen verträumten Blick.

»Zwischen die Gästehäuschen und deine Hütte pflanzt du einfach Bäume oder Büsche, dann siehst du davon gar nichts. Clara, jetzt zeig doch mal ein bisschen Phantasie! Warum willst du dein Land ungenutzt herumliegen lassen?«

Ich machte den Mund auf, kam aber nicht zu Wort.

»Und wozu brauchst du Ahnung vom Tourismus? Es geht doch nicht um ein Vier-Sterne-Hotel. Du kannst einen Computer bedienen und E-Mails verschicken. Eine Rechnung wirst du ja wohl auch schreiben können. Den Rest macht ein Steuerberater. Dann musst du deine Gäste noch nett anlächeln, Rui holen, wenn ein Klo kaputt ist, und – voilá! – schon läuft der Laden!«

»Ja sicher, und Josef Ackermann macht eine Armenküche auf und spendet sein Vermögen.«

»Was?«

»Ach, vergiss es. Im Ernst – selbst wenn das so einfach wäre, wer, bitte schön, finanziert das alles?«

»Frag Rui, der hat sich ja schon Gedanken gemacht. Außerdem hast du doch Geld, oder nicht?«

»Schon, aber damit muss ich mein Leben und mein Alter finanzieren.«

»Denk doch mal nach, Clara! Wenn du dein Geld investierst, oder jedenfalls einen Teil, stehst du doch am Ende viel besser da – schon weil deine Quinta im Wert steigt!«

»Oder ich bin pleite.«

»Wie kann man nur ein solcher Pessimist sein? Hör dir doch wenigstens mal an, was Rui zu sagen hat!«

6

Ich hatte keine Chance. Wer schon einmal in der Brandung in eine Welle geraten ist, weiß, wovon ich spreche. Der Sog ist ungeheuer. Du kannst strampeln und treten, so viel du willst – am Ende bist du froh, wenn das Meer dich endlich ausspuckt und du wieder Luft kriegst. Cat Stevens hat nach so einem Erlebnis zu Gott gefunden. Ich landete schließlich in einem kleinen Büro vor dem Computer, wo ich saß und E-Mails an Leute verschickte, die sich für Urlaub auf der Quinta Pereira interessierten. Aber ich greife vor.

Rui saß mir ein paar Wochen später in meiner Küche gegenüber, vor sich einen Stapel Papiere. Seine grauen Augen blickten ernst, ich möchte sagen: seriös. Als wollte er mir einen Mercedes verkaufen. Er hatte noch nicht viel gesagt, was kein großes Wunder war. Schließlich handelte es sich um Rui, und außerdem war Celeste dabei und redete mal wieder für zwei. In mir keimte schon seit Beginn unseres Treffens der Verdacht, dass die beiden sich abgesprochen hatten. Wieder entwarf Celeste das Bild meiner Quinta als Urlaubsparadies für Naturverbundene – natürlich lauter begüterte, angenehme und ruhige Leute – in schillernden Farben.

Rui zog wortlos Pläne aus seinem Stapel und breitete einen kompletten Entwurf vor mir aus. Fassungslos starrte ich auf die Zeichnungen. Der Mann hatte nicht nur Recherchen angestellt, er hatte schon einen Architekten engagiert! »Das«, sagte er jetzt mit leiser Stimme, »sind natürlich nur ein paar Skizzen, nichts Verbindliches. Nur damit Sie eine Vorstellung davon bekommen, wovon wir hier reden.« Ich schaute Celeste an, die mir aufmunternd zunickte, als wolle sie einem Kind sagen: Das ist wirklich *dein* Päckchen, du darfst es aufmachen! Na gut, ich konnte ja mal hingucken.

Ich muss zugeben, dass die Zeichnungen reizvoll waren. Vier kleine Häuschen, angenehm in die Landschaft eingebettet. Jedes mit zwei Schlafzimmern, Kochnische, Bad und einem kleinen Wohnzimmer. Sogar Kaminöfen waren eingezeichnet. Die Häuschen waren durch kleine Terrassen verbunden, und der Architekt hatte Blumentöpfe und Pflanzen angedeutet. Hinter den Häuschen fand sich tatsächlich ein mittelgroßer nierenförmiger Pool.

Hübsch, dachte ich spontan. Aber dann: Ich bin Clara. Ich war mit Werner verheiratet. Ich weiß, worauf ich zu achten habe!

»Das sieht ja alles ganz schön aus«, sagte ich also, »aber was wird das kosten und wer finanziert das?« Rui zog weitere Papiere aus seiner Sammlung. Erzählte von der Abfindung, die seine Firma in Osnabrück ihm zahlen würde, wenn er in Frührente ginge. Sagte, wie hoch seine Ersparnisse waren. Dass er bereits mit seiner Bank gesprochen und grünes Licht für einen Kredit bekommen habe. »Dabei«, schränkte er ein, »basiert die Berechnung darauf, dass ich weder Land kaufen noch pachten muss. Wir reden hier über die reinen Baukosten. Möglicherweise könnten wir auch eine Förderung bekommen, aber das ist nicht sicher.«

Wir? Ich blieb skeptisch. »Und was hätte ich davon, außer dass bei mir zu Hause Touristen herumlaufen? Offensichtlich ja nicht mal Pachteinnahmen!«

Zum ersten Mal, seit wir zusammen saßen, lächelte Rui. »Nun, ich möchte Ihnen eine Partnerschaft anbieten, Clara. Wie diese Partnerschaft im Einzelnen aussehen könnte, hängt natürlich von Ihnen ab, davon, ob Sie in dem Projekt mitarbeiten, ob Sie investieren oder nur Ihr Land zur Verfügung stellen wollen.«

»Na klar machst du mit, Clara!« Celeste konnte nicht länger den Mund halten. »Ich hab's dir ja schon mal gesagt: Das ist deine Chance, nicht zu versauern! Morgen hast du übrigens einen Termin bei Domingo, das ist ein Freund von mir, der sich mit solchen Sachen auskennt. Damit du eine zweite Meinung hörst.«

Zwei Stunden lang bearbeiteten die beiden mich in meiner Küche, und am nächsten Tag noch einmal, mit Verstärkung von Domingo, der selbst eine kleine ländliche Ferienanlage weiter im Westen aufgebaut hatte und sich anhörte, als wäre es das größte mögliche Glück im Leben, so etwas zu tun. Ich telefonierte auch mit Heike und gewann fast den Eindruck, dass sie Teil dieses Komplotts gegen meinen Seelenfrieden war. Jedenfalls riet sie mir zu. »No risk, no fun, Clara!«

Vielleicht hätte ich wieder anfangen sollen zu trinken. Mit einem konstanten Alkoholspiegel im Blut wäre es garantiert leichter gewesen, sich zu entscheiden. So wie damals, als ich spontan das Grundstück kaufte. Dummerweise war ich inzwischen aber meistens nüchtern, weshalb ich mich jetzt auch ausführlich mit dem Für und Wider von Ruis Angebot quälte. Es war nicht so, dass ich seinen Berechnungen misstraute. Oder dass mir die »völlig unverbindlichen« Pläne des Architekten nicht gefielen.

Es ging vor allem um zwei Punkte. Ich hatte schon einmal in meinem Leben einem Mann vollkommen vertraut. Einem Mann namens Werner. Und jetzt sollte ich auf einen anderen Vertreter des männlichen Geschlechts zählen, den ich kaum kannte? Nur weil er so schön gucken konnte unter seinen dichten Wimpern? Ich wusste so gut wie gar nichts über meinen Geschäftspartner in spe. Er war mir sympathisch, ja. Vor allem weil er genauso gut schweigen konnte wie sein Vater. Aber als Geschäftsgrundlage schien mir das ein bisschen dünn.

Natürlich, ich konnte Verträge schließen, um mich abzusichern. Doch wer würde garantieren, dass ich nicht trotzdem eine bittere Erfahrung machte? Verträge können gebrochen werden. Anwälte kosten viel Geld. Er war Portugiese, ich eine zugereiste Deutsche. In unserem Bekanntenkreis in Portimão kursierten Geschichten darüber, dass Ausländer in Portugal vor Gericht schlechte Karten hatten und Prozesse zwischen fünf Jahre und ewig dauern konnten. Ob das stimmte, wusste ich nicht, aber allein der Gedanke machte mir Angst.

Noch mehr aber plagte mich die Frage, ob ich mein jetzt so ruhiges und angenehmes Leben tatsächlich verändern wollte. Schön und gut, wenn der Rest der Welt meinte, ich müsste etwas Besseres mit meiner Zeit anfangen, als ich es bisher tat. Ich selbst hatte da die allergrößten Zweifel. Was, wenn ich nicht damit klarkäme, fremde Menschen in unmittelbarer Nähe meines Hauses zu beherbergen? Es war ja eher unwahrscheinlich, dass lauter Leos kommen würden. Was andererseits auch ganz gut war. Verdammt, ich hatte so lange um meine Ruhe gekämpft. Ich hing daran!

Beinahe hätte ich mich doch noch aus der Brandung gekämpft, in die Rui, Celeste und Domingo mich gestoßen hatten. Aber dann dachte ich in einer der vielen Nächte, in denen ich wach auf meinem Bett lag und grübelte: »Werner würde mich für verrückt erklären.« Ich hörte ihn förmlich: »Und dann hat die dumme Kuh doch tatsächlich geglaubt, sie könnte ein Geschäft aufmachen! Ich bitte euch – ausgerechnet Clara! Ihr wisst ja, wie unfähig sie ist! Und dann tut sie sich auch noch mit einem Portugiesen zusammen – also wirklich!«

Ja, ich weiß, von Rechts wegen hätte Werner keinen Einfluss mehr auf mich haben dürfen – schon gar nicht in Abwesenheit. Ich war schließlich die Frau, die ihn mit einem »Verpiss dich« auf dem Gerichtsflur hatte stehen lassen. Und ich war von ihm geschieden. Aber das hieß leider nicht, dass ich ihn wirklich los war. Drei Jahrzehnte mit ihm hatten Spuren in meiner Seele hinterlassen. Dinosaurierspuren. Der Gedanke erschreckte mich. So sehr, dass ich aus meinem Bett stieg, Licht machte und mich vor den

Spiegel stellte. Tom, der längst wieder dauerhaft Leos Platz in meinem Bett eingenommen hatte, brummte empört über die Störung.

Ich sah mich lange an. Die nackten muskulösen Beine, das schlabberige T-Shirt, die wirren Haare. Hast du dich wirklich verändert, Clara Backmann?, fragte ich mein Spiegelbild, oder siehst du nur anders aus? Wie weit ist es her mit deinem neuen Selbstbewusstsein? Hast du mehr gelernt, als zu fluchen, zu schimpfen und mit einem fremden Mann ins Bett zu gehen? Oder ist da drinnen immer noch die gute alte Clara, die sich nichts zutraut? Die immer noch glaubt, was Werner sagt? Ich war mir nicht sicher. Ich hatte Angst. Angst davor, dass Werner recht haben könnte. Angst davor, seinen Schatten nie loszuwerden.

»Nein! Nein, verdammt, und noch mal nein!« Tom hob erschrocken den Kopf. Offenbar hatte ich laut gesprochen. Plötzlich musste ich lachen. Ich stand vor dem Spiegel und lachte wie irre. Wahrscheinlich war ich irre. Jedenfalls verkündete ich, sobald ich wieder Luft bekam, laut und deutlich: »Ich werde Geschäftsfrau!« Ich würde mir und Werner beweisen, dass ich mehr fertigbrachte, als einem Mann das Mittagessen zu kochen.

Wir unterschrieben den Vertrag an einem Tag Mitte September. Jede Zeile war für mich übersetzt worden. Rui und ich gründeten eine Firma. Ich brachte meine Quinta und einen Teil meines Geldes ein, sodass Rui nur noch einen kleinen Kredit aufnehmen musste. Ich war mit fünfzig Prozent an den Gewinnen beteiligt. Wenn wir denn Gewinne machen würden. Es gab keine Chance, reich zu werden. Aber mit ein bisschen Glück konnten wir langfristig genug einnehmen, um beide ein bescheidenes Einkommen zu haben.

Langfristig? Nach einem Dreivierteljahr sah es ganz so aus, als würde der Tag, an dem wir überhaupt etwas einnehmen konnten, erst in einem anderen Leben kommen. Oder nie. Gerade war zum dritten Mal unser Bauantrag in der eingereichten Form abgelehnt worden. Entweder war der Architekt ein Idiot oder der beteiligte Ingenieur oder die Frau vom Amt. Oder alle. Jedenfalls fand sich jedes Mal ein anderer Punkt in unseren Plänen, der vor den Augen der Obrigkeit keine Gnade fand.

Diesmal war der Abstand zwischen den Hütten bemängelt worden, der bisher noch nie ein Problem gewesen war. Ich hätte mir wirklich keine Sorgen um die Veränderung meiner Quinta machen müssen – wenn das so weiterging, würde meine Wiese immer eine Wiese bleiben, und sonst nichts.

»Rui«, sagte ich also abends zu meinem Geschäftspartner, »das wird doch nie was – vergessen wir das Ganze!« Ich sagte es nicht zum ersten Mal. Und nicht zum ersten Mal antwortete Rui mit einem kleinen Lächeln: »Clara, Sie sind hier in Portugal. Hier braucht alles seine Zeit!«

Wir saßen in Anas Küche. Rui ging zum Telefon, um für den nächsten Tag einen Termin mit dem Ingenieur zu verabreden. Dieser Mann machte mich mit seiner Ruhe noch verrückt. Ana klapperte geschäftig mit ihren Töpfen, und es roch verführerisch nach Kräutern und Knoblauch. Ich fragte mich, ob sich in dieser Familie überhaupt mal wer aufregte, außer natürlich, wenn jemand krank war. Bei diesem Gedanken fiel mir João ein. »Wann geht's am Dienstag los?«, fragte ich in Anas Klappern. »Früh um neun«, sagte sie und strahlte mich an.

Dienstag war der große Tag, João reiste zur OP nach Lissabon. Rui und Ana brachten ihn ins Krankenhaus und würden selbst in einer Pension wohnen, bis er wieder entlassen wurde. Seit Rui wieder in Portugal lebte und sich einen großen Jeep zugelegt hatte, wurde ich als Chauffeurin nicht mehr gebraucht.

Es würde sehr eigenartig sein, wenn die drei in Lissabon waren. Ich hatte mich so daran gewöhnt, ab und zu mit der Familie zu essen, mit Rui über Bauplänen zu brüten oder mit João zu schweigen. Eine Woche oder länger ohne sie würde mir wie eine Ewigkeit erscheinen. Rui kehrte vom Telefon zurück. »Der Ingenieur meint, das ist keine große Sache, wir ändern das, und dann geht der Antrag durch«, berichtete er. »Wer's glaubt, wird selig!« Rui warf mir einen strafenden Blick zu.

Behördentermine ging ich gewöhnlich aus dem Weg – ich verstand sowieso nicht genug Amtsportugiesisch. Rui war das sehr recht. Ihn trieb wohl auch die Sorge um, dass ich mich in meiner deutschen Ungeduld danebenbenehmen könnte. Völlig zu Recht. Vielleicht wollte er auch ungestört Schmiergelder verteilen. Ich wusste es nicht, und ich wollte es auch nicht wissen. Jedenfalls war es meinem Geschäftspartner entschieden lieber, wenn ich mich um andere Dinge kümmerte. Also hatte ich einen Kurs belegt und gelernt, eine Homepage zu gestalten. Ich arbeitete verschärft an meinem Portugiesisch – Rui glaubte nämlich fest daran, dass wir viele einheimische Gäste finden würden – und machte mich über Buchführung schlau.

Mit Rui war es übrigens merkwürdig. Es heißt ja immer, der Mensch wachse mit seinen Aufgaben. Aber in seinem Fall kam es mir so vor, als gelte das im Wortsinne. Er sah wirklich größer aus als früher. Natürlich liegt der Gedanke nahe, dass in Anas kleiner Küche jeder Mensch automatisch größer wirkt, als er ist. Ich kann auch nicht von der Hand weisen, dass mein Bild von Rui durch überdimensionale Kirchenbauten in seinem Rücken geprägt war. Aber Rui kam mir selbst in freier Natur größer vor als noch vor einem Jahr. Seine Ausstrahlung hatte sich verändert. Er lebte endlich wieder zu Hause und war ganz offensichtlich glücklich. Kein Gewicht drückte ihn mehr nieder.

Nach wie vor redete er nicht sehr viel, aber wenn, dann schwang in seiner Stimme eine andere Melodie mit als in Osnabrück. Er sang nicht gerade, aber fast. Er lachte viel. Und wie er lachte! Sein lachender Mund legte das ganze Gesicht in Falten, die Augen verschwanden beinahe, wenn er sich freute oder amüsierte. Wobei ich fand, dass wir zurzeit eigentlich nicht viel zu lachen hatten. Deshalb wollte ich auch nicht allein auf meiner künftigen Baustelle sitzen und mich ärgern, während die anderen drei in Lissabon waren. Ich hatte vor, auf Dinosaurierspuren zu wandeln. »Am Montag fahre ich nach Portimão«, verkündete ich beim Nachtisch.

»Clara! Nein, ist das schön, dich zu sehen, lass dich an-schauen, großartig siehst du aus, einfach großartig, da kann man ja neidisch werden, glatt fünf Jahre jünger, also ich glaube, ich sollte mich auch scheiden lassen, hi, hi, Gott ist es schön, dass du da bist, Tom, mein Guter, du siehst auch viel besser aus, du bist ja richtig schlank, ach, ich freu mich so, ich finde keine Worte!«

Es war, als wäre ich nie weg gewesen. Lisa brabbelte fröhlich auf mich ein und wuselte dabei durch ihre Küche. Nach zwanzig Minuten war ich auf dem neuesten Stand über die jüngsten Ereignisse in meinem alten Bekannten-kreis. Nicht viel – zwei Trennungen, eine neue Liebe, ein neuer Golfchampion. Eines meiner früheren Lieblingslo-kale war pleite, und Jils Hund war überfahren worden.

Lisas Stimme sprudelte wie die Bläschen in meinem Mi-neralwasser. Nach einer Weile hörte ich nur noch halb zu. Ich sagte »Ach« und »Oh«, aber meine Gedanken wan-derten die Straße zurück, die ich gekommen war. Erst vor einer halben Stunde hatte ich vor unserem alten Haus ge-standen. Hatte Tom davon abhalten müssen, die Auffahrt hochzulaufen. Mich selbst davon, sentimental zu werden. Die Villa sah immer noch aus, als könnte Werner gleich aus der Tür treten. Beinahe wollte ich im Vorgarten ein Unkraut wegzupfen. Ging dann aber doch lieber schnell weiter zu Lisa. Tat es weh, an der alten Einfahrt zu stehen? Ja. Aber nicht sehr.

Mit einem Mal wurde mir bewusst, dass Lisa aufgehört hatte zu reden. Sie sah mich fragend an. Schnell lächelte ich ihr zu. »Entschuldige, ich war mit meinen Gedanken woanders.« – »Ist ja auch kein Wunder, ich rede mal wieder ohne Punkt und Komma. Na, los, jetzt bist du dran. Ehrlich, du siehst super aus, bist du verliebt?« Ich musste lachen. »Nein, Lisa, bin ich nicht. Nur ausgefüllt und zufrieden!«

Mich traf ein ausgesprochen skeptischer Blick. Sie wusste von mir schließlich nur, dass ich im Alentejo gelandet war und dort ein Häuschen hatte. Viel mehr als »Mir geht's gut« hatte ich nie auf eine Postkarte geschrieben. Ich erzählte ihr das Neueste. Sie staunte nicht schlecht.

»Du machst ein Hotel auf? Ja, kannst du das denn – ich meine, hast du denn Ahnung von so was?«

»Hotel ist zu viel gesagt, Lisa, es sind nur kleine Gästehäuser, Turismo rural, ich denke, das kann ich. Falls wir je eröffnen – bis jetzt ist nicht mal der Bauantrag durch.«

»Und davon kann man dann leben?«

»Das hoffe ich. Wenn unsere Berechnungen stimmen, werden wir zwar nicht reich, aber zum Leben müsste es reichen, ja.«

»Wir?«

»Ich habe einen Geschäftspartner«.

»Aha!«

»Nichts ›Aha‹, Lisa, er ist einfach ein Geschäftspartner.«

»Erzähl: Wie alt, wie sieht er aus?«

»Ich weiß wirklich nicht, wozu du das wissen willst, aber bitte: Er ist ein ganz normaler Portugiese in den Fünfzigern und sehr nett.«

»Ein Portugiese? Ja, wie kannst du denn mit dem reden?«

Wieder musste ich lachen. »Meistens reden wir Deutsch, weil er lange in Osnabrück gelebt hat, aber manchmal auch Portugiesisch.«

»Du kannst Portugiesisch? Echt? Seit wann? Wahnsinn!«

»Na ja, so einigermaßen jedenfalls, ich komm ganz gut klar.«

»Da fällt mir ein – weißt du, wer seit neuestem auch Portugiesisch lernt? Per, der Holländer, erinnerst du dich an den? Der hat sich in die Kellnerin vom Restaurant *Pescadores* verliebt …«

Und damit war Lisa wieder in Gang gesetzt. Mein Leben im Alentejo war erst einmal abgehakt, und ein ganz normaler Portugiese in den Fünfzigern als Mann für mich offenbar indiskutabel – keine weiteren Fragen. Gut so.

Viel später saß ich allein am Strand und lauschte dem Plätschern der Wellen. Es war Juni, ein lauer Abend. Um diese Zeit beluden die Touristen an den Büfetts ihre Teller. Tom tobte durch die Brandung und schloss Freundschaft mit einer ziemlich verlaust aussehenden Hündin. Ich saß einfach da, ließ den feinen Sand durch meine Finger rieseln, sah den Hunden zu, saugte so viel Meerluft wie möglich in meine arme Raucherlunge und versuchte herauszubekommen, wie ich mich fühlte.

Durchwachsen. Wie eine Scheibe Bauchspeck. Ich war jetzt Gast hier, zu Besuch. Das allein war ein seltsames Gefühl. Ich gehörte noch ein klein bisschen dazu, aber nicht mehr richtig. Es war wie bei einem Klassentreffen, wenn du merkst, dass du dich anders entwickelt hast als sämtliche Mitschüler. Es ist nett, alle wiederzusehen, Geschichten aus vergangenen Zeiten auszutauschen. Aber es wird nie mehr so vertraut wie früher. Und mein »Klassentreffen« hatte erst angefangen. Wenn ich es zuließ, würde Lisa mich in den nächsten Tagen durch die Gegend schleppen und präsentieren wie einen Paradiesvogel. Und an jedem einzelnen Tag würden mich Bilder aus früheren Tagen anspringen.

Ich zog meine Slipper aus und stand auf, wollte das Meer spüren und mich selbst. Vom Wasser zerriebene Muscheln unter den bloßen Füßen. Leise Wellen, die meine Fesseln umspülten, Erinnerungen brachten. Schmerzlich wurde mir bewusst, dass mir der Atlantik gefehlt hatte. So ein kleines Meer hätte ich gern mit nach Hause genommen. Ich machte die Augen zu. Salzluft auf meiner Haut.

Ich ließ die Bilder kommen. Werner und ich, in unserem ersten Jahr hier, Hand in Hand. Dann Muscheln suchend, albern wie die Kinder – »Meine ist schöner!« – »Nein meine, die ist viel größer!«. Essen an einem kleinen Fischerhafen, ohne zu verstehen, was auf der Karte steht. Der Tag, an dem wir das Grundstück für unser Haus fanden. Glücklich waren. Champagner tranken.

Erstaunt registrierte ich, dass ich an Werner denken und lächeln konnte. Stimmten mich die sanften Wogen zu meinen Füßen milde? Wieder setzte ich mich in den Sand. Horchte in mich hinein. Suchte nach meiner Wut auf Werner. Fand sie nicht mehr.

Zwei Stunden später, Cocktailparty im Golfclub. Getuschel. Das Thema: ich. »Ganz anders als früher«, »Im Alentejo«, »Scheint ihr gut zu bekommen, die Trennung«. Gesprächsfetzen in meinem Ohr. Was hatten die Leute erwartet? Zentimetertiefe Tränensäcke? Nach all der Zeit immer noch verheulte Augen? Ein graues Mäuschen? Ein Wrack? Tja, da musste ich sie enttäuschen! Ich hatte mich auf Portimão vorbereitet, mir neue Kleider gekauft und die Schuhkartons abgestaubt. Frisches Blond ließ mein Haar glänzen, dezentes Rot die Lippen. Ich lächelte und strahlte auf Teufel komm raus, tanzte und flirtete schamlos, war geistreich und schlagfertig. Erntete Aufmerksamkeit und Komplimente bei den Herren, giftige Blicke bei den zugehörigen Damen. Wenn ich sage, ich amüsierte mich großartig, dann ist das gewaltig untertrieben. Aschenputtel muss sich auf ihrem Ball ähnlich gefühlt haben. Zur Krönung der Nacht fehlte mir allerdings der Junge mit dem Schuh. Keiner der Anwesenden hatte auch nur die geringste Prinzenausstrahlung.

Kurz musste ich an Rui denken. Komisch, dass er mir jetzt in den Kopf kam. Wahrscheinlich weil Lisa heute nach ihm gefragt hatte. Vielleicht weil er seit Monaten das einzige alleinstehende männliche Wesen war, mit dem ich zu tun gehabt hatte. Wie auch immer – ich stellte mir Rui im Abendanzug vor. Das Bild war ungewohnt, aber es gefiel mir. Ich denke, dass ich vor mich hin grinste, während ich das dachte, und dabei mit meinem Cocktailglas spielte. Um mich herum wurde weiter geplaudert und getanzt, aber meine Gedanken kreisten mal wieder um den Alentejo.

Übermorgen würde João operiert werden. Ob es ihm und Ana und Rui gutging in Lissabon? Wieder sah ich Rui im Abendanzug vor mir.

»Na, an wen denkst du? Muss jemand Besonderes sein, so wie du guckst!« Lisa. Natürlich.

»Hmm.« Nur langsam fand mein Geist auf die Party zurück. »Ha! Ich hab's doch gleich gesagt, da gibt's jemanden!« Sie lachte mich triumphierend an. »Lisa, ich habe nur an Rui gedacht, meinen Geschäftspartner, und wie er wohl im Abendanzug aussehen würde.« Warum erzählte ich ihr das? Vermutlich waren die Cocktails schuld, die ich nicht mehr gewöhnt war. »Nach deinem Gesichtsausdruck zu urteilen, mindestens so gut wie George Clooney.« Ich ließ sie in dem Glauben und ging wieder tanzen.

Erst in jener Woche in Portimão nahm ich wirklich und bewusst Abschied von meinem Leben mit Werner. Von der Stadt, von der Algarve. Ich stand nicht mehr unter Schock, so wie damals, als ich in den grünen Bulli gestiegen war. Ich rannte nicht mehr weg. Ich fuhr zu vielen Orten und Plätzen, die zu meinem alten Leben gehört hatten, und sagte ihnen Lebewohl. Ich würde sie wieder besuchen, so wie ich Lisa und die anderen besuchen würde. Aber nie mehr würde ich hier zu Hause sein. Es war gut so. Ich hatte lange gebraucht, um an diesen Punkt zu kommen, aber jetzt hatte ich ihn erreicht. Ich kannte dieses Gefühl. Als Kind hatte ich ein Lieblingskleid, es war ein Trägerkleid, dunkelgrün. Ich liebte dieses Kleid abgöttisch. Natürlich wuchs ich heraus. Aber immer, wenn meine Mutter es weggeben wollte, schrie ich Zeter und Mordio. Noch zwei Jahre hing das Trägerkleid in meinem Schrank. Und eines Tages, einfach so, nahm ich es heraus und schenkte es dem Nachbarmädchen.

Monate später, ein Dienstag. Das Grundstück stand voll staubiger Maschinen und Paletten mit Baumaterial, scheußliche graue Rohbauten verschandelten den Ausblick, und über der Quinta hingen Wolken aus Staub und Dreck. Der Lärm war oft so grausam, dass Tom die Tage mit angelegten Ohren unter dem Bett verbrachte. Die Zeit nach dem ersten Spatenstich würde definitiv nicht als »meine schöne Bauzeit« in die Annalen der Clara Backmann eingehen. Rui konnte froh sein, dass ich mit einer nur mäßigen Vorstellungskraft ausgestattet bin. Hätte ich auch nur einen Bruchteil der Staubmassen kommen sehen oder hätte man mir eine kleine akustische Kostprobe vom Baulärm gegönnt, niemals – das schwöre ich –, niemals wäre auch nur das allerwinzigste Baufahrzeug in meine Nähe gekommen.

Heute waren die Ziegel geliefert worden. Noch mehr Paletten. Gerade kreischte irgendwo die Maschine, mit der Steine geschnitten wurden, und ich überlegte zum x-ten Mal, die Flucht nach Évora anzutreten, um bei Celeste unterzuschlüpfen. Aber in etwa einer Stunde würden die Arbeiter Feierabend machen. Dann kam Rui. Wir würden über die Baustelle gehen, wie an fast jedem Abend. Er würde mir Mut machen und all meine Skepsis vertreiben. In seiner besonnenen Art schaffte er es immer wieder, dass ich statt halbfertiger Installationen oder fehlender Fenster (die Firma war schon vier Wochen mit der Lieferung im Rückstand) fertige Häuser vor mir sah. Dann glaubte ich manchmal, schon Menschen im Pool planschen zu hören. Dabei war da nur ein hässliches großes Loch in der Wiese. Gewöhnlich tranken wir noch in Ruhe ein Glas Wein zusammen. So war es seit Wochen, und so würde es heute sein. Und um nichts in der Welt würde ich mir auch nur einen dieser Abende entgehen lassen.

Andere Leute wissen ja anscheinend immer ganz genau, in welchem Moment sie sich verliebt haben. Heike zum Beispiel: »Und dann hat Andreas sich umgedreht und gefragt, ob er sich mal kurz meinen Laptop leihen kann, und da hab ich's gewusst! Der oder keiner!« Heike kann den Beginn jeder neuen Liebe so genau benennen wie ich nur den Tag meines Eisprungs. Ich meine, damals, als ich noch einen Eisprung hatte. Ich dagegen hatte keine Ahnung, wann es angefangen hatte. Seit wann mein Herz klopfte, wenn Rui Ramos um die Ecke kam. Seit wann ich ihn vermisste, wenn er nicht da war. Seit wann ich garantiert zu Hause blieb, wenn ich ahnte, dass er kommen würde. Seit wann ich nachts von langen dichten Wimpern über dunkelgrauen Augen träumte. Vielleicht hatte es schon angefangen, als er aus Lissabon zurückkam, den noch blassen, aber erfolgreich operierten João am Arm. Vielleicht schon früher. Ich kann es wirklich nicht sagen. Aber sobald Rui da war, hatte die Welt für mich eine andere Farbe. Es war nicht so wie damals mit Leo, ehrlich. Ich sage das nur, falls der Verdacht aufkommt, dass ich mich in jeden Mann verliebe, der sich länger als einen Tag in meiner Nähe aufhält und unter siebzig ist.

Nein, mit den beiden, das war ganz verschieden. Sagen wir mal so: Leo war für mich wie ein schöner, glänzender, funkelnder Stern gewesen. Unglaublich anziehend. Nur leider ein Stern ohne festen Halt am Firmament. Eben bloß eine Schnuppe. Rui war wie der Mond: nicht so schillernd, aber auf erhabene Weise schön. Der Mond geht zuverlässig auf und unter, und er fällt dabei garantiert nicht vom Himmel. Rui war nicht nur zuverlässig und gelassen, er war auch zielstrebig und spielte sich nie in den Vordergrund. Er war immer da, wenn ich ihn brauchte. Er nahm mich ernst.

Egal, wann es angefangen hatte – an jenem Dienstag, an dem die Ziegel geliefert wurden, gestand ich es mir endlich ein. Ohne Rui wollte ich nicht mehr sein.

Ich holte Tom unter dem Bett hervor und zwang den Widerwilligen zu einem Spaziergang, um abseits vom Lärm meiner frischen Erkenntnis nachzustaunen. Ich ließ Worte und Gedanken kreisen.

Clara liebt Rui. Clara liebt Rui. Clara liebt Rui. Das hörte sich höchst merkwürdig an. Clara spinnt! Das klang vertrauter. Ich versuchte mir Rui auszureden. Er war ja nur ein ganz normaler Mann mit Bauchansatz, starkem Bartwuchs und ziemlich großen Ohren. Sein Hintern würde es vermutlich nicht unter die Top five schaffen, soweit ich das beurteilen konnte. Er sah Robert Redford so ähnlich wie ich Claudia Schiffer. Na und? Seit Leo hatte sich meine Prioritätenliste offenbar entscheidend verändert.

Ich gab mir wirklich Mühe, nach Ruis Schattenseiten zu suchen. Vor meinem geistigen Auge erschien ein gekochter Schafskopf.

Eine Woche zuvor hatte ich mit Rui in einem kleinen portugiesischen Restaurant gesessen. Wir hatten den ganzen Vormittag in diversen Baumärkten nach Bodenfliesen gesucht und Preise verglichen. Ich war müde, genervt und hungrig. Sehr hungrig. Rui empfahl mir die Spezialität des Hauses, und ohne nachzufragen, ließ ich ihn bestellen. Kurz darauf glotzte mich aus toten Augen ein kompletter gekochter Schafskopf an.

Beim Anblick meines Gesichtsausdrucks bekam mein Gegenüber kaum noch Luft vor lauter Lachen. Dann lutschte er genüsslich die Augen seines eigenen Exemplars aus und fragte mit perfekter Höflichkeit: »Kann ich die Augen von deinem haben? Natürlich nur, wenn du sie wirklich nicht möchtest!«

Vielleicht war es nur meine innere Einsamkeit, die mich glauben ließ, in einen portugiesischen Eigenbrötler verliebt zu sein, der meines Wissens noch nie mit einer Frau zusammengelebt und die Flirtbegabung einer Forelle hatte? Oder lag es vielleicht an Werner, dem Dinosaurier? Zwar war ich mir seit meinem Besuch in Portimão sicher, dass ich mit diesem Kapitel abgeschlossen hatte. Aber es blieb die Frage, ob Rui mir nur deshalb so anziehend erschien, weil er so ganz anders war als mein Exmann.

Es half alles nichts, wenn ich an ihn dachte, ging mein Puls schneller, und es war, als würde eine kleine private Sonne meine Seele wärmen. Clara liebt Rui, Clara liebt

Rui, Clara liebt Rui, summte die schlichte, aber betörende Melodie in meinem Kopf. Bis sie ganz plötzlich aus dem Takt geriet: Liebt Rui eigentlich Clara? Fast wäre ich über einen Stein gestolpert.

Er mochte mich, da war ich sicher. Sonst hätte er sich wohl kaum auf dieses Projekt mit mir eingelassen. Ich würde schließlich auch kein Geschäft aufmachen mit jemandem, den ich nicht leiden kann. Er war auch immer freundlich zu mir. Aber meistens schrecklich höflich und distanziert.

Nehmen wir den Tag, an dem wir anfingen, uns zu duzen. Es war einer dieser Abende, an denen wir zusammensaßen und noch ein Glas Wein tranken. Wir sprachen Deutsch miteinander, weil Rui die Sprache nicht verlernen wollte. Ständig Clara und Sie, Rui und Sie. Wie zwei Fremde, die sich gerade eben kennengelernt haben.

Ich gab mir einen Ruck. »Könnten wir uns nicht vielleicht duzen?« Rui blickte verlegen in die Landschaft. Und sagte schließlich: »Aber natürlich.« Wir stießen kurz an. Das war's.

Toll. Verhielt sich so ein Mann, der etwas von einem wollte? Ungefähr zehntausend Mal hätte er mir schon ein kleines Zeichen seines Interesses geben können – so er denn Interesse gehabt hätte. Aber nein.

Mit anderen Worten: Es gab herzlich wenig Aussicht, je mit ihm zusammenzukommen. Aber, sagte ich mir tapfer, das war auch nicht so wichtig. Zur Not würde ich ihn für den Rest meiner Tage platonisch lieben. Natürlich hoffte ich in einer Ecke meiner romantischen Seele, dass das vielleicht doch nicht nötig sein würde. Um noch mal auf die Astronomie zurückzugreifen: Wenn Rui die Sonne war, dann würde ich ab sofort der Mond sein, der um ihn kreiste und geduldig auf eine Sonnenfinsternis wartete. Auf den Tag also, an dem sich der Mond über die Sonne schieben würde. Tja. Kann sein, dass meine Begabung für Poesie ungefähr so groß ist wie die für Sternenkunde.

In den nächsten Monaten hatte ich viel Zeit, all diese Gedanken ein ums andere Mal zu wälzen, während quälend langsam die Gästehäuser wuchsen und sich zwischen mir und dem Objekt meiner Begierde rein gar nichts tat.

Das Büro, in dem ich mich schließlich wiederfand, war ganz zum Schluss an mein Schlafzimmer angebaut worden, während die Maler letzte Hand an die Gästehäuser legten und der Landschaftsgärtner schon die Kübelpflanzen aufstellte. Es war winzig. Aber Schreibtisch, Computer und Regale mit Aktenordnern bewiesen eindeutig, dass es echt war. Sehr viele Ordner existierten noch nicht, die meisten enthielten Handwerkerrechnungen und Belege für den Steuerberater. Aber es gab auch einen mit dem Titel »Buchungen« und einen mit »Anfragen«. Letzterer lag jetzt aufgeschlagen auf dem Schreibtisch. Ich hockte schon seit drei Stunden hier und verschickte E-Mails. Die Quinta besaß mittlerweile Telefon- und Internetanschluss. Zwar nur analog und damit so langsam, dass ich immer Kette rauchte und eimerweise Kaffee trank, wenn ich im Netz war, aber immerhin.

Noch eine Stunde, dann würde Celeste kommen. Dreimal pro Woche unterrichtete sie auf der Quinta Portugiesisch oder Französisch, je nachdem, was die Kunden gebucht hatten. Im Moment waren drei unserer vier Gästehäuser belegt; nicht schlecht. Und es war erst Februar. Morgen sollte ein Ehepaar aus Lissabon kommen, damit waren wir für drei Wochen sogar ausgebucht. Wir hatten eine deutsche Familie zu Gast, beherbergten vier ganz reizende ältere Engländerinnen und einen holländischen Witwer.

Meine Quinta sah inzwischen aus wie ein gepflegtes Minidorf. Die Pflanzen mussten natürlich noch wachsen, und ich fand, dass alles noch viel zu neu wirkte. Aber wenn ich, wie jetzt, aus dem winzigen Fenster meines kleinen Büros guckte, war ich mächtig stolz. Ich grinste vor mich hin, als ich darüber nachdachte, dass unsere Feriengäste sehr viel luxuriöser lebten als ich selbst. Gerade wollte ich mich wieder auf meine Arbeit konzentrieren, als sich im Gemüsegarten etwas bewegte, wo sich nichts bewegen durfte.

»O nein! Nicht schon wieder!« Mit einem Wutschrei raste ich nach draußen, packte einen Besenstiel und ging auf Pedro los. Das verdammte Vieh hatte sich schon zum dritten Mal in dieser Woche losgerissen und machte sich über meinen Rucola her. Garantiert hatte er auch schon an den Orangenbäumen genascht. Pedro war unser Esel und ein echtes Prachtexemplar. Sturer, als ich es selbst einem Esel zugetraut hätte. Rui wollte ihm schon lange die Vorderbeine zusammenbinden, damit er sich nicht mehr selbständig machen konnte, aber ich war dagegen. Mit dem Ergebnis, dass ich in diesem Jahr weder Salat noch Orangen ernten würde, wenn das so weiterging. Das wäre schlecht, schon weil zu unserem Freizeitangebot für die Gäste das Einkochen von Orangenmarmelade gehörte. Wir backten auch Brot im Holzofen und legten unsere Oliven ein. Die Gäste waren stets begeistert, wenn sie ihre Eigenproduktionen in die Koffer packen konnten.

Ich trieb also den blöden Esel aus den Rabatten und schimpfte mit Tom, der wie üblich faul in der Sonne lag und Pedro mal wieder hatte gewähren lassen. Dieser Hund war wirklich zu nichts nütze. Außerdem hatte er Angst vor Pedro. Unten bei den Gästehäusern sah ich Rui, der um diese Tageszeit normalerweise den Pool saubermachte. Jetzt stand er einfach nur da, die Hände in die Hüften gestützt, sah mir zu und bog sich vor Lachen. Ich zeigte ihm den Stinkefinger, ging wieder ins Büro und schaltete den Computer für heute aus.

Selbstverständlich war die Quinta Pereira schon lange Thema Nummer eins in Hortinhas. Ana erzählte allen im Dorf stets brühwarm, welche Gäste von woher angekommen waren, und sie vergaß nie zu betonen, dass das alles ihrem Rui zu verdanken sei, wie wunderbar ihr Rui alles in Schuss halte, wie großartig es sei, einen solchen Sohn zu haben! Wenn Dona Isabella und Dona Rita, deren Söhne weit weg wohnten und sich nur selten blicken ließen, grün und gelb waren vor Neid, ging ein zufriedenes Leuchten von Ana aus. Sie hatte auch dafür gesorgt, dass Ruis Jugendliebe Rosa in Corvo ganz genau über die Rückkehr des einst von ihr Verschmähten informiert war. Ich argwöhnte, dass unsere kleine Ferienanlage in der Version für Rosa um einiges gewachsen und ich als Geschäftspartnerin ganz unter den Tisch gefallen war.

Auch dass der Esel ungestört durch die Beete stromerte, weil ich die gute alte Methode der zusammengebundenen Beine kategorisch als Tierquälerei ablehnte, gehörte im Dorf zum Allgemeinwissen.

Rui war von seiner Mutter reichlich genervt. Deshalb saß er abends oft bei mir, statt nach Hause zu gehen. Nach wie vor wohnte er bei seinen Eltern. Sie hätten nicht verstanden, wenn er sich ein eigenes Haus gesucht hätte, obwohl bei ihnen Platz und er nicht verheiratet war. Die Hoffnung, dass aus Rui und mir ein Paar wurde, hatten João und Ana anscheinend aufgegeben.

Auch ich war kurz davor aufzugeben. Ich wartete jetzt schon reichlich lange vergeblich auf meine Sonnenfinsternis. Entweder hatte der Mann meiner Wahl tatsächlich kein Interesse an mir, oder er war schüchtern bis zur Selbstverleugnung. Ganze Nächte verbrachte ich mit Grübeleien. Woran lag es, zum Teufel? Ja, ich hatte behauptet, Rui zur Not für den Rest meines Lebens platonisch lieben zu wollen. Aber da war mir nicht klar gewesen, wie schwer es ist, jemanden nur im Geiste zu lieben, wenn dieser Jemand jeden Tag mit dir zusammenarbeitet. Wenn du ihn dauernd anfassen willst, aber nicht darfst. Wenn du ihm nur zu gern den Schweiß von der verschwitzten nackten Brust lecken würdest.

Ich konnte ihn schlecht von der Quinta vertreiben, nur

um wieder ruhig zu schlafen. Wir hatten zwar Ausstiegsszenarien in unserem Vertrag, aber das half mir wenig. Wie um Himmels willen hätte ich Rui erklären sollen, warum ich aus dem Geschäft aussteigen wollte, jetzt, wo es gerade so gut anlief?

»Clara, hab Geduld!«, sagte ich mir immer wieder, »du hast dreißig Jahre mit dem falschen Mann verbracht, da wirst du doch wohl auch ein paar Jahre warten können, wenn du den Richtigen vor dir hast! Irgendwann wird es schon passieren.« Aber ich hatte keine Geduld mehr. Ich mochte nicht länger auf ein winziges Zeichen von ihm hoffen, darauf, dass er mir sagte: »Ja, ich will mehr von dir als deine Computerkenntnisse!«

Ich hatte auch keine Lust mehr, mit anderen Männern auszugehen, nur um nicht dauernd an Rui zu denken. Oder um ihn vielleicht eifersüchtig zu machen. Das war natürlich ein Tipp von Celeste gewesen. Übrigens hatte ich ihr jegliche Einmischung strengstens verboten. Da sie selbst gerade eine komplizierte Affäre mit einem verheirateten Kollegen hatte und hochgradig verliebt war, konnte ich tatsächlich einigermaßen sicher sein, dass sie sich nicht um mein desolates Liebesleben kümmern würde.

Das würde ich selbst tun.

Lieber Rui!
Möglicherweise werde ich morgen und für den Rest meines Lebens bereuen, Dir diesen Brief geschickt zu haben. Ich habe all meinen Mut zusammengenommen, um es zu tun. Wie hast Du mir damals geschrieben? Es liegt Dir

*nicht, lange um die Dinge herumzureden? So geht es mir
auch. Also: Ich liebe Dich.
Clara.
PS: Wenn Du mich nicht liebst, wäre es nett, wenn Du
diese Zeilen einfach vergessen würdest.
PPS: Wenn Du mich liebst, zeig es mir endlich! Wie, ist
mir egal.*

Der Papierkorb quoll über. Dies hier war, geschätzt, mein
sechsunddreißigster Entwurf. Es war fünf Uhr früh. Meine
Augen waren rot und brannten. Die Zigarettenkippen bil-
deten im randvollen Aschenbecher eine kleine Pyramide.
Ich konnte kaum noch etwas sehen, so verqualmt war das
Büro. Nebenan schnarchte Tom. Ich hatte fast zwei Flaschen Wein intus und fühlte mich betrunken genug, um
mein Machwerk jetzt sofort nach Hortinhas zu bringen.
Mit etwas wackeligen Beinen stieg ich in den Landrover,
der inzwischen die Nachfolge meines grünen Bullis angetre-
ten hatte, und fuhr schön langsam los.

Hortinhas lag in der Morgendämmerung wie ausgestor-
ben, als ich zu Fuß durch die Gassen schlich. Den Wagen
hatte ich am Ortsrand abgestellt. Auf keinen Fall wollte
ich jemanden aufwecken. Plötzlich schoss ein hässlicher
weißer Wadenbeißer aus einer Ecke und kläffte mich wie
wahnsinnig an. Und jeder, wirklich jeder andere Hund
im Dorf fiel begeistert in das Gebelle ein. Mir blieb fast
das Herz stehen. Aber nirgendwo ging Licht an. Vermutlich kam es öfter vor, dass irgendetwas nachts die Hunde
weckte. Schließlich schob ich den Umschlag mit Ruis Na-

men unter Anas Ladentür durch und verschwand schleunigst.

Als ich wieder nach Hause kam und ins Bett fiel, war es fast schon Zeit zum Aufstehen. Ich hoffte inständig, dass alle Gäste mindestens bis zehn in ihren Hütten bleiben und mich in Ruhe lassen würden. Einer der Nachteile der Ferienquinta war, dass ich selbst dort wohnte. Die Gäste schienen zu glauben, dass es für mich nichts Schöneres gab, als schon morgens um acht Uhr mit ihnen zu plaudern, mitten in der Nacht mit Toilettenpapier auszuhelfen oder ihre Hütte aufzuschließen, wenn sie ihren Schlüssel nicht finden konnten.

Aber heute war der Gott der Ferienhausbesitzer mit mir. Ich wachte von allein auf. Verkatert, verknittert, mit üblem Geschmack im Mund. Es dauerte eine Weile, bis mir wieder einfiel, warum ich zum ersten Mal seit langem dringend eine Paracetamol (oder besser drei) brauchte. Und Wasser, jede Menge Wasser.

O Gott! Ich hatte es getan!

Mir wurde ganz heiß. Am besten war, ich blieb einfach liegen und meldete mich krank. Ich würde die Tür zuschließen und nicht aufmachen, egal, wer klopfte. Und wenn es Rui war? Erst recht, wenn es Rui war.

Moment mal – wieso war er noch nicht hier? Normalerweise begann unser Arbeitstag um neun Uhr mit einer gemeinsamen Tasse Kaffee. Ich guckte schnell auf die Uhr. Es war elf. Hatte er heute einen Termin außerhalb? Ich konnte mich nicht erinnern. Schließlich rappelte ich mich auf. Ich hatte ein Geschäft zu versorgen. Ich konnte hier nicht einfach herumliegen. Die Tabletten begannen zu wirken, und ich schleppte mich in die Küche, um Kaffee zu kochen.

Auf der Quinta war es ruhig. Unnatürlich ruhig, wie mir plötzlich bewusst wurde. So ruhig wie früher, als Tom und ich hier noch allein waren. Ich hörte keine Stimmen, keine Autos, die angelassen wurden, kein Lachen, nichts. Nur ein paar Vögel. Das war nicht normal. Ganz und gar nicht normal. Ich ging nachsehen.

Weiß. Vor der Hütte war alles weiß. Als hätte es geschneit. Das war bei achtzehn Grad plus allerdings relativ unwahrscheinlich. Bei genauerem Hinsehen war auch gar nicht alles weiß. Eher sah es aus, als hätte jemand einen großen Teppich ausgebreitet. Einen Teppich mit einer merkwürdigen Form und einem Stich ins Rosafarbene. Ich traute meinen Augen nicht. Aber meine Sinne täuschten mich nicht. Vor mir lag ein riesiges Herz aus Mandelblüten, an dessen Rändern der Wind nagte.

Als ich wieder zu mir kam, fand ich mich in Ruis Armen. Er hockte inmitten der Blüten und hielt mich ganz fest. Ich sah in seine wunderbaren Augen, die einen besorgten Ausdruck hatten, bis ich ihn anlächelte. »Daran wirst du dich gewöhnen müssen, ich falle um, wenn ich mich aufrege.« Ich wollte ihm ganz schnell noch ganz viel sagen, aber Rui ließ mich nicht. Er küsste mich so lange, bis unser Publikum anfing zu johlen. Um uns herum standen sämtliche Feriengäste und ließen sich nichts entgehen.

Epilog

Rui und ich haben vor zwei Monaten geheiratet. Zu Anas großem Kummer war es keine große portugiesische Hochzeit. Die hätten wir uns auch nicht leisten können. Es gab nur eine kleine bescheidene Zeremonie, während der Ana trotzdem ununterbrochen geschluchzt hat. Aber das wundert wohl niemanden. Selbst João und Heike hatten feuchte Augen. Ich natürlich auch. Ich trug ein schlichtes cremefarbenes Kleid und sündhaft teure Schuhe. Allerdings keine mit hohen Absätzen. Heike sagt, ich hätte sehr elegant ausgesehen. Und sehr glücklich. Und ein bisschen kleiner als Rui.

Danach gab es ein großes Essen auf der Quinta, Dona Isabella erzählt immer noch davon (»Ach, wenn mein Ricardo das doch hätte erleben dürfen, den der Herr viel zu früh zu sich genommen hat!«). Sie und ihre Freundinnen haben sich natürlich strikt an die einheimischen Gerichte gehalten. Bei ausländischem Essen weiß man ja nie, was drin ist. Und diese Deutschen scheinen absolut alles in Soße ertränken zu müssen, furchtbar.

Auf der Quinta hat sich nicht viel geändert. Wir haben uns ein größeres Bett angeschafft, aber sonst ist in der Hütte alles geblieben, wie es war. Wir mögen es so. Rui plant allerdings ein neues großes Badezimmer mit fließend warmem Wasser und einem großen Jacuzzi. Wir freuen uns schon sehr darauf, ihn eines Tages Dona Isabella vorzuführen.

Die Zeichnung, die Leo von mir gemacht hat, hängt übrigens nicht mehr an der Wand. Die habe ich Werner nach Brasilien geschickt, zusammen mit einer Einladung zu unserer Hochzeit. Drunter habe ich geschrieben: »Danke, dass du mich verlassen hast!«

Er hat nicht geantwortet.

Nachbemerkung

Clara sowie alle anderen Figuren in diesem Buch sind frei erfunden. Viele der Erfahrungen und Situationen, die ich verarbeitet habe, sind es nicht.

Dank

Ich bedanke mich bei meinen Freunden für ihr aufmerksames und kritisches Lesen, für Ideen und ausgemerzte Fehler, für Aufmunterung in Krisenzeiten und für kühlende Bäder im Pool. Aber am meisten dafür, dass ihr alle mir so viel Mut gemacht habt.

Ich bedanke mich ganz besonders bei Detlef Conrad, Gunda Rachut, Andrea Gneist, Andrea Franze, Klaus und Claudia Langner, Ana Vidal-Schneider und Kerstin Werstein.

Ein Extra-Dankeschön geht an Rechtsanwalt Dr. Kasselmann.

Uta Rupprecht, meiner Lektorin, danke ich für ihre Begeisterung und den letzten Schliff. Joachim Jessen von der Literaturagentur Schlück danke ich vor allem dafür, dass er so gut in seinem Job ist.

Charlotte Roche

Feuchtgebiete

Roman

ISBN 978-3-548-28040-0
www.ullstein-buchverlage.de

Nach einer missglückten Intimrasur liegt die 18-jährige Helen auf der Inneren Abteilung von Maria Hilf. Dort widmet sie sich jenen Bereichen ihres Körpers, die gewöhnlich als unmädchenhaft gelten.
Kaum ein Buch hat in den letzten Jahren so viel Aufsehen erregt wie dieses. Es wurde verrissen, missverstanden, in den Himmel gelobt und als Befreiungsschlag gefeiert. Es hat eine Debatte ausgelöst und wurde auf die Bühne gebracht: eine einzigartige Erfolgsgeschichte!

»Ein Schmuddelbuch« *Bild*

»Ein kluger Roman« *FAZ*

»Es ist ein Buch, das polarisiert. Das viele genial und manche einfach nur eklig finden.« *Die Zeit*

ullstein

Kristina Springer
Die Espressologin
Roman
Deutsche Erstausgabe

ISBN 978-3-548-26944-3
www.ullstein-buchverlage.de

Einen dreifachen Espresso auf Eis – wer das bestellt, hat Klasse. Latte Macchiato mit entrahmter Milch und Süßstoff bedeutet dagegen: Zickenalarm! Jane, die in einem Coffeeshop arbeitet, nennt es »Espressologie« – die Kunst, Menschen anhand ihrer Kaffeevorlieben zu charakterisieren. Ihr neuestes Spiel besteht darin, für Single-Kunden den perfekten Partner zu finden. Trefferquote: 100%! Der kleine Coffeeshop wird zum Mekka der einsamen Herzen. Doch in ihrem Eifer, alle glücklich zu machen, übersieht Jane beinahe das Sahnehäubchen zu ihrem eigenen Moccaccino …

Bettina Haskamp
Hart aber Hilde

Roman | 288 Seiten | Klappenbroschur | ISBN 978-3-547-71171-4

Keine Gnade für Klaus-Dieter. Heute will ich seinen Kopf!

Pia hat alles, was eine Frau nicht braucht: Schulden, drei Jobs, einen pubertierenden Sohn, einen ekelhaften Chef und einen fatalen Hang zu den falschen Männern. Natürlich würde sie lieber heute als morgen ihr Leben ändern – aber wie? Bei einer ihrer Chaos-Aktionen fährt Pia eine alte Dame um. Ausgerechnet Hilde wird der Schlüssel zu ihrem neuen Glück.

Herzzerreißend komisch. Der neue Bestseller von Bettina Haskamp.

Marion von Schröder